我的特战往事

王昆 ★ 著

WO DE TE ZHAN WANG SHI

百花洲文艺出版社
BAIHUAZHOU LITERATURE AND ART PRESS

图书在版编目（CIP）数据

我的特战往事 / 王昆著. –– 南昌：百花洲文艺出版社,2017.7
ISBN 978-7-5500-2206-5

Ⅰ.①我… Ⅱ.①王… Ⅲ.①短篇小说 – 小说集 – 中国 – 当代
Ⅳ.①I247.7

中国版本图书馆CIP数据核字（2017）第131851号

我的特战往事

王昆　著

出 版 人	姚雪雪
责任编辑	余 茳 朱 强
书籍设计	黄敏俊
制　　作	何 丹
出版发行	百花洲文艺出版社
社　　址	南昌市红谷滩世贸路898号博能中心一期A座20楼
邮　　编	330038
经　　销	全国新华书店
印　　刷	江西华奥印务有限责任公司
开　　本	720mm×1000mm 1/16　　印张 19.25
版　　次	2017年9月第1版第1次印刷
字　　数	300千字
书　　号	ISBN 978-7-5500-2206-5
定　　价	39.00元

赣版权登字　05-2017-220
邮购联系　0791-86895108
网　　址　http://www.bhzwy.com
图书若有印装错误，影响阅读，可向承印厂联系调换。

序

有种人生叫特战

　　苦难是上帝赐予我们的人生体验之一。在弱者那里，苦难如同霜雪密布；而在强者那里，苦难则如巨额财富。青年作家王昆的经历，常常让我产生这样的感叹。

　　2014年7月，我在《人民文学》杂志做副主编，正筹办一期军事文学专辑。办公桌上堆着无数份稿件，那些名字我大多熟悉或者至少听说过。其中，由解放军艺术学院文学系主任廖建斌转过来的一篇小说完全吸引住了我。小说的作者就是王昆，当时我对这个名字却是完全陌生的。也难怪，廖建斌在信封里附言说，作者参加过2013年全军中青年作家高级研修班学习，创作过一部反响不错的长篇小说《终极猎人》，其余没有发表过什么文字；而且，我手里拿到的这个稿件还是王昆的第一个短篇小说。廖建斌特别强调，作者是特种兵出身，目前还担任着渤海前哨的登陆艇艇长。

　　一个和兵打交道的基层军事干部，也玩起了小说，我已好奇。孰知，打开小说我更感惊奇。小说描写了一艘登陆艇夜间搁浅礁石所发生的惊险故事，读完小说我手心竟然攥了一把汗。在大城市的高楼里做了近30年编辑的我，一下子被王昆小说里描述的故事抓住了。毋庸讳言，在文学作品井喷的今天，创作题材的同质化现象愈加凸显，许多写作者都在艰辛又充满乐趣的创作路上，苦苦寻索属于自己、适合自己、与众不同、独具标记的题材而无法抵达。王昆的小说让我眼前一亮。

2014年8月，王昆的这个短篇小说《登陆艇搁浅之夜》在《人民文学》发表了。发表后，我和王昆通了一次电话，当时我只表达了一个想法，让他把在特种兵的经历写成一个系列，加强自己创作路上的特色"符号"。

对于一个基层连队的作者，我打了个电话，关心也就到此为止了。此后，我们相互再没有联系。但我万万没有想到，2016年3月，王昆携带着16个已发表的中短篇小说共计20万字，由解放军政治工作部推荐参加鲁迅文学院第29届中青年作家高级研讨班学习。此时，我刚到鲁迅文学院工作不久，文学之缘让我们再度重逢。王昆说，我的"符号"之说给了他创作上的触动和顿悟。这两年的不联系，正是在埋头创作呢！翻看着这难能可贵的16篇中短篇小说，沉浸于我闻所未闻的连队故事，感慨于一位基层青年作家在文学路上的热血冲锋，我立即决定，把这些文字推荐给出版社。这，也就是这本《我的特战往事》的由来。

《我的特战往事》，是以王昆的亲身经历为蓝本，在一线官兵真实生活基础上，艺术再现军旅生涯中"特种苦难"的力作。可以说，凭借着不到两年时间疾书而就的"特战系列"，年轻作家王昆以其独占先机的创作视角和鲜活硬朗的语言风格，已从千军万马的基层创作队伍中杀将而出。他的作品不同于当下文学作品中常见的世故与矫情，而是罕见地呈现出一种桀骜不驯的精神形态与从不言败的生命力量，从而成功实现了这位拥有过侦察班长、特战排长、登陆艇长等传奇经历的军队作家在纯文学创作中的抢滩登陆。

与我们周围绝大多数衣食无忧，受着父母及长辈爱护包容的80后不同，这个年代出生的王昆生长在贫瘠的淮北农村，由于家境困难，学业一直断断续续，后来才参军来到部队这个大熔炉。童年的苦难给了他不同寻常的人生体验，基层连队的16年磨砺，更成为王昆创作上取之不尽的"宝藏"。特别是特种部队的6年岁月，那些让王昆饱受生理和心理双重折磨的各种残酷训练和高危课目，那些亲眼看见一个个年轻战友在自己身旁受伤甚至牺牲的往事……痛苦的经历如同无形的雕刻，一刀刀刻进心底。多年以后，人生苦楚瓜熟蒂落，特种兵的煎熬岁月在沉潜与积淀后逐渐生根发芽，从而演绎成一篇篇跌宕起伏的传奇故事——《我的特战往事》。

特战生活需要有特战经验的人去表达。王昆不仅有别人没有的独特生活，还有还原生活、升华生活的能力，更为难得的是他的作品有一种足以让阅读者欣喜和激动、如旭日初升般的喷薄张力。翻开他的作品，军营官兵训战的各种场面写得丝丝入扣，"陆地猛虎""空中雄鹰""水中蛟龙"……那些浴火涅槃之后一篇篇恢宏出场的精彩文字，确都能让我们在阅读中感到身临其境、荡气回肠。

王昆的长篇小说《终极猎人》的出版，曾得到陈忠实老师的亲笔推荐；他的作品，也得到过周大新、苗长水等前辈们的肯定。幸运的是，大师们的认可并没有让王昆顾盼自满；历经苦难的他清楚地知道，唯有深刻地体验并描绘出生命的暗涌与不屈的灵魂，才能实现生命的超越与自我的救赎。

才气、倔强、沉稳、朴诚……诸多特征集于一身的王昆年纪不大，却是一个找到属于自己"创作符号"的"幸运儿"。把自己的特战生涯炼成小说，如同一个新兵把自己炼成特种兵。"苦难越大，荣耀也越大。"只有在汗水与血水中浸泡过的特种兵，才能接受光荣的检阅，才能顶天立地。

毫无疑问，特种兵出身的作家王昆和《我的特战往事》值得期待。

自序

写作，我就是要惹是生非

入伍十余年，我一直在基层一线带兵，每天工作繁忙训练紧张，对我来说，搞文学创作实属奢侈。这在领导眼里有点不务正业，在某些同题材写手眼里，更是有点"惹是生非"。

我一直有个文学的梦想，正是这个梦想让我极度不安于生长。在特种部队当排长时，是我一生中最为难熬的时光。我毕业那年，正赶上陈水扁鼓吹台独，为了做好应急准备，我们的训练极为严苛和紧张。那个时候，最为幸福的一天，是刚刚过去的一天；最为幸福的时刻，是结束一天训练躺到床上的时刻，两眼一闭就能到天亮。

每当手下的战士们倒地酣睡时，我便打开台灯全神贯注地看书或写作，延续梦想。但是，我毕竟在一个"尚武"的氛围里生活，这让我屡遭碰壁。当排长的第二年，我有幸发表了一篇小说，内容是部队发生的一个新闻故事。小说发表以后，我比较兴奋，一口气买下几十本杂志送给连队战士，大家看了都说好看。但是，让我没有想到的是，杂志竟然传到了政治处某领导那里。这家伙做官有一套，但是做人欠缺。他把我叫到办公室破口大骂了一个下午，硬生生说我狗屁不是，还哭得泪流满面地说：你觉得发篇文章你就是文人吗，你算个屁文人！我被他骂得脑袋发晕（最主要是站得太久了），最后实在忍无可忍问他：领导，你哭个啥，我犯的啥错你直说，就算拉出去枪毙，我也得知道为啥啊，咱们战友亲如兄弟，你要是再骂娘，那也不合适吧。

听我一说，领导抹了把眼泪才说出原委，原来，上级单位要把这个部队的新闻写成一个典型材料发在解放军报的，不成想我三下五除二写成了小说率先发表，这让机关的"大拿"们看后无从下笔，大脑极受干扰。悲愤之余，上级主管文宣的领导在电话里一顿狂骂，指责我们领导"惹是生非、难以进步"。

虽然满满堂堂写了几千字的检查交了上去，虽然营连干部一再好心劝我别再"惹是生非"，但是我已经无法停下来了。这事件虽然给我带来了刻骨铭心的教训，但仅从这篇小说来说，文学上是成功的。

此后，我一路写来，笔耕不辍，虽然发表的不多，但足够自我愉悦。我的军中履历甚为丰富，本书里的故事或为我亲身经历，或为听其他部队的战友述说，每个故事都有生活原型，当然也有艺术的加工。

2006年，我在泰山执行驻训任务，营领导让我保障一帮陕西客人登山。在山顶闲聊时，其中一位说他是陈忠实先生的表侄，并答应介绍我认识陈老先生。此后不久，我休假带着一摞子小说打印稿在西安见到了陈忠实，并经他推荐出版了长篇小说《终级猎人》。

作为一名基层业余作者，我一直踏实写作，写身边人的故事，写自己的"兵事"。有人说我太不注重自我宣传，我想那完全不需要刻意，作品才是作家最好的宣传单，而不是靠厚着脸皮的互相吹嘘。

《我的特战往事》的完成，受到了很多前辈们的爱护。按时间顺序，从第一篇《深山有个伞降兵》整版刊发《解放军报》，到最后一篇《猎人日记》的采访完稿，期间受到了周大新、李鑫、苗长水、李美皆、廖建斌等诸位老师的持续关注以及文学诤友戴立、姜志高的无私帮助。在鲁院学习时，邱华栋院长更是极力推荐，使作品得以出版。在此一并致以深深的谢意。

如今，我仍身在基层，也熟悉了这块创作的土壤，虽然有时看起来像是一个人在文学梦里奋斗，但在满满当当的书房里，我其实有幸可以和很多大师交流。时间不会磨灭斗志，提笔吾更"惹是生非"。

目录
CONTENTS

猎人日记

The 长篇小说

Hunter's Diary

他从属于一支神秘的部队，参加过北约精锐部队组织的国际特种兵考核且一举夺冠；他历经一年多的地狱般训练，以惊人的战斗精神荣获国际特种兵荣誉勋章。

他和他的队友曾被中华人民共和国外交部和总参谋部密电表彰；多位外军游击战专家与他交流时，都不约而同地竖起大拇指称赞："了不起！中国军人的骄傲！"

他的头像被永远镌刻在厄瓜多尔海军特种旅的荣誉墙上，成为第一个头像刻在那里的中国军人；由于身份特殊，他的真名并不为人所知，别人只是叫他"猎人"。

被赤道横穿为两个半球、地处南美洲的厄瓜多尔，其海军精锐部队——海军特种旅，是世界闻名遐迩的特种兵训练基地，其训练宗旨是"这里造就的是特种作战中最具战斗力、最凶猛、最有头脑的战士和躯体"。不论哪个国家的军人，只要参加了这个训练营，在训练期间便会成为一名没有国籍、没有姓名、只有代号的国际反恐战士。

2012年2月，作为某特种部队的一名特战队员，我有幸被选中赴外军事留学。在此期间，我完成了比电影《冲出亚马逊》中更为残酷的生理与心理突破训练，尝试了在正常人生中根本无法承受的磨砺与摧残，也为中国军人在国际比武擂台上取得了应有的荣誉。如今，那段岁月早已远逝，但当初利用空暇留下的记录仍历历在目，除了满纸惨无人道的折磨、无尽的屈辱被骂、辗转于生死关头的恐惧，更有一位异国他乡的女子留下的一缕心香……

——作者题记

2012年2月5日　晴

我就要到厄瓜多尔了。

飞机在稀薄的云朵中飞梭穿行，我想，它并不能超出我心情激动时的跳动速度。我无法刻画尽这一刻我的心情，是一种罕有的紧迫。对我来说，这在以前是难以想象的事情，可现在却是一步步实施的现实。

就像在一个黑暗的隧道里，我苦苦思索行走了这么久，今天终于走到尽头，见到了这美丽世界留给我的另外一种光明。

我压抑不住内心积存的狂热，眼前不停闪过刚刚经历的任命大会。戴着金质麦穗和将星的将军笔直地坐在庄严的主席台上，沉缓有力地宣读"赴国外军事留学人员"名单，我是第一个被点名的人。

我记起了自己向将军敬礼时将军信任的微笑，我记起了500多名官兵欢送我时雷鸣般的掌声与羡慕的眼神，我记起了在首都机场踏上飞机舷梯一刹那间的热泪盈眶。我更记起了当年我入伍离开家乡时，邻居大娘送给我的不是钱和物，而是一句话："吃得苦中苦，方为人上人"。

10年前，新兵到了火车站，特种大队侦察连连长、一级英模周方玉去挑兵，问我们有谁愿意到英雄的连队去当侦察兵，我是第一个站出来的。他问我能否受得了苦，我的回答是：能！侦察连执行独立任务，单独驻防，地处偏远的山村，缺电少水，环境极其恶劣。几毛钱的伙食费，加上大运动量的训练，只能是吃面条啃咸菜。师长到连队看望部队带去的是5000斤面粉，一句话：吃不好要吃饱。5个月的新兵生活很少脱衣服睡觉，难得洗脸刷牙。苦是吃了不少，但我赢得了成绩、赢得了自信，全连训练成绩我个人排名第一，在全师组织的10公里武装越野跑中，我领先第二名800多米远。入伍的第一年我就当上了英雄连队的四班长，同年加入了中国共产党。在'97平息东突暴乱时，保卫师首长的9名战士中，就有我班的6人，并且全部立功。师首长在多种场合表扬我，我当时的感觉就是我无愧于特种兵的勇敢与顽强。现在，我又将用14个月的时间为我的生命延续一段新的使命。

飞机在稀薄的云层中缓缓下降，我开始看见美丽山国掩映下郁葱的山林与凌乱的房屋。厄瓜多尔共和国位于南美洲的西北部。东北同哥伦比亚毗邻，东南与秘鲁接壤，西临太平洋。面积283561平方千米，海岸线长约930千米。拥有公民1122万人，其中印欧混血种人占41%，印第安人占34%，是南美洲印第安人比例较大的国家之一，其他有白种人、黑人、黑白混血种人。大部分居民分布于中部山地中的盆地内和西部沿海平原。多数居民信天主教。西班牙语为官方语言，原为印加帝国一部分。1532年沦为西班牙殖民地，1809年8月10日宣布独立，但仍被西班牙殖民地占领。1822年彻底摆脱西班牙殖民统治，成为大哥伦比亚共和国的一部分。1830年大哥伦比亚解体后，宣布成立厄瓜多尔共和国。建国后，厄瓜多尔一直政局动荡，政变迭起。文人和军人政府接替执政达19次之多。1979年8月10日文人政府执政，结束了自1972年以来的军人统治。1980年1月2日与我国建交。1988年8月10日当选的罗德里戈·博尔哈·塞瓦略斯宣誓就任总统。这是上飞机前，我在一份旅游杂志上了解的有关厄瓜多尔的一些情况。

飞机缓缓打开了舱门，我情绪激动的想象也回到了现实。一名厄瓜多尔少校军官过来迎接，他懂得简单的中文，可以和我说一些话。中国驻厄瓜多尔大使馆的一等秘书也陪同前来，这是我后来知道的。

"欢迎你！"少校戴着金边墨镜，气色不错，穿着制式风衣，很有风度。

"谢谢你的迎接。"说实话我并不善于在这样的情形下过多交流。于是，我们登上了少校开来的越野吉普车。

一等秘书仅仅作了必要的自我介绍，可惜在那激动的时候，我很快便忘记了他的名字。他似乎在和少校用当地语言交流着我的情况，我看到一等秘书把一个档案袋一样的东西交给了他，少校简单地看了一下，又回头看看我，然后点了点头。我想，那一定是关于我的资料了。

我安静地坐在车上，车子开得飞快。

一等秘书回头告诉我说外交部已转达军委的有关安排，我在厄瓜多尔的两年中，事关两国之间的问题将由驻厄中国大使馆全权代理，并再一次转达中国政府提出的殷切期望。

我才意识到我已经不是我自己这么简单的问题了，因为我的身后以及我的灵魂和血液里将有我神圣的祖国。这样的重新认识使我突然热血沸腾，一个人的国家荣辱感是与身俱有的，只是在特定的环境里才能显现而已，而我也确认自己的责任重大，带着那么多的殷切期望与厚爱。

到达驻地时，并没有我想象中的多人迎接的场面，一个小院冷冷落落的，只有两名士兵在打扫卫生，并没有看到其他军官。

少校和一等秘书都没有上楼，一名黑人士兵把我领到了二楼的一间小屋，这是厄瓜多尔特种旅的临时接待站。按照惯例，正式进入特种旅之前，要在这里接受最简单的体能测试，如果被淘汰，则不予送入特种旅主营区。

说实话，在进入这个小屋的一刹那，在知道这里只是临时测试地之前，我在北京出国前的欣喜、荣耀感和梦想都得到了彻底的降温，我当时以为，在国外的一年多来，我的空间将就是这不足10平方米的小屋。

我的窗前是厄瓜多尔首都基多到大都市瓦尔基的高速公路，车行如流，极目远处是安第斯山脉的第一雪峰多巴斯克。当然这一切都是在我可爱的埃晨莎进入我生活时我才知道的，而且因为它们的故事也使得我永将不能忘却。

我听见吉普车送走一等秘书的发动机的声音，我唯一的祖国亲人也离开了，从此我将面对的就只是无法预测其残酷的14个月了。

少校走过来，告诉我明天将有另外一名中国军人前来报到。这名军人来自中国驻苏丹维和部队，这是少校刚刚从一等秘书那儿得到的中国军方通知。

"从现在起，你不再有自己的名字，也没有军衔，你只有一个编号0017，它将伴随你一年零两个月的时间。"少校突然改变了语气，从墨镜后面的眼神里透出一丝阴冷的光。

见我没有动，那个黑人士兵一步跨到我的跟前，伸出双手"刷"地扯掉了我的军衔，甩到了我的背包上。

真他妈的可恶！我立刻心中充满了怒火，但我刚刚直起腰想和他理论时，少校狠狠的一脚就踹到了我的肚子上。

"这是规矩，你得学会适应！如果你不拿自己当人看待，你也许会度过愉快的14个月。"少校用戏弄和侮辱的口气说。

这个该死的僵尸一样的东西！我眼睛里充满炸药一样的愤怒在盯着他。他显然看到了，也用阴狠狠的目光直盯着我。

我的大脑被愤怒塞住了所有理性。一个特种队员和一个异国特种部队训练教官就这样面对着凝视着站立，谁会妥协谁？

但仅仅十几秒钟过后，我便只剩下了妥协，这十几秒的静默，让我想起了将军宣读命令时雷鸣般的掌声和500多双信任的目光。我只有服从，尽管我有不满。但不管我如何不满，毕竟我已经失去了另一种意义上的自由。

"那边有你的国家的国旗！""僵尸"指着窗户下面的大型训练场傲慢地告诉我，"你的任何过错都有可能导致你们的国旗在这里被永远落下。"

我转过头，看到主席台上一排几十面各国旗帜在迎风飘扬，最中间的是厄瓜多尔国旗。在飞机上，我看过这段介绍，厄瓜多尔国旗的黄色象征国家的财富、阳光和粮食，蓝色象征蓝天、海洋和亚马孙河，红色象征为自由和正义而战的爱国者的鲜血。中央为国徽图案。

厄瓜多尔的国徽非常特殊，后来，厄瓜多尔队员给我讲解了国徽的构成：一只凶猛的"美洲神鹰"秃鹫展翅立于国徽上方，它是厄瓜多尔国鸟，象征主权和独立。厄瓜多尔最高峰钦博拉索山白雪皑皑，在蓝天映衬下巍峨矗立在太平洋岸边，山下林木葱茏，一条大河从群山深处蜿蜒而出，逐渐汇入蔚蓝色的海洋之中。一艘厄瓜多尔人引以为豪的南美洲最早的蒸汽远洋轮船停泊在出海口。雪峰之上，一轮象征玛雅文化的"五月的太阳"光芒四射，太阳两旁标有3、4、5、6月月份符号的"黄道十二宫"，代表1845年厄瓜多尔人民维护国家独立，抗击外来入侵的艰苦岁月。底部的束棒代表共和国的国家机构，象征正义和权威。四面国旗和月桂、棕榈枝叶等，饰于国徽两侧。

然而眼前，中国的五星红旗正向我招展，示意着因为我的到来它才飘扬得那么高。

黑人士兵示意我马上准备参加体能测试。我简直不能相信自己的耳朵，我既没有吃饭，也没有休息，怎么能够参加什么测试？！但是，我的目瞪口呆迎来的却是黑人士兵的不耐烦。

"僵尸"下去了，像幽灵一样消失了，我只听到他的一个声音：

"希望一分钟后看到你出现在我的面前。"

我不再去思索别的什么了，以最快的速度脱下制服换上作训服，火速跑下楼去。

"僵尸"对我的速度似乎还满意，他站在训练场的入口处告诉我："今天共测试7项内容，百米、单双杠、400米障碍、攀登、游泳、战术、8.4公里的全速越野，我们将根据你的成绩制订适合你的训练计划，当然，"他轻蔑地转下头，"也决定你能否进入特种旅的行列，那儿只要精英！"

前面6项不用说，我一口气轻松完成后站在了"僵尸"面前。"好的，开始！""僵尸"甚至没等我对他的话回过神来，就按下了8.4公里测试的秒表。什么也顾不得了，第一次见这样的疯子。我甩开腿向训练场的跑道上冲去。

与众不同的训练场路面坑坑洼洼，起伏的坡度也很大，仿佛丘陵一般，最大的坡度达到60度以上。我按照要求戴上了钢盔，美国产的那种凯夫拉钢盔，据说这种钢盔的好处在于子弹接触钢盔的一刹那间，会自动改变飞行方向。我知道这和国内的规矩一样，尽管不舒服，但是不可以把钢盔摘下来，只能让它在头上摆来摆去。对我来说，这至少多耗费了我三分之一的体能，使我过早产生了疲劳和喘不上气来的感觉，当然，这都远远在我的体能承受范围之内。

尽管身体极度疲劳，而且饿着肚子，但越野似乎不是难题，我也明白他的话不是说着玩的，何况他的最后一句话更使我受了刺激。我觉得状态调整得还好，还有我心中分量越来越重的责任和祖国。

漫长的跑道泥泞不堪，似乎刚刚下了一场雨，并没有我想象中的水泥或者塑胶场地。但每一圈折返时看见五星红旗在猎猎飘扬，我都会觉得豪情万倍，这是我可以感受到祖国的地方。我爱你，我的国旗！正是这爱，让我在21分42秒之后顺利返回。

我以为这样的成绩"僵尸"会对我刮目相看，但我又错了，那张长满疤痕的脸只说了一句："你的速度还可以提高。"。我知道，我已经达到他所要求的最基本的体能指标了。

这就是我感受的第一天，和我的荣耀与骄傲。夜幕降临的时候，黑人士兵用生硬的手势通知我体能测试已经通过，明天可以去主营区了。

晚饭比我想象的糟糕多了，我以为我出色的表现会迎来一顿丰盛的晚餐，但很抱歉，只给了我两根香蕉。"吃吧，那儿有水，可以尽量喝。""僵尸"毫无表情地指指厨房里的水龙头。

谁也描绘不了那一刻我所承受的巨大的精神屈辱和复杂的心理变化，我觉得我无法承受这样非人道的对待。

"僵尸"和黑人士兵们在旁边啃着烤鸭，喝着新鲜的啤酒。他们恣意的笑声刺激着我的每一根神经。

我根本吃不下去，尽管我很饿。"狗娘养的，必须吃下去！"一个黑人士兵在"僵尸"的骂声中狠狠地踢了我的屁股，我觉得自己甚至比不上一个恶贯满盈的犯人。

但是我看到了国旗，我知道自己必须要去做的事情，我知道我已经没有了自己的名字，我只是即将编入特种旅的0017号。我用别人无法看到的泪水就着，吃下了我在厄瓜多尔的第一顿饭——两根香蕉。

我想我得让我野马一样的思维去慢慢转变，要清楚地知道自己面临着一个新的未知的开始。尽管这难以让人适应，但我必须做到。不得不主动承认，这儿是一座意志领域的金矿，如果想得到金光闪闪的黄金，就必须有精湛的技艺和努力奋进的挖掘。既然天上掉不下来馅饼，就必须相信付出就有回报的道理，在这个容不得一丝一毫错误的地方，每个人都必须做好自己灵魂的导师。

明天的我面对的将是更多国家的特战精英，这些身怀绝技的猎人们，有着各种各样的国籍、性格、文化背景、宗教信仰，要处理这些也许没那么容易。但现实没有太多时间让你遐想，这是一个残酷的战斗集体，我必须立刻融入里面。

晚饭后，我站在冷清的房间里，爱惜地把肩章放到皮箱的底部，这一年多我是不能再随身戴着它了，就把它们放在这里默默地陪伴我吧。那银星发出的闪亮光芒，就是五星红旗在我心中的光芒。

我的血液在急速地奔淌。我已经顾不得去思考个人感情的事情了，让那些混蛋的情绪滚得远远的吧。我必须积极面对即将到来的炼狱，让精神和体能都有足够的养料，在时时处处都可能遭遇的打击中填充自己的信心与不竭的能量。

我曾度过一段非人的感情生活，经历了人生最为脆弱的低谷时期。现在，我终于可以甩开这一切，当然，我需要保持一种铁血的坚硬。在漫长的14个月时间里，我也同样需要一个稳妥的心理置放，以使我有充分的专注与勇猛，去面对接下来的挑战。

在这里，我是中国海军特种部队的象征，也是中国军人的形象，我已经和我的国家融为一体，不再有狭隘的自我。这种钢铁的意识必须融入我的血液和灵魂，否则，很难以经得起漫长炼狱的考验。

我渴望着这场洗礼！在伟大的祖国利益面前，我一无所惧。

安第斯山下的第一个夜晚我失眠了，因为心情亢奋和漫无目标的思索。下午时的那些疲劳都突然不知到哪儿去了，只觉得浑身是用不完的精力。

我清晰地知道这绝对不是梦境，当我还在沉睡的梦乡的时候，我的门被"怦"地一声踹开了。

"嗨、嗨、嗨"，黑人士兵大声呵斥着我，一把甩开了我的被子，用一个跑步的动作比画着，让我起来早操，巨大的白炽灯将小小的房间照得一片惨白。

我看了看表：3点10分。

黑人士兵大概不满我的表情，一把抓过我的手表"啪"地摔在地上，一面抓过桌上的一杯凉水，"哗"的泼在我的身上。

"OUT！OUT！"他用简单的英语对着我大喊。

我恼怒不堪而又无奈地迅速穿上衣服，我要去找"僵尸"理论，这样发神经一样的折腾，难道是因为对我有什么意见吗？

"你能判断战争会在几点爆发？这里的训练没有计划，你能做的只有忍受和服从！"

"僵尸"冷酷的脸表现出对我的极度不满："我将对你的态度做出惩罚，在早餐之前你必须翻越多巴斯克的主峰并返回！否则我将考虑暂时降下你的国旗。"

"他会给你带路的。""僵尸"指着那个黑人士兵对我说。

我知道我不再有说话的余地了。

"是，长官！"我抑制地向他打了个敬礼，随后在黑人士兵摩托车的带领下出发了。

我咬牙切齿地诅咒着、鄙视着"僵尸"的弱智低能与专横无礼，如果只是这样的训练方式毫无章法，我何必跑这么远受这个折磨，我自己足以胜任一个训练营的教官了。这是我正式成为特种旅成员前最真实的想法。

狗娘养的！我只有心里才可以这样骂。

黑人士兵的摩托车时快时慢，他用粗野的口令呵斥着我必须跟上，我暗暗想，若是哪一天你转到我的手下，你他妈的死定了。不过，这种机会是肯本不可能出现的，我不过发发心中闷气而已。

仅仅一个早晨，我就领略了这种"乱七八糟"的训练方法。当黑人士兵在山脚下看着我登上多巴斯克峰顶时，我想他自己也会为这样蠢笨的训练方式感到可笑吧。

为了报复，我在他们伟大的多巴斯克峰顶上恣意畅快地小便，这是我对他们的蔑视与不满。当然，我并不惧怕任何训练，我惧怕的是这种死人一般的气氛，我需要很强的适应能力，或许，我还没有做好这一点。我的梦想在瞬间的意识中被沉重地打了折扣，但所幸，我有足够体力可以支撑。

从多巴斯克回来的路上，经过一段林荫小道时，我看到路边站着一个身材颀长的女孩，这是我在异国他乡见到的第一个女性。

在前去训练营的路上，"僵尸"给了我一份厄瓜多尔特种旅的情况资料，是中文版的，我才算对这支神秘部队有了个大致的了解。

厄瓜多尔海军特种旅分为水下防护和水下攻击两部分，我即将受训的是水下攻击特种训练队，它是厄瓜多尔特种旅的精英，水下特种突击队有魔鬼训练营之称，训练异常残酷，所有教官都是经美军海豹突击队严格选拔培训的，所训科目都是按照实战要求而设置的，队员必须完成全部课目方可毕业，它具有很强的纵深打击能力和立体作战能力，是一支最具战斗力的三栖作战分队。

我一度低迷的心情瞬时得到了些许回升，我想，"僵尸"这样的角色在这样的队伍里简直是一个不相称的存在，以他的素养在这样声名赫赫的队伍里实在难以让人正视。

"僵尸"仍旧用他生硬的中国话告诉我（我想懂点中国语言也许是他能留在这里的重要原因吧）："你需要懂得这些！"

材料上记录着特种旅成立于1963年，49年来已成功组织了29届国际培训班，目前共有突击队员70名。

这个数字实在出乎想象，我以为这样的一支队伍至少也有1000多名特战队员吧，在我个人的意识趋向里，我比较喜欢千军万马的阵势，这样的人数是多少让人失望的。

"僵尸"坐在副驾驶的位子上，从后视镜中看到了我脸上细微变化中的些许表情，他那颗原本长得像山芋的脑袋拉得更长了，从墨镜的边缝里投给我一丝恶狠狠的目光。他抽动一下脸上翻红的刀疤，用他那被烟熏成漆片的大板牙向我大声嚷道："杂种！你别以为自己了不起，你等着瞧吧！"

我不满他的态度，挪动了一下身子，因为我觉得他只是一个接待人员而已，最多负责初步的审核，而我又已经通过，现在我就要加入训练队了，我大可不必像昨天那样对他战战兢兢。

"僵尸"不再理会我，但资料上的一些其他文字还是让我加重了对特种旅突击队的看法：厄瓜多尔海军水下特种突击训练营（简称SAT），位于安第斯山麓下，于1963年由美国海豹突击队帮助组建，装备精良，人员精干，技术过硬，任务独特，多次秘密完成了反恐、突袭、营救等特殊任务。自组建至今，训练营已成功组织了29届培训，经魔鬼式训练和严格的选拔淘汰，目前仅有270余名队员毕业。训练中队员要完成战术、射击、蛙人潜水、两栖作战、低空跳伞、战场营救、反恐、攀登、爆破、直升机训练及体能、心理训练等科目，经历"地狱周"和"野战生存周"等高强度、高难度、超极限训练，历经40年的建设发展，已成为世界上最精锐的海军特种部队之一。

我于是又觉得一切又那么让人热血沸腾了，再不用考虑有多少队员了，这儿需要的只是精英。

我的梦想刹那间又复活了，我或许就是为这样的部队、这样的战斗集体而存在，我不怕他如何的高淘汰率，对于站在国旗面前的我来说，这是我生命和祖国荣誉挂钩的重要时刻。这是意志的决斗，所幸，我已做好了准备。

作为一名祖国培养多年的海军特战队员，我的青春已全部奉献给了祖国，在别人如花的年华里，陪伴我的是铁盔和钢枪。也许我没有别人的温情与浪漫，但我拥有了一段似火的年华和宝贵的人生历程。我的思想曾经颓废堕落过，但今天，我将走向生命的极点。

我从后镜里看到自己布满皱纹的年轻而又苍老的脸，但我也看到自己坚定而勇猛的锐气，这是我生命的特征，我的血液里流淌着这样的野性。

2月6日—2月9日 多云间阴

埃晨莎，这是你第一次出现我的文字里。因为，没有与你的心灵倾诉，我怕无法继续叙述下去。埃晨莎，我有时会觉得生命就像一片树叶，当秋风凋零的季节来临时，与其惊恐地挣扎在枝头，还不如优雅地摇曳在风中，那段时光对我们来说，走得实在太辛酸。而我也必须告诉你：生活决不能屈服，爱情决不能逃避，我们走过的历程，靠的是一种精神支撑着一段艰难的生命，就像我，会因为你，付出那么多的泪水，直至生命。只是，在迷幻与复杂纷乱的思维过后，我得到暂时的忘却，因为我需要面对自己的使命而不能选择浑噩的生活。

这几天处于体能恢复阶段，进行适应性训练。

我没有想到，"僵尸"居然担任了突击队的队长，突击队就是我们的集训队。这是当天的开训大会前特种旅方面宣布的，在此之前，我以为他只是一个言行粗暴的年轻教练，暂时地负责初审工作，但我没有想到他竟然会成为我们的集训队长。

2月10日　晴　生死协议

今天是厄瓜多尔海军特种旅值得纪念的日子，尽管这样的仪式每年在新生入队的时候都会有，但这一刻，它依然那么隆重和庄严。

厄瓜多尔海军特种旅旅长阿麦少将派头十足，一脸和善，与"僵尸"的满脸横肉有鲜明的对比。

上午9点，通向主席台的主干道两侧是疯狂欢呼的特种旅士兵组成的十几个密集方阵。军乐队激情演奏着昂扬的军歌，写着各种字体的旗帜构成了一片彩色的海洋，那应该是每个连队的旗帜。

将军微微颔首，并保持着把右手一直以敬礼的姿势放在太阳穴处，这是对士兵们狂热爱戴的回报，厄瓜多尔有着浓烈的军人执政的历史印记，士兵对长官的热爱非同一般。

将军从我面前经过时，我发现他眼中有种不易为别人察觉的光芒，这是他人格魅力与亲和力的无限拓展与体现。

"猎人战斗！猎人战斗！……"走在将军后面的"僵尸"最合时宜

地率众高喊特种旅的战斗口号，呼声响彻云天。

将军缓步走上主席台，坐在居中的位置上。和整个会场相比，小小的讲台上所有25名训练军官按职衔高低一字排开。说实在的，我的心里不免有些紧张。电影《冲出亚马逊》中一个个恐怖的场景正在我脑海里一幕幕闪现，也许，明天"魔鬼"的炼狱训练就要展开，火药味将弥漫这里的每一寸空间，前方的道路到底怎样？"我能否坚持下来？我会被淘汰回国吗？"我相信，这样的想法并不会使我消极，只会使我更加积极。

将军看起来很年轻，根据资料知道他其实已经50多岁了。将军以游击专家著称，他脖子上围了一条白色的三角巾，气色相当不错。

"我们致力于培养最出色的猎人，猎杀一切威胁我们祖国的敌人，我们将用最具挑战的高淘汰率训练方法培训出最优秀勇猛和顽强的作战队员，在野兽面前，我们必须练就比野兽更凶残的本领，相信你们都是好样的。"

阿麦用流畅的英语对我们所有即将加入特种旅训练营的各国特战队员表示欢迎。他的第一句话就以挑战的鼓动和磁性引起了人群疯狂的情绪，不能不承认，那些士兵狂热呼叫的同时，也奇特地拨动着我灵魂的心弦。

然后，阿麦特别强调了特种兵在军事行动中的地位和作用，同时提出了我们应有的素质和要求："……由于特种部队作战的环境和作战对象的不确定性，要求特种部队能够迅速适应不同环境，并顺利实施特种作战。为此，我们的训练重视模拟和实战化训练。为了使特种部队能够适应不同地形、不同环境中作战，我们多以建立训练基地对特种部队实施多科目、长周期、高强度的正规训练来达此目的。一是利用本国特定环境，如在山地、森林、沙漠、岛屿、高寒地区建立训练基地；二是利用友好国家的训练基地进行训练；三是利用军事盟国在国外的训练基地共同训练；四是军事大国利用在海外的军事基地进行训练。特种部队通过这些特殊设施进行训练，可大大提高战场适应和作战能力。并通过实施高强度的近似实战的对抗，从而增大训练难度和抗衡力度，提高特种部队作战的针对性和各种环境中的实战能力。"

将军还强调：特种作战本身是一种联合作战。近几年来，各国特种部队普遍加强了与其他兵种的联合作战训练。由于特种部队常常与陆、海、空三军协同作战、相互支援，特种部队作为联合作战部队的一部分，必须加强联合作战训练才能发挥其特殊作用，在这里大家要打破国界，特别重视与各国战友的联合训练。通过共同演习，熟悉海外环境，加强相互了解，提高联合作战能力。

将军特别举了例证：美军特种部队近期先后参加了德国、巴拿马、日本、韩国、泰国等国家的大规模军事演习。这种训练基地系列化，训练设施模拟化，训练环境逼真化，训练手段实战化的方法，无疑将使特种部队作战具有更高的联合性，更强的适应性，更快速、更敏锐的反应能力。将一改往日"配角"形象，以"主角"地位活跃在未来的各种特种作战环境中，成为各国解决政治外交斗争、军事抗衡的"撒手锏"。

大家都被将军富有鼓动性的话语所感染，但他却突然脸色一沉，语气一转，庄严宣布："有没有怕死的？怕死的就不要来这里，在这个部队里，只有魔鬼和被猎者，你们所要做的，就是不怕死和绝对服从。你们都是本国特种部队的精英，摆在你们面前的，一是放弃，一是跟我们签下生死协议，训练中一切伤亡，学校概不负责。"

我和另外80多名各个国籍的特训队员每人一个号码，按"猎人x

号"依次排下来,我按照"僵尸"前一天给定的顺序,被校长授予了"猎人17号",中文姓名、职衔在这里不再管用。从此,我和队员们将在长达14个月的时间里一直没有国籍、没有职衔、没有名字。

我的身边站满了不同肤色的人种,个个健壮。他们都是本国一线作战部队的佼佼者,也是本国特种部队的形象。

中国驻厄瓜多尔使馆武官潘积攒将军带着另一名中国参训队员于小龙也来了,在此之前,于小龙刚刚结束为期8个月的维和军事观察员任务。在厄军方通知我去与潘积攒将军会面时,将军紧紧拉着我俩的手勉励说:"中国军人在任何艰难困苦面前没有服输的,希望你们拼出中国军人的威风,赢得最好的成绩。我会来给你们庆功的,中国的国旗在这里就交给你们了。"

这是我一生中为数不多的灵魂碰撞的时刻!

将军和我们一起高声唱起了国歌,这也是我第一次怀着如此神圣和庄严激动的心情自发地唱起《国歌》。

那名曾经我熟悉的黑人士兵跑过来和将军耳语了几句,潘将军告诉我们得过去签下"生死状",将军问:"没有问题吧?"我们都自豪地表示为了祖国可以舍弃一切。

一名厄瓜多尔特种旅上尉在组织亚洲国家的队员签协议书。他示意我先看完协议书上面的内容,协议一式两份,分别为中厄文体。中文体如下:

协议书

甲方:厄瓜多尔海军特种旅

乙方:中华人民共和国参训队员xx

根据中华人民共和国解放军总参谋部与厄瓜多尔共和军参谋部反恐人才培训计划的协商，特由中华人民共和国军方陆军少尉xx（代号0017）到厄瓜多尔特种旅水下攻击训练营（队）接受该营所有训练内容，分别为：海上跳伞、深度潜水、水下爆破、水下反恐、海上机降、军事通讯、军事地形、野战生存、近战搏击、抢滩登陆、心理承受等方面的等级训练，时间一年零两个月。

以上内容为两国军方参谋部议定，训练中的伤亡之责任由个人及该国军方负全部责任。

……

"请吧。"中尉伸手示意我在上面签下姓名。

我不假思索地在右下角画上了自己的名字，并摁下了朱红手印。同时在厄文版的协议书上也签下了名字。于小龙没有签字，他必须等到会后的体能测试完毕。

潘将军非常激动，和我们一起把象征着国家最高荣誉的五星红旗升到了训练营主训场的主席台旗杆上。我作为本国签字队员，被允许将国旗升起来。

我相信，无论将军和于小龙，一定都和我一样，已经深深地意识到，自己的一切，现在都切实和伟大祖国联系在一起。

望着迎风飘扬的五星红旗，我们和潘将军一道庄严宣誓：请首长和战友们放心！请祖国和人民放心！

下午5点，于小龙也顺利结束了体能测试，根据成绩，我和他还有另外37名队员被分在甲组，其余的编入乙组，两个小组的训练内容和强度是有很大差异的，我们都很高兴在这里给中国人争得了第一份荣誉。

"僵尸"带着一个副手满脸严峻地走过来，为我们布置住宿。根本不是我想象中那样，这里的条件差到连国内的一般条件也达不到，更别去想象什么优雅的住宿环境了。

甲组共39名训练队员被安排住进了一个据说是飞机仓库的大房间，"僵尸"说来自同一国家的队员可以住得靠近一些，我和于小龙住在了上下铺。

"僵尸"让我们在15分钟之内必须布置完所有的内务，确实够紧的，但我和于小龙还是提前3分钟做完了他所要求的一切。趁着这两天来难得的一点空闲，我和于小龙小声攀谈起来，这是我见到他以来第一次和他进行像个样的谈话。

于小龙告诉我，他是海军陆战队派驻在苏丹维和的，正赶上期满回国。因为自己在水下爆破方面的专长，这次被选拔赴厄瓜多尔海军特种旅受训。于小龙说他8个月没见家人了，再加上这14个月，将近两年的时间都在外面了。好在没结婚，他自我安慰地说。

我不知道如何安慰他，我们都是军人。但我是孤儿，没有亲人的羁绊，这一点我可能比他好过一些。

看着不同肤色的队员齐聚在这里，我和于小龙都各自思考着，未来的一年多，该如何度过呢。

晚饭是自由分桌的，因为相貌的原因吧，我和于小龙以及两名韩国籍队员自觉坐在了一起。我和于小龙边吃饭边交流着自己的感受，两名韩国队员虽不懂中文，但也不时互相发出一些感叹或叹息的声音。

按要求，队员在用餐和会议期间都要保持战斗着装：背枪、携带6枚手榴弹、4个弹夹、戴6斤重的凯夫拉钢盔，这些让人难以想象的烦琐，但是一脱一穿，就颇费一番周折。但是按照僵尸的说法，任务在随时下达，也许就在你刚刚端起饭碗准备往饥饿的肚子里塞东西的时候。

饭菜惨淡得让人无法想象，仍然是每顿两个香蕉，外加1磅面包，半磅猪油，只有在过度的训练中才会补充牛肉之类的营养食品。厄瓜多尔是香蕉之国，但这种消耗香蕉的方式我还是第一次经历。而事实上，我们都是带着每天15美元的生活补贴来的，吃着这样的饭菜难免在心中暗骂。但在人屋篱下，也只能在心里发发牢骚而已。

晚饭后，突然响起了急促的集合哨声，一个矮个子教官、"僵尸"的副手奥尔特加，手提一根马鞭在集合队伍，好像在集合一群骡马似的。

"僵尸"远远地站着，冷冷地看着每一张紧张而忐忑不安的脸。

讲话被翻译成多国语言，"僵尸"说前3个月是语言适应期，每个人必须过这一关。

各个语种的翻译人员被引荐到各国队员面前，担任我和于小龙语言训练的是一名厄瓜多尔华裔，是一个30岁左右的年轻人，这让我们大喜过望，都是华人，这在感觉上比较亲切一些。

随后，"僵尸"介绍了突击队的随队医务人员——埃晨莎小姐，一位皮肤略黑的陆军文职军官。她扎着马尾巴小辫，颇具东方人的气质。

我小声告诉于小龙这位埃晨莎小姐我在哪儿见过，于小龙说你见鬼去吧。我想也许是幻想吧，但确实是有种见过的感觉。

我的心似乎隐秘复活了。埃晨莎的出现是一种可以走进我内心的安静的符号。她礼貌地站在队伍前微微鞠躬，算是做了自我介绍，大家便欢呼起来。我想消除这种突然而来的杂念，但她那种安静的姿势顷刻间就吸引了我，瘦瘦弱弱，但非常干净利落。我紧紧盯住埃晨莎，一个低迷的过去走开了，代替的是生命欲望之火的复活。但我的埃晨莎（请允许我这么早就用这样的称呼）转瞬便走开了，站到一旁。

"僵尸"用山芋脸和黑板牙代替了她青春丰韵的气息和容颜："今天晚上的会餐，是欢迎勇敢的战士们加入到这个钢铁一般的集体中。"

我真以为听错了，这样差劲到极点的饭菜竟然叫"会餐"。

"从明天起到你们离开这个国家，将被取消一切休息日，也没有白天和黑夜的界限，吃饭的时间分别为5—8分钟。"

"僵尸"没有什么样的好口才，总结能力却是很强。几句话算是剥夺了我们的一切自由，而进入地狱一般的生活。

最后，他向我们特别介绍了奥尔特加，这个我一眼看上去就很反感的黑东西。僵尸说，奥尔特加将在他不便的时候执行他的一切指令，并负责训练和管理工作。

奥尔特加从一侧走到队伍前面一处石垛旁，纵身跳上去，环顾了下面的人群之后，突然一个凌空前扑落在了坚硬的花岗岩地面上。

奥尔特加落地后，随即弹跳起来拍拍手说："希望以后的生活，我们的合作是愉快的。"仅此一句，算是做了自我介绍。我听到队伍中发出一阵轻微的"嘘"声，但很快在奥尔特加巡视的目光下归于平静。

我还是从根本上接受了，这需要心理上的主动迎合，我有我的祖国，还有我的埃晨莎，或许她以及她的安静，会在我隐秘的内心中陪我度过不可预测的一年多。当然，现在把埃晨莎称之为我的有点为时过早，但是从故事情节的展开来说，这一点也不影响读者朋友的阅读。相信一口气读完此书的读者，并不会惊讶于我现在类似于低级和神经失控的浮想。在漫长的一年多魔鬼训练中，正是埃晨莎的恒久安静，不断地给了我狂躁时克服自己的勇气，让我不知疲劳。

2月11日　大雨

很多日子过去了，在一个离我很远的国度里，曾经有那么一种情感在我的心里流动着，我的埃晨莎，我再也无法将她放下，生是这样，死亦如此。

这是一个下雨的傍晚，我走在无言的营区便道上，大多数人都在整理着自己的物品，或者进行各种各样的娱乐，但我无法平静自己激越的心，寒冷的风撕扯我脸的感觉就像一种暗示和提醒，在这种意境中，完全不必考虑别人好奇和询问的目光，不必考虑纪律之下约束的心情。思念，我感谢这闲暇的思念，像一股久违的泉水一样，一点点渗入我已经变的干涸的充满伤痛回忆的内心。尽管这回忆会充满令人伤感的痛楚，我还是习惯于这样的方式。在某些时候，这种痛楚已经成为我生活中不可或缺的一部分了，在需要的时候它总会瞬间而出。

因为回忆如此痛楚的幸福，我学会了这种难得的幸福享受。

今日只有一个20公里越野，冒雨前进，其余时间安排室内体能，每人完成蹲下起立两千次，我感到眩晕。

2月12日　晴　炼狱岁月

早上7点，两个小分队在队部门口集合完毕。全副武装的特战队员精神抖擞。"僵尸"用锐利的目光掠视过后，大声喝道："作为你们国家的代表，不要给你们的国旗抹黑！"随即，他跨步上了自己的迷彩越野车。

一队跑步行进的特战队员掀起漫天的尘土，79名英武的特战队员，79顶闪烁的迷彩钢盔，在夕阳的余晖中向着远处逶迤而去。

今天是体能训练的第一天，这儿的体能训练绝不是国内意义上的那种训练方式，痛苦的滋味让我终生难忘。由于以海军训练模式为主，所以，住所临时搬到了一个靠近海峡的军用设施里。三角锥形状的水泥墩四处都是，这是排演陆地战术用的，海军陆战队经常在这里训练。我们都住在临时搭的迷彩帐篷里面，帐篷很大，能容纳好几十人。帐篷内分成两排，中间是过道，我们睡在木板上，这还算比较仁慈的了。

"僵尸"让我们每个人都把木板底下挖空，然后铺上塑料纸，说是海边湿气大对关节不好，这样可以很好地防潮，我们算是正儿八经地感动了一次。尽管才是2月，但在这里，已经有了蚊虫。热带蚊子的威力不可小视，我们穿的迷彩作训服居然会被咬穿。"僵尸"说，睡觉时是不可以穿外衣的，这听起来像是在帮蚊子的忙。

奥尔特加铁青着脸宣布了当天的训练内容。

　　课目 体能

　　条 件 海练场，救生器材；橡皮舟，冲锋舟，桨；昼间。

　　内 容：1.3000米游泳

　　　　　　2.1500米武装泅渡

　　　　　　3.沙滩5000米跑

　　　　　　4.1000米划舟(艇)

　　　　　　5.抗眩晕练习

　　标 准：1.3000米游泳，徒手，80分钟内完成；

　　　　　　2.1500米武装泅渡，战斗着装，60分钟内完成；

　　　　　　3.沙滩5000米跑，战斗着装，27分钟内完成；

4.1000米划舟(艇)，战斗着装，16分钟内完成；

5.抗眩晕练习，完成后立即走10米，左右偏差不超过1米。

考核：实际操作，全部达到标准为合格。"

2月13-15日　晴

埃晨莎，我常常会对着眼前的一座座山峰发呆，特别，当细雨来临的时节或者秋风萧瑟的时候，更能概括我一直的心情，我总会孤独地走上一段距离，即便短短的100米，也常常会使我感悟出漫长一生的更多意义，使我不再那么绝望。每当我看着青翠山顶上盘旋的云雀，我总会误认为是你灵魂的到来，因为无论我在哪里，总是能感到与你的心灵相通。

训练，仍旧复习12日的体能内容。

2月16日　晴　炼狱

适应阶段是在无休止的体能训练中度过的，早晨安排两小时，先是5至10公里，之后是综合体能训练。每周有3个下午组织长跑，在地表温度达30度且极度脱水的情况下，身着迷彩服、军警靴，长途奔袭6至30公里。由于强度大，多数队员都得了骨膜炎，有时甚至会突然休克。

今天进行的是一项全新的内容，令人刻骨难忘。奥尔特加上尉说要进行橡皮舟训练，和我们国内的训练概念截然不同，在这里是一项残酷的折磨人的训练，主要是为了惩罚和淘汰队员。"僵尸"曾多次声称，这里的训练就是全程淘汰制的。

早晨，我们照例在浓烟的熏呛中窜出了大房子。队伍很快在奥尔特加的大声呵斥中排得整齐有序，奥尔特加整完队伍便开始他那高音喇叭一样的报告，"僵尸"说让队伍稍息，看来今天有话要说，我们都在心里不停地咒骂，因为凡是他特别强调的训练，奥尔特加都会当作领了圣旨一样严格执行，那我们就没得好果子吃了。

"科目，""僵尸"开始训话指示，"操舟训练！目的，通过本训练改变以往对此项训练的错误认识，争取以新的思维新的认知尽快掌握这一内容并通过考核，做一名全方位合乎标准的海军特战队员。此项训练穿插体能和其他训练，时间为3个月，希望训练中每名队员都能认真对待，充分发挥自身潜力，不要出现有损国家尊严的言行。"说完，"僵尸"傲慢地用指头点了点主席台上方的一排国旗。

奥尔特加进行了分组，6人一条橡皮舟，操舟教练、来自加纳的11号猎人古腾讲解了必要的技巧。古腾说操舟训练需要利用抬、举、拖、拉、推、跑、爬等方法，还特别强调了在山路、密林、公路、沙滩和荆棘树丛中，必须采取拖、拉匍匐前进，扛、抬奔跑的方式，通常这一系列的训练要持续多小时。古腾最后说："肘、膝、腿、腰受伤尚可忍受，最残忍的是满山遍野的毒刺，一旦碰上，浑身红肿，痒得让人受不了，吃药打针也没有用。"

从营区到训练的水库总共20公里，我们6个人分成前、中、后3组，用手托举着重达100公斤的特制橡皮舟，在奥尔特加的呵斥下艰难地向前走着，只靠十指的力量真是够呛啊，关键并不是每个人都能用得上力量，像我这样的大个子，则要比他们多用一倍的力量。

我们的迷彩服按照奥尔特加的要求被撕成了一道一道的布条，有点像乞丐，奥尔特加说这是为了更好地隐蔽，我觉得他在放屁。

到了水库边，我的胳膊几乎要失去知觉了，似乎只有举着才能舒服点，稍稍弯曲一些都疼得无法忍受。但奥尔特加马上要求我们做俯卧撑，说是必要的臂力活动。我刚一扑地，便差点趴了下来。

进行完必要的身体活动后，奥尔特加像赶一群鸭子一样把我们撵下了水，让我们对水的温度适应一下。然后他再次命令古腾讲解操舟的常用手法，包括单人、双人和多人配合，都做了示范性动作。

我们按照古腾的讲授自己揣摩，奥尔特加则坐在岸边的小树林里监视着我们。好在"僵尸"没有过来。

不知为何，我突然想到埃晨莎了，但只是一闪念，因为残酷的训练让我没太多时间整理细腻的感情。

于小龙在旁边已经完成了一次单人立体反扣橡皮舟的训练。这让我很有压力，根据编组，我是我们小组的临时组长，我必须比他们先学会，否则又会挨一顿脚踢。我把橡皮舟一端的绳子紧紧抓在手里，然后站在橡皮舟一端使劲地拉动着绳子，使另一端迅速蹊起来，我觉得像要把胳膊拉断一样，另一端终于直竖着站了起来，随着"轰"的一声巨响，我像进了地狱一般被突然反扣的橡皮舟压在了水下。

……

中午饭稍微有点变化，从香蕉改为香蕉饼，仍旧每人两个。奥尔特加对我们的训练效果不太满意，说是给一点小小的惩罚，仅仅让我们休息了20分钟，一直到下午5点才结束训练。

按照惯例，每天下午5点以后如果没有特别安排都会练习长跑。而现在，跑步已经是我们不可多得的享受了，不管它是多少公里。

2月17日—21日　多云间晴

内容均为操舟训练，这是厄瓜多尔海军特种旅的招牌科目，训练异常艰苦。

2月22日　晴　横渡大海峡

今天的科目仍然是操舟训练，和昨天8公里的区别就是，今天进行10公里的打脚蹼游泳训练，这是对生理极限的挑战，也是残酷的意志力训练。这种训练对脚踝损伤非常严重，尽管2月底的天气已经能感受些许温暖，但毕竟是冷却了整个冬天的海水，我们在凌晨5点潜入，刺骨的寒冷依然令我们战栗不已。在国内我曾经进行过类似训练，但在这里无济于事，在这种高强度的残酷训练中，一切都必须依照魔鬼们的训练理念和现实条件重新开始。

由于前段时间的连续浸泡，我的手脚在冰冷的海水里浸泡3个小时以后，就会变得毫无知觉。

今天的训练似乎会轻松点，我们训练到8点的时候，奥尔特加就通知我们上岸了。难道今天他善心大发让我们休息？还是有别的任务？那也好，宁肯跑50公里也不愿在这冰冷的海水里再泡下去了。

在经历了20多天的海水折磨后，这样的念头确实令人兴奋，但我们还是抑制住了内心的激动，有秩序地游上了岸。因为哪怕流露出丝毫开心，让奥尔特加觉察到的话，他都会看着不舒服的。这些没有人性的家伙，宁肯在自己实施的虐待中看着我们受苦，这是他们的乐趣与生活方式。

奥尔特加让我们坐在泥地上，并没有过多地评价我们的队列如何不好，以往可不是这样，他总是能从我们已经非常谨慎的动作中找到他所认为的不足。

"大家随便坐就好了。"奥尔特加一改往日狰狞的面目，我们不禁觉得十分的可敬，觉得人嘛，总是有可爱的地方。

奥尔特加站起来，在我们周围转了一圈，像村妇在数她养了多年的一群鸭子一样，充满着难以表达的自豪。

"这样吧，"奥尔特加点上一根雪茄，摇晃着那只像小腿一样粗的胳膊，叹口气像是很抒情地说，"大家都有兴趣穿越这个大海峡吧，就像许多探险家一样，今天我们集体完成这一壮举。"

奥尔特加的话不多，但瞬间让我们所有微弱的希望化为乌有。我马上明白：狼就是狼，永远不会和羊站在同一条道上的。于小龙也禁不住倒吸一口凉气，惊讶得张大了嘴巴。

"好吧，我们集合。"奥尔特加平静的语气里充满了杀机，以至于这一刻我们还来不及在心理上完成对他善变性情的准确定位。

必须马上让自己恢复到以前状态，我和大家一样，心情紧张迷茫着，无奈地向着海滩挪动步子。说真的，我现在最大的感觉就是饿，极其饿！早上的浸泡已经消耗了我所有的能量。

8点40分，我们准时下海了，最近的地方也有20海里宽。由于无法辨别方向，奥尔特加向"僵尸"做了汇报。30分钟后，由阿麦少将协调前来导航的军舰开入了我们的视野。

军舰的缓缓移动足以让我们跟随得筋疲力尽，眼中只有无边无际的海水，腌渍的皮肉疼痛难忍，到中午12点时，我们上下摆动的双腿已经成了机械运动，胯骨也疼痛得失去了知觉。

下午一时，通过高音广播，我们得知有2名土耳其队员由于疲惫之极失去意识，自动下沉。

下午二时，高音广播再次通报因抢救无效，下沉的两名土耳其队员中，其中一人身亡。广播录音还说，军舰将不会再去营救任何一名队员，即便全体遇难。这让我们不再抱有任何退却生存的念头。

我真实地感到了死亡的威胁，但即便死也要轰轰烈烈。这个关头，或许每个人都和我一样，在努力战胜着自己。

于小龙一路上紧跟着我，不敢离开半步，他不停地给我说着动作要领，鼓励我游完了最后一段距离。下午4时，我和于小龙终于拼尽全力，游到了对面的海岸。

岸上迎接的人们充满热情地拥抱了陆续上岸的特战队员们，这些军舰上的异国水兵都被队员们这种百折不挠的精神感染了。看到我和于小龙相互搀扶，他们还赞叹地伸出了大拇指：中国人！而我，则难以抑制地抱住于小龙哭了。

事后，奥尔特加让于小龙和另外3名外国队员为乙组未参加横渡大海峡的队员们讲解了长途泅渡的技巧方法。

于小龙在两栖科目上的优异表现也得到了训练方的赏识。在接受了"僵尸"的"召见"后，他专门给集训队讲解：作为两栖作战训练，需要从快速行驶的舰船上跳入水中。按照"僵尸"的指令，他要求队员在甲板上成一路纵队排列，每25米站立1名。

训练时非常惊险，舰船的一侧绑着橡皮舟，在速度20节的舰船驶来时，队员要正对舰船，在接近橡皮舟的瞬间，将胳膊快速插入接应者抛出的橡皮圈内，同时另一手抓住插入手的手腕，借助船速的惯性，将身体拉上橡皮舟，队员要迅速脱离橡皮圈，爬上舰船，否则将影响后面的队员登船。这一训练模式产生的效果很好，于小龙受到了集训队的表扬，这是我俩值得骄傲的一天。

2月23日 晴 追悼会

在这场为期一年多的生死游戏中，我第一次参加牺牲战友的追悼会，追悼前一天还生活在我身边的战友，他和我一样，在为自己的祖国荣誉的奋斗中付出了自己的努力。

仪式很简单，在这片异国的土壤上，在这片国际特种兵精英为国争光的热土上，黑洞洞的冲锋枪枪口一致倾斜45度朝天，60名礼兵几乎同时拉开枪栓。

"嘭"奥尔特加肃然举枪指向苍茫的长空。60支冲锋枪也同时对天射击，哒哒哒哒……枪声震耳欲聋，在山间回响。枪口的火焰映亮了特战队员的眼睛，仿佛唤醒着他们刚刚历经的铁与血的回忆。这便是对于一名特战队员最好也最重要的荣誉了。除此之外，谁也没有再说什么，大家都半天没有说话，因为心里是悲凉的。

我的泪无声地流了下来，无法控制，追悼大厅是我们开军事会议的地方，中间就放着他的尸体，尽管大家来自不同国籍，但看到他们，想的更是自己。昨天我们还挥汗如雨地奋战在一起，今天他已经躺在这里永远离开我们了。是的，他再也不用担心游不到对岸和随时怒吼横飞的子弹了，安静得像个刚入伍的新兵，军装笔挺，上面覆盖着土耳其国旗。

死者的土耳其队友为每人递上一朵白色的小花，他严峻的脸上没有一丝泪痕，但他的心情一定比我更无法承受。在这张脸上，我看到了牺牲带来的心灵震撼与颤抖。

我接过小白花别在胸前。我低着头，任泪水滚落地上，追悼会的大厅中挂着牺牲者的遗像，好像还是穿越大海峡前的英俊模样，只是多了几许沧桑。

"僵尸"说这只是体验死亡的第一步……

就要离开了，我随着人群慢慢走动，我的视线也越来越远地离他而去，在那个瞬间，我突然感觉到自己的心底有一种东西在变得坚硬，像一根根坚硬的芒刺猛然钻出我的肉体和灵魂，电击一样渗透我的全身，使我真的懂得什么是军人，什么是特种兵，什么是为国争光的"猎人"！我为我自己的选择而无悔。我也知道，我的生命和我的心已经不属于我自己，而是我的国家，为了我的祖国，我也可以这样躺在这里而不会产生任何痛苦感。

我听到自己的灵魂的声音：忘掉一切，走向你的明天。

2月24日—3月6日 雨

训练内容以武装泅渡为主，复习在水中的体能训练方面的内容。

3月8日 晴 特别起床号

"怦！"一声炸雷般的巨响在凌晨4点多震醒了沉睡中的队员们，我感觉有种要死去的感觉，无法忍受。

房子的门从外面反锁了，谁也冲不出去，我也和大家一样，顾不得穿衣服就在嘈杂的辱骂声中碰撞起来，一股呛人的特殊味道弥漫了整个房间，我断定这不是在做梦，因为我的脚被冲撞的人群踩得疼痛难忍。

3分钟左右的时间，大部分的人已失去了刚才暴躁的力量，有的甚至已经倒在了地上，在践踏中发出尖利的哀叫。

门突然被打开了，人群像潮水一般"泻"到了外面空地上，我张大嘴巴试图叫喊，可是发不出任何声音，眼泪鼻涕满面，头往地上钻拱。

我再也起不来了，左摇右摆地躺在了队友的身边。

我真的要死了！这一次，恐惧占据了我的大脑。

但还没等回过神来，早已站在门外的"僵尸"厉声吼道："以后瓦斯就是你们的起床信号。"

我的印象里从不知道瓦斯是什么东西，在国内也只是听说过矿井的瓦斯爆炸。什么颜色？什么气味？大脑里没有一丁点的概念，今天算是真正体会了一把。

我经历过无数高强度的训练，今天终于尝试了那些只有在电影里由艺术家们构思出来的恐怖场面。

甲组的30多名队员一字排开地躺在坚硬的花岗岩铺成的便道上。

埃晨莎过来了，她背着小药箱，脖子上挂着一根听诊器，穿着白色军医大褂，体态优雅地走来。这是垂死中我感受的第一丝安慰，我确切地看到了她的款款身影。

"僵尸"说我们是第一次接触瓦斯，需要检测一下心脏的承受能力，但是下次就没这样的好事了。

我的埃晨莎！我似乎奄奄一息了，但在心中不停地默念。这是我惊恐心理下一种主动的依附。尽管我只见过埃晨莎一次，而且根本没有相通的语言，但我还是不可救药地爱上了她，即便再多的痛苦可以让我毁灭，但我已经不能淡去对埃晨莎的尽存心底的爱恋。

这是我的内心，永远不会对别人、也不会对她提及的内心，我只是狂热地爱，却不敢奢望去拥有。

她过来了，轻盈的步子和优雅的身材。她平静的呼吸下透着热情，深邃中给我心灵的抚慰。

埃晨莎轻巧地放下小药箱，开始询问每个人心脏的感觉，并不时地用一个纺锤一样的东西击打大家的心口。翻译在帮她进行简洁的交流。

我看到那名来自巴基斯坦的队员比画说心口如何不好。我有点灵魂出窍了，这是我的神经质，也是我的激情。我断定那名巴基斯坦队员一定是乞求得到埃晨莎母性的抚摸。我便决定在某次实弹训练中让这个讨厌的家伙合理地死去或者巧妙地消失。我认为，这是他对埃晨莎骚扰而应得的惩罚。

我相信没有任何别的人会像我这样虔诚地从内心珍视她，远远地欣赏她，专心地爱慕着，而从不愿去惊扰她的平静。

翻译走在埃晨莎前面，迅速地问着每个人。在我这里，他有点漫不经心，只简单问了一句心脏有什么感觉，这令我极其不满，难道他想直接告诉埃晨莎我没有什么问题而让她赶紧离开？我觉得我的心理已经为她加强了对一切人的戒心。

不，我的心脏有了问题，很严重的问题，等待着埃晨莎的治疗，我装作呼吸短促地告诉翻译："我……需要看医生……"

我为自己掩饰在内心的秘密而感到紧张和幸福，这将是一年多时光中我独享的幸福。我的埃晨莎，从心理上，你已经属于我了，虽然我们之间有如此大的距离，但这一切阻挡不了我强烈的感觉，就像一把犀利的长剑斩断了横在你我之间的一切思维障碍。

这是在别人身上没有的感觉，埃晨莎给我创造了吸食鸦片一样的感受，这是那些粗鲁的人不可能有的。就在刚才，那些自恃威猛的家伙用皮肤黝黑、骨节粗壮的大手拒绝了埃晨莎询问的目光，我的心理上竟会有很大的快慰。埃晨莎应当保持她在我心理上的独立，她最好不要对这些粗俗的人留下什么好感，建立起哪怕鄙薄的友情，而只能是我，用独特的方式去呵护她。即便我不可以拥有，那就谁也不要拥有她好了，让她像一朵娇艳的玫瑰，在这片恐怖的训练营中静静绽放，我会是那个辛勤而不知劳累的家伙，趁着夜深人静的时候偷偷地为她浇灌，并畅快地闻着她的芬芳。

埃晨莎快要到我面前了，我很希望自己是最后一名，那样的话，埃晨莎就有足够的时间守在我的面前。

埃晨莎越来越近了。我甚至可以看清她因呼吸而微微翕动的鼻翼，她的眼睛清澈地眨动着，平静地过来了。她的轻柔会让人在抱她时自觉用十二分的小心。请原谅，我又有点神经质了。

埃晨莎穿着棕色的鹿皮小靴，踩在花岗岩的碎片上发出"吱吱"的响声。她走得更近了，我躺在地上注视着她，她的妩媚和风情。我想她一定读过很多书，要不哪来如此气质？

埃晨莎一定会因为我的心脏不舒服而轻轻蹲下来，然后把听诊器小心地放在我的胸脯上，她一定能感觉到我的心脏不同寻常的跳动，不，绝对不是因为瓦斯！而我仍可以若无其事地做自己的事情，根本不用去看她，我知道我难以承受那双眼睛的诱惑。

但是，我的埃晨莎，我的崭新的生命希望转瞬即逝，她很快走了。我的心脏很健康，她对翻译表达的心脏严重用了怀疑的目光，她看了我一眼，似乎就确定了我没什么病。但我宁肯相信埃晨莎看我的目光与别人不同，也许这只是我的幻想。

我不得不回到现实，魔鬼般的训练开始了，尽管还只是增进体能的适应阶段。

3月9日—29日 晴间多云

这些天除了不间断进行体能训练，就是学习地形学，对方位判断、单兵搜索、按图行进都进行了细致的学习。

3月30日 晴 洗礼灵魂（1）

距上次见到埃晨莎已经7天了，这样日渐增进的思念痛苦使我似乎感觉不到自己的存在了，大脑里一片空白。埃晨莎没有出现，让我失落得厉害。

这几天的训练科目是残酷的，在经历了48小时的"森林航海"之后，除了两个眼球在转动，其他的好像都已经停止了。

前一天夜里，我们被分组装进了威武的步兵战车里，外面裹了严实的篷布。车子开出后，明显感觉走的不是直线。这是极其复杂的地形，我们在山上迂回转圈，根本不知道目的地距离驻地多远，开了两个多小时，谁也不知道被带到了哪里。

车停了，篷布打开了，奥尔特加喊我们下来。我们一个个晕头转向，但还是很快整好了队伍。观察四周，是一片雾蒙蒙的大山，森林密布。我们每个小组都领了一个指北针和一张手绘的地图，还配发了一部GPS，但这个GPS的功能极其有限，是被厄瓜多尔军方改制了的，方位的准确度让人不敢相信，但总比没有强啊。

不过，我也正好有机会从详细的军事地图上全面了解这个国家的自然环境。由于赤道横贯国境北部，(厄瓜多尔就是西班牙语"赤道"的意思)安第斯山脉纵贯国境中部，厄瓜多尔全国分为西部沿海、中部山地和东部地区3个部分。

西部沿海：包括沿海平原和山麓地带，东高西低，一般海拔200米以下，有一些海拔600-700米的丘陵和低山，属热带雨林气候，最南端向热带草原气候过渡。年平均降水量从北往南由3000多毫米递减到500毫米左右。

中部山地：安第斯山脉自哥伦比亚入厄瓜多尔国境后，分为东、西科迪勒拉山脉，两山之间为北高南低的高原，海拔平均在2500米到3000米之间。山脊纵横交错，把高原分成十多个山间盆地。最重要的是基多盆地和南部的昆卡盆地。境内火山众多，地震频繁。著名的科托帕希火山，海拔5897米，为世界最高的活火山之一。位于厄瓜多尔中部的钦博拉索山，海拔6262米，为厄瓜多尔最高峰。它是一座休眠火山，有许多火山口，山顶多冰川，在约4694米以上终年积雪。中部高原以农牧业为主，主要有羊、奶牛、谷物、马铃薯、水果和纤维植物等。本区山间盆地属热带草原气候，山地属亚热带森林气候，海拔4000米以上常年积雪，年平均降水量1000毫米左右，12月至次年6月为雨季，7-11月为旱季。

东部地区：为亚马孙河流域的一部分。海拔1200-250米的山麓地带河水湍急，250米以下为冲积平原，河面开阔，水流平缓，多河曲。属热带雨林气候，全年湿热多雨，年平均降水量在2000-3000毫米之间。

另外，科隆群岛（加拉帕戈斯群岛）位于太平洋中，东距大陆海岸约900多千米。面积7800平方千米。包括7个大岛和约70个小岛，全部由火山锥和火山熔岩组成。

厄瓜多尔经济以农业为主，农业人口占总人口的47%，分为两种不同类型的农业区：山地农业区，位于海拔2500米-4000米的安第斯山的山间河谷和盆地地带，主要粮食作物为玉米、大麦、小麦、马铃薯等；沿海农业区，位于西部沿海和大河谷地，主要种植供出口的香蕉、可可、咖啡等。

森林面积约占全国面积的68%，大部分分布在东部地区。盛产贵重木材，如红木和香膏木（巴尔萨木）。

厄瓜多尔的矿物以石油为主，主要分布于瓜亚基尔湾一带，在亚马孙平原地区也发现了油田。金银分布于马查奇和萨鲁马等地，铜产于马查奇，科隆群岛上有硫黄矿。此外还有铁、铅等矿产。工业主要有石油提炼、制糖、纺织、水泥、食品加工和制药等，主要贸易对象为美、英、德等国。主要出口原油(约占出口总值65%)、香蕉、咖啡、可可、香膏木。

铁路总长1169千米，其中基多至圣罗莎为新建铁路线，长241千米。公路总长36000多千米。有国际航空线通纽约、迈阿密、里约热内卢、利马等国外重要城市。

首都基多市，人口170万，海拔2818米。最大的工商业城市是瓜亚基尔市，也是厄国最大的沿海港口城市，人口260万。第三大城市是昆卡市，位于南部高原，人口30万，海拔2500米。

我们所处地点是绝对的山脉丛林地带，绝对原始。我们都配备了必要的开山刀。然后，我们眼睛被蒙得严严实实的，按照各个小组被带着往不同的方向走，投放在不同的方位。

"最终达到地点范围标定：经度120，标的物向南偏右58公里；纬度42，标的物向西偏左54公里……"

在电台的反复播报下，我们按照划分的小组、按照"僵尸"亲自制定的这样一个奇怪得让人摸不着头脑的计划地域，按照各个小组的投放点开始出发了。按照要求，我们要在48小时之内找到60处教官们设定的特殊标志，这不比一般的军事地形学的找点训练，我们只被有选择地告知了大约10余处方位所在地，其余的要依靠自己的个人经验和集体配合。再者，就是凭运气了。

电波在最后一组出发后停止了，剩下的就是我们在这片无际的森林海洋里的"航行"了。

阴森森的林风在耳边呼啸，危机四伏。我知道森林里面有狼，有虎，有豹，有毒蛇，有各种意想不到的事情发生。我极少否定自己的勇敢，但在这样的地狱里面，我的心头真的掠过了一丝死的恐惧。在浩渺的森林里，人的生命和存在显得如此渺小，如此软弱。

但是实际情况绝不允许我有太多的想法，在这样广袤的地域寻找如此多的点，时间并不宽裕。我们不仅要一直处于小跑状态，还要确保方向判断正确。

我是小组的负责者，于小龙和我同在一个组，这是个好事情，他似乎总有用不完的智慧，出发前的地图就是他制作的，那可是件非常精细、复杂的工作。军用地图要求的精确度更高，可谓失之毫厘，谬之千里。但他还是凭着对教官讲话里透露的信息，最大可能地绘制了较为准确的地图。

而在我们营区，"僵尸"和奥尔特加他们一定正在吃着牛排喝着生啤酒，在等着惩治那些不能完成任务的队员。

月色朦胧，高耸的山梁、陡峭的崖峁在淡泊的月光中犬牙交错。浓郁的露水把山道抹了一层油，山道一侧是黑黢黢的深沟。除了我还会有点特别的感触外，相信谁也没有这份观赏的心情。

从上午9点出发，我们已经在这片充满诡秘的森林里奔跑了8个多小时。根据大致路线方位图，21号猎人、美国人弗兰克发现了一条扔在树林里的破旧毛巾。大家认定，这是前不久教官前来设置标记时无意中留下的。这个发现让大家很振奋，说明方向是对的，于小龙精心绘制的地图立下了第一个功劳，大家都拥抱他以示庆贺。

3月时节，最是生机满目，色彩明丽。丛林之中不乏迷人的风光，绿的是正拔节的青纱帐，红的是绽蕾怒放的野花，那黄澄澄、布满地面的则是一望无际的"卷地蓝"。 33号猎人莫本说，这是其他地区少有的草本植物，在枯萎的过程中会由黄变蓝并结出紫色的种子，阵风吹过时，遍地流金，散发出弥漫醉人的芳香。

如果不是在这样一种境界中，如果不是怀揣着这样的心情完成如此残酷的任务，我想，我一定会深深陶醉在这个让人迷情的夜晚，同样，这需要我可爱的埃晨莎来和我一起分享，在别人的眼里，是无法感受出这份梦一般的境况的。

"Here！Here！"又是弗兰克的声音，他喜欢跑在最前面，刚好发现了一处标有"TZ"（特种）字样的红漆标记。

弗兰克高兴得手舞足蹈起来，大家为又一个发现而异常兴奋。莫本在记录本上详细记下了标记的方位和内容，并用红铅笔重重地标在地图上。

3月31日 晴 洗礼灵魂（2）

上午11点，我们进入森林的亚中心地带。这里地形地物异常复杂，灌木丛的小道像是兽类留下的。脚底下堆满了不知历经多少岁月的落叶，走在上面软绵绵的，有种踏空的感觉。不时会有被踩断的枯枝发出的声音，苍老而清脆，在阴森静寂的空谷里久久回响，令人毛骨悚然。

阳光剑一样从茂密的枝叶间插进来，把队员们目光所及之处分割成不规则的图形，在眼前明晃晃交织成一片。步入深处，林子里潮湿的味道、腐烂的枝叶和动物粪便的味道、热带丛林谷底回旋上来的低气压味道、头顶弥漫的雾气味道，彼此搅浑，掺杂在一起，不停地刺激着队员们的大脑，有种昏昏欲睡的感觉。

再进去就是森林的腹部，丛林稠密得连风也无法透入，只有威力无穷的阳光仍顺着枝叶的缝隙洒在林丛中的地面，那是另一种迷彩。脚下干燥的落叶足有半尺深，弥漫着尘土，一定是好久没有雨水的洗礼了。偶尔一片独生的灌木，也被烈日晒得卷起了叶片，就像将要被火烤焦的麻纸片儿，痛苦地在微弱的热风中晃动着，泛起火苗似的光泽，仿佛谁划一根火柴就能点燃。整个丛林没有见到水源，一阵风吹过，阳光如似火焰扑来，触及人的皮肉，疼痛难忍。

现在回想起来，逆境中最重要的是什么？不是精良的装备，不是充足的食物，而是坚强的精神力量。你相信你会挺过去，你就能挺过去；你要是自己绝望了，就什么都完了，也就什么都没有了。我之所以自信能挺过这一切，是因为我的生命里不仅有着对埃晨莎深深的爱，更有着祖国的荣誉。

疲惫地穿梭在林子里，还要强忍饥渴。两天的时间里，我们只发了4个香蕉饼和一壶水。除此之外，每个人的肩上不仅扛着枪，还背着望远镜、被囊、子弹袋之类的东西。

林中的尘土被踩踏得冲天而起，弥漫在队伍的上空，犹如腾起的黄色火焰。我们就在这炎热躁闷的空气中行军，如同钻进了蒸笼，身上的汗水不等冒出来，立即就被烘干了，嘴唇干得裂开来，渗出来的血即刻便被烤成焦黑的薄痂，鼻子里因为过多地吸进了灰尘而干燥得疼痛难忍。但是，炎热、饥渴、疲劳，都丝毫减弱不了我们行军的速度。截至目前，还剩下12个点，而时间上还有8个小时，按理说绰绰有余，于是，大家的情绪再一次被激发起来。

……

我猜我大概是在梦中，或许是死亡前的回光返照，所以没有痛苦，也失去其他知觉了。明明正站在一道峡谷的边沿商量如何过渡到对岸，怎么眼睛一闭一睁，自己就到了一片绿茵茵的草地上？

这是谷底，茫然四顾，天色柔和，没有太阳，却很明朗，远近都是疏疏落落通体漆黑的树，虬根弯卷，所有枝叶边缘都极为锋利，朝天上指，剑拔弩张，统统都是敢与苍天斗到底的无畏斗士，不知道是什么怪品种。不过一旦清醒过来，我是再没有闲情雅致考虑这些。

我侧过身去，弗兰克和于小龙他们也都躺在我的跟前，我真不知道自己是怎么掉下来的，而且四个人全都下来了，难道是林中突然响起的那声虎哮让我们最终都不约而同选择了跳崖，因为实在没有退路，也没有充足的子弹可以对付几只同时扑上来的老虎。

站起身来活动一下，还好，一切正常。我开始摇晃于小龙、弗兰克。但当我摸到莫本的身体时，心头不禁一凉，凭直觉我知道坏事了。

莫本斜着趴在弗兰克的脚跟处，他的脖子似乎比平时短了，我赶紧把他的身子翻过来，他的脖子已经栽进胸腔里了。莫本是头朝下摔下去的，我试了试他的鼻息，已经停止了呼吸。

弗兰克只是昏迷，我晃动了几次，他便很快睁开了眼睛。于小龙也醒了过来，大家怔怔地感觉做了一场大梦。

我们三个坐在地上，围成一个圈，在做着最快的调整。我提议他们把剩下的干粮和水全放到肚子里去，破釜沉舟吧，反正还剩下8个小时。他俩表示同意，各人便开始收拾行装。我这边刚打开自己的水壶，就看见弗兰克忽地站了起来，他像发现什么一样，迅即向莫本的尸体走过去。一阵翻动之后，弗兰克从莫本身上搜出了他的最后半块香蕉饼和水壶。

我和于小龙都沉默着，但弗兰克不以为然，他把香蕉饼礼貌性地递给我和于小龙，我俩谁也没去接。

"去把他的武器取下来。"我告诉于小龙，因为即便人死了武器也不能随便弃掉，这是军人最起码的原则。

于小龙慢慢走过去，对着莫本的尸体敬了个笔直的军礼，然后小心地从他身上解下了武器和子弹袋。

"把他埋了吧？"于小龙问我。

"恩，埋上吧。"我走过去和他一起开始用工兵锹挖坑，弗兰克也过来帮忙，20分钟后，莫本安然地躺在了泥土下.

于小龙在地图上详细地记下了埋葬的地点，以便军方领导能够通知该国使馆可以运回尸体。

我们开始顺着地图标定的大致方位往森林的外围走，还有6个点没有找到。虽然距离胜利已经不远了，可是一路上失去战友的莫大痛苦还是使我们每个人的心理都蒙上了一丝深深的痛苦。

当太阳慢慢偏西的时候，我们又翻越了5道山梁，找到3个点。我们坐下来合计了一下，认为其余的点基本上没有眉目了，看着时间将到，我们不得不做出放弃最后3个标记的决定。

"看！看！"于小龙兴奋地喊起来，"我们终于出山了！"

我和弗兰克赶忙向于小龙手指的方向望去，虽然很远，但隐约看到了湛蓝的天空和绿色的平原。

"必须在天黑前赶到下面的高速公路。"我看了下地图，正前方应该是收拢口，估计"僵尸"派出的收拢员这会已经在某个地点等着了。

看到希望，人才会感觉到累，浑身上下的酸痛和饥渴疲劳，忽的一下子全上了身。如果这个时候问我人生最大的理想是什么，我立即就可以说出来："给我一筐馒头，给我一张床，我要吃，我要睡！"

一路上踉踉跄跄，总算是出了森林。我们三个一路狂奔起来，兴奋地向远处一条银色带子一样的公路跑去。

天已经放下夜幕了，收拢车缓缓地游动在路上。我们被允许上了车，但依然没有东西吃。

一小时，两小时，陆续地按照批次，战友们都回来了。奥尔特加在驾驶室坐着，粗略地统计着伤亡的人数和小组的成绩与时间。

我们小组是时间上最快的，在点数上是第二名，只是失去了莫本，会扣掉我们很多的分数。我们的心情都糟糕起来，不是因为成绩，而是为了死去的战友，可是谁也没有办法。

不知颠簸了多长时间，我们才像牲口一样被运回了营地。"僵尸"拉着死人一般的脸在宿舍门口站着，恶狠狠地看着我们："点数在半数以下，出现死亡人员的小组留下。"

我吸了口凉气，但扫视了一下，发现没有一个小组幸免于难，全都留在原地。

"所有的人都把衣服脱光。""僵尸"命令道。

没有人敢反抗，所有人都赤裸裸地站了一地。

"围绕训练场先跑10圈！"

哪儿还有力气啊，但每个人还是在"僵尸"摁下秒表后飞蹿出去了。

在极度疲劳状态下，奔跑起来有一种发飘的感觉，像是在汪洋大海里没有目的地飘荡，我大脑空白地跑完了10圈，相信别人也好不了多少。

跑完之后，我们竟然被允许去教员餐厅，这是到特种旅以来的第一次，大家兴奋起来，觉得累了两天也挺值得，可以饱餐一顿，总比没完没了的香蕉饼好多了。

每个桌上都摆满了牛肉和烤鸡翅，刚打开的生啤酒和饮料还泛着均匀的气泡。别人什么情况我没有时间想象，因为那一眼下去，我已经口腔里一阵发酸。

优美的音乐也缓缓升起来了，是一支柔美的曲子，我曾经听过。

"请用餐吧。"奥尔特加走过来，"我知道大家的嘴里已经储满了口水，正好可以消化这些牛肉。"

大家还是狐疑地不敢动，看看"僵尸"也是首次出现的笑脸，大家在忐忑不安中坐下来。

"大家尽情用餐吧，为你们的森林航海胜利归来！""僵尸"打开香槟酒，喷到我们赤裸的身体上。

已经顾不得羞耻，大家在短暂的骚动中开始狼吞虎咽起来。

"全体起立！"

谢天谢地！我刚刚咽下了第一口。

所有人都笔直站了起来，看着"僵尸"和奥尔特加阴狠坏笑的脸。

"把嘴里的食物吐出来！"奥尔特加命令道。

再没了笑声，也没了躁动，大家明白了，这是在耍自己。

我和他们一样，恋恋不舍地吐出了嘴里的鸡腿。

"你们配吃这个吗，下等人，婊子的儿子！"奥尔特加坏笑着骂着，并开始向我们赤裸的下身泼洒艳红的葡萄酒：滚吧，滚回去吧，滚回你们的宿舍，哦不，你们的狗窝吧！

我发誓，我经受了这一生不会再遇到的耻辱，如果再有一次，我绝对无法忍受！

4月1日—9日 晴

陆上体能强化训练，异常艰苦，全部队员出现便血状况，但没有治疗措施。

附3：写给埃晨莎的话

我总是会无端爱上自己的痛苦，因为我无法管住如幽魂般的回忆，就像在舔舐自己的伤口一样，我在一种病态的回忆中，在一次又一次翻看自己惨痛的记忆中寻找过去的虚幻的美丽，或许是极端压力之下的空虚吧，但我生命的伤痕却已经开始出现裂口。是什么裂口呢？就是忍不住去想生命里曾出现的某个无耻的画面。这是一种失落的心态和无法满足的追寻，我憎恶自己，让埃晨莎置入如此低劣的地位，然而我还是无法控制幻想。

4月10日 晴 使命荣誉

14公里的飞机跑道，何止14公里！足足有20公里。早上8点钟，我们又被拉到瓦尔基一处废弃的机场进行体能强化，这儿垃圾遍地，蚊蝇横飞，一圈，两圈，三圈……整整全速跑了1.5个小时，我的脚上已经布满了血泡。但奥尔特加上尉对此"很不满意"，又将我们拉到军人俱乐部旁边的沙滩上，进行三米跳和背人跑小组比赛。

背人跑似乎毫无新鲜可言，但对脚上血泡成灾的我来说则困难重重，我想如果埃晨莎在这里，她一定会为我治疗的，而且会非常爱护和细心，但该死的奥尔特加上尉说这种训练是不用军医出现的，即便重大伤情，也就是打一针封闭就行了。当然这些都会由奥尔特加上尉来完成，这多少让人不寒而栗。

我差不多48小时没有睡眠没有进食了，头脑沉沉，饥肠辘辘，根本就没有一丝力气，背着与自己重量相同的队友进行百米沙滩冲刺，在28秒内达到终点，看似容易，实则不然，尤其对我来说难度更大，因为前一天爬"懒人梯"时我被摔伤了，身体一直没有完全恢复。

埃晨莎也没有去为我的腰治疗，如果可以的话，我想她一定会轻轻地抚摸我，让我在她的温存中安然睡去。

尽管感觉头重脚轻，肢体发软，轮到我上场的时候，我还是全力以赴，第一次跑下来，28.5秒，第二次，30秒，越跑越没力气，第三次上场的时候，教官已经辱骂起来："退缩的乌龟！"

我迟疑了一下，忍住难耐的剧痛，横下心，拼命一冲，整整28秒，终于通过了。这时我听到了战友们为我喝彩的如雷般的欢呼声。

当我踉踉跄跄地走到他们中间时，我趴在于小龙的胳膊上便吐了一摊酸水。想吐出别的东西是不可能的了，我的肚子在40个小时之前就已经空了。

于小龙问我刚才怎么迟疑了，我说没什么，反正不是畏惧，更不是失败，作为一名中国军人，我不能给军旗丢脸。

而我的心里还有无法说出的，那一刻突然闪现的埃晨莎又何尝不是我迸发的动力呢！我不会成为她心目中的失败者。

按照命令，接下来的一组是仰卧起坐。说实话在国内做这个都是新兵的事，而且又是在泥浆里面，所以多少有点不适应。最难受的是你起来落下的时候，泥浆子满身满脸满耳朵乱流乱溅，既睁不开眼睛也不敢大口呼吸，因为稍微大意，泥水就会呛到肺里去。呼吸受到限制使得我们每一次动作都要付出更多的力气，那种难受劲带来的体力消耗是无法估算的，这样的体力消耗是一般训练的两倍。尽管如此，奥尔特加还要我们不停地呼喊"猎人战斗"，若是声音不响就要被连踹带骂。就这样，我们一直做了一个多小时。最后结束的时候，大家已经分不清楚谁是谁了，除了高矮之分，全是一个样，泥糊糊的，像农民在土圈里养的猪猡一样。

奥尔特加走来走去，像是数着他的羊群，自豪得直点头，一双擦得很亮的牛皮靴子发出青蛙一样的"咕咕"叫声，我估计可能里面进水了，因为我看到他把好几个动作不规范的队员的脑袋踩进了泥浆里。

即便这样，我的灵魂又要出窍了：埃晨莎现在在干什么呢？哦，她一定像一朵安静的睡莲躺在温和的小床上，安静的呼吸使得她的胸脯有规律地起伏着，散开头发一定覆盖了她的脸庞，轻薄的被角刚好遮住她光滑的身体。一只修长的腿被另一只压着，她的脚很美。床头上应该放着她的小药箱和听诊器，台灯下最好有一本看了一半的小说，最好是《廊桥遗梦》之类的书籍。她一定会迷恋上女主人公浪漫而不失体面的爱情奇遇，并因此考虑对我的感情。

我的思维是一刻也不得安宁，激荡着精力充沛的构想，无论环境多么艰苦和残酷，堪称奇异。

晚上，由奥尔特加上尉组织，又进行了一个小时的体能强化训练。他说："我们的训练毫无计划性可言，但完全是在科学的前提下根据个人的兴致而进行的。"随后，大墙上张贴了这个阶段的训练成绩，我和于小龙都在前5名，这比较理想。

睡觉的时候，于小龙补充了几个月前没有讲完的故事："2011年，我第二次参加驻外维和，是在苏丹，也许是命中注定的一段姻缘吧，我居然会有一段浪漫的异国情恋。"

这个话题增加了我的兴趣，增加了我对埃晨莎的奇异感觉的确信。

"你找了个黑姑娘？"我问他。

"不，不是，华侨，一个挺可爱的女孩儿。"他接着说，"那段日子里，可能是以前的事情对我的刺激太大了吧，使得我一度对女人充满了不信任的仇视，我总感觉即便女人的笑容也一定有着某个隐藏的陷阱，她一定要设法把你诱入其中而后贪婪地取走你的真情，而她在抛弃你之后，只不过像抛弃一具躯壳，而她得到了充实，得到了可以挥霍的资本。这就是那时我对女人的认识。"

"赶快说是怎么认识的吧，别和评书似的先来一段假说。"我打断他，他哲理般的语言我实在不愿听。

"那天我和几个战友在一个小镇上值勤，检查过往的车辆，就像电视上看到的那种，路上设一个路障，只有我是中国人，那几个都是法国人。大约下午两点钟，我们发现镇子中突然冒出了浓浓的黑烟。我们留下3名战友负责检查，其余的都赶往出事地点。从状态判断应该是火灾，因为爆炸不可能产生这样的景象。等我们冲过去才发现是一座小型商贸市场着火了，火势并不很大，只是浓浓的黑烟冒着，呛得让人不敢靠近。旁边的人群看到我们叫嚷着做手势，告诉我们里面有人，我们几个一看，哪里顾得了太多，用脱下的外衣迅速在一旁的水池里湿了水包住头，一股脑摸索着进入了大厅，反正里面什么也看不见，砖木结构的楼房随时都有倒塌的危险。当时心里是有点担心的，但想到自己的身份，便什么也不能考虑了。"

这句话是再准确不过的了，就像我离开中国那一刻萦绕在我心头的责任，也许每个人在离开故土时都会自觉地有这样一种感觉，我承认，这才是真正的自我。

"当时我匍匐在地上，摸索着前行，突然听到了急促的呼吸声，我想肯定是个人了，便凭直觉往那个方向爬去。我的手刚一碰触到一段像胳膊一样的肉体时，我的手立刻抓紧了她，我确信这个人还活着，便迅速弓起腰，抓起她的肩部向外拖去，那时根本找不到方向，幸好我们都是经过一定的方向感培训的，还好，我准确地找到了来时的通道，从杂乱的长头发和富有弹性的身体我知道那应该是一个年龄不大的女性。"

我静静地听着他的讲述，我多么羡慕这样的机遇啊，我不由得想到埃晨莎，也许她能填补我的人生中这一段空白。

我确信了自己的想法而又暗自欢欣，我会做到的，于小龙的奇遇给了我莫大的动力。我只为找这样的机会而着急了。

我似乎听到于小龙说到他安全地出来了。

"原来竟是一个华人少女。"他说，显得很兴奋。

我收回游魂一般的思维听他后面的故事："她醒了过来，然后抱着我就哭，我知道她是受了惊吓，千万别以为是一见钟情啊，呵呵。"

于小龙得意地自嘲了几句，又说："后来我见到了她的父亲，一个看起来非常和善的中年华人，才知道他们祖居福建，从他13岁那年定居在苏丹，她的女儿23岁，是商场的负责人。他邀请我去他家做客，给了我名片，不过我没去。当然，我还是依然在那附近值勤，也就是说见面的机会还是有的，我可没想到，她竟然每天都要去找我，看望我，说实话，她真是一个不错的女孩，而且长得也好看。但是出于纪律的约束吧，再加上心中的隐痛，我们最后还是遗憾地没有交往下去。没事的时候我时常想为了工作牺牲这些，这是值得还是不值得？但我还是能想得通的。不过，那份很好的感觉却不会失去，我经常想起她。我这一生无论以后如何，有这样一次奇遇也就满足了，没得到也许并不是坏事。"

我的脚底和身上都火燎一般的疼痛，我更想我的埃晨莎了。在这里，她是我的精神旗帜，我唯一的精神寄托，犹如于小龙与异国女子的感觉。于小龙最后的话坚定了我爱下去的理由和信心，我为什么要让自己的生命留下遗憾呢？

我在心与身的痛苦与疲倦中入睡了，不知明日将有怎样的苦难和折磨。但我的斗志犹浓，我的祖国，我的埃晨莎。

4月11日—28日 晴或阴

这是以陆上体能内容训练的半个月，奥尔特加说，以后不会有专门的时间进行体能训练了。尽管训练艰苦，但消息令人振奋，因为体能训练时的枯燥是最可怕的，我们宁愿做一些惊险的科目练习。

4月29日 阴 初试死亡

这是几个月来的第二项让我不知所措的尝试，第一次的瓦斯熏染我已经习以为常了。

现在是毒气测试！

我好像到了科学家们把几只白鼠放在瓶瓶罐罐里的那种地方，是的，在这个鬼地方，我们充其量是体格大一些、健壮一些的兽类罢了。

我们正被施以难以忍受的虐待。

我们被关进一个大小合适的房间里，这次的"施暴者"是"僵尸"，他似乎只会在最惨无人道的时候出现，就像一个让人感到死亡恐怖威胁的幽灵一样。他戴着那副从来没摘掉过的眼镜，冷笑着向房间里甩入了两枚毒气弹，随即锁死了铁门。

又是一个事先不知情的科目，你们无法想象我们两眼茫然若失的惶恐表情，但我的心情曾经闪过一丝的激动，在这样的实验过后，埃晨莎又该来了，我太久没有她的消息了，我怕我会把她淡忘掉。

那就最好把我毒倒吧，最好让她来切开我的胸口！我等着埃晨莎的拯救，或许还需要她给我最好的最温柔的方式。

这让我比起别人有一丝的快慰，只要"僵尸"别自告奋勇地用他满嘴的黑板牙来代替她就行了。

我最初还看见一片白茫茫的雾气一样的东西，胸口顷刻间便是一阵剧烈的阵痛，人群像没有头的苍蝇一样乱撞乱冲，于小龙就在我跟前，但一瞬间我就什么都看不见了而且好像失去了知觉。有人不停撞墙以解脱难忍的痛苦，并"啊啊"大叫，却发不出声音。我也疼得厉害，心口如刀剜一般，我不停地撕扯着胸前的衣服，眼泪和鼻涕流得满脸都是。

随后我隐约听到一声尖锐的爆炸声，然后是一片火光，是燃烧弹！我瞬间清醒的大脑判断出了肉的焦糊味。

大门突然打开了，人群疯一般地抢出去，我在浑然的冲撞中便"飞"了出来，一头栽倒在地上。

醒来的时候，于小龙正躺在我身边，还在痛苦扭动着。我顿了一下，挣扎着起来扶起他，他也意识到这个时候不能倒下，强忍着站直了身体。我们相互搀扶，站到"僵尸"右侧的队伍中，和我们站在一起的，不过就两三个人。

埃晨莎来了，这是我兴奋的事情，但遗憾没有我的事了。因为有两名委内瑞拉队员被当场烧死，看着那发黑的尸体，我心里很不是滋味。

但我的埃晨莎，她依然那么安静，或许在这个地方死人已经不是什么特别的事情了，我们的队友也已经牺牲了四名了。她像平常一样布置着一切，这让我心里凉了一下，可爱的埃晨莎，你为什么要选择在这里工作呢？我多怕你这样会让自己以后变得漠无表情。

可是，我必须理解埃晨莎，医生总不能对着每个死去的伤病者嚎叫大哭的。埃晨莎还是埃晨莎，她在我的心里不可能改变。

一队黑人士兵带着绳索冲过来，不由分说地把我摁倒进行捆绑，我想反抗，但被他们迅速地擒住了手脚，我的身体也没有多少力气了，于是，他们把我头朝下脚朝上地挂在污水坑上方的一根横木上。我活下来的战友和我一样全都成了这样的"俘虏"。

不知吊了多久，我觉得身子一沉，一头栽倒在污水坑里，醒来后，已经被扔在了地上。"僵尸"和奥尔特加上尉用脚一个个踩住队员的肚子，挤压腹中灌入的泥浆，而且不时把清醒一些的队员的头踩到泥里去，我觉得自己从口中翻江倒海一般地喷出热乎乎的带着腥味的东西。我疲惫的大脑近乎昏迷的空白，但隐约能听见奥尔特加上尉大声的吼叫和辱骂，鬼还能清楚他问的是什么问题。

又淘汰了5名队员，我和最后胜出的队员再一次被关进了毒气室，我除了知道浑身强烈的剧痛，其余什么意识都没有了。

恍惚中，我被一只有力的大手提到一间玻璃房子里。坐在地上，我翻了翻慵懒的眼皮，看见奥尔特加上尉向我伸着几个手指头让我辨认，我知道这次是积分制的，努力地判断出了数字。

现在，我能平静地坐在电脑前敲击这些文字，却无法写出当时那种欲叫无声、欲哭无泪，只能拼命张着大嘴喘息的感觉。那时，喊出喊不出已经没有什么具体意义了，关键是看脖子上是否有青筋暴起，如果没有这些，我或许已经是另外一种命运。

我觉得我一定撑不了多久，一定会被这些黑人折磨死的。我甚至来不及再去想一下我可爱的埃晨莎，整个中午，我都是躺在污水沟旁边，"僵尸"却说这样的强度不算什么。

我确信我已经奄奄一息了，隐隐约约觉得埃晨莎走过来了，但我没有了睁开眼的力量，也许是我的幻觉，我只想睡一觉。

埃晨莎蹲在了我的跟前，仔细地翻开了我的眼帘，她为我清理了鼻腔内的淤泥和血渍，然后我听到了一个声音："这一个没事。"

她的声音让我确信自己不在梦中，一定是埃晨莎，给了我那么强烈的感觉，但我的努力仍归于白费，我终于没有睁开眼睛。我觉得真是太累了，我需要尽快地恢复我的体力，可是每顿一个香蕉饼和一碗粥实在让人难以支撑住这样强烈的体能。

我的信心在一瞬间降到了最低点，万分沮丧，愤怒而且恼火，不满而且仇视，我的心情暴躁起来，我突然失去了理智，我感到害怕、恐惧以及死亡威胁。

但我必须在最短的时间里调整好我的思想。

5月1日—5月9日 晴

阅兵前的训练。

写给埃晨莎的话

人生最深刻的苦痛并不是来自物质生活的贫乏，也不是来自世俗朋友的疏远，而是心灵上的荒漠和没有追求。埃晨莎，在遇到你以后，我才知道我以前的生命有多么微小和脆弱，我的灵魂是多么孤独与寂寥，即便那时我的身边躺着一个可以任我驱使的女人，但我的精神深处终究是苍白可怕的。而在这里的每一天，在不停思念你的日子里，我学会了在寂静的心头安放一簇醉人的馨香。

5月10日 晴

于小龙的故事时常泛上我的脑海，像风筝一样飘飞在我记忆的田野中，让我在意识上受到了某种鼓动，追求那本不属于我这样一个人、这样一种身份的浪漫感情，那些在有幸时间里有幸发生的事情，永远都是命运的青睐。

我承认我曾经精心设计过迷人的生活，和心爱的人一起玩耍，享受街巷里的传统名小吃，可以去海边看无与伦比的蓝色，可以去山顶俯瞰漫山的绿色，可以去收割时的农田感受灿烂的金黄，而现在，如果生活在这里，我还应该去了解厄瓜多尔乡村里那些命运悲惨的半饥饿状态的农民，他们是那么淳朴，却又如此不幸，我是从一份资料上和相关媒体上知道：这些南美国家的农民大多生活在贫困中，许多人要忍受着饥饿的折磨。

这些杂乱的想法，是我每次幻想与埃晨莎一起时都会袭击我思想深处的震撼。

今天没有训练。今天是厄瓜多尔共和国成立纪念日，首都举行了盛大的阅兵式。

5月11日 晴

今天奥尔特加在训练前公布了伙食方面最令人激动的消息：即日起，我们每天将得到一磅牛肉的能量补充。但发下来的牛肉块都是带血的，最多三成熟，奥尔特加说这样最有利于训练时对力量的增强。我们无话可说，还是胡乱就吞下去了。

5月12日—23日 晴

厄瓜多尔海军特种部队挑战极限训练的组织者始终坚持在最恶劣的条件下、队员在最差的状态中进行超强度的各种训练内容。陆地上训练强度特别高，最难忘的是白天在方圆5公里的野外丛林的特殊地形下进行意志和技能方面的训练。

5月中旬的天气便让人无法适应，上有炎炎烈日，下有滚烫的地球，人静静地在室外待上几分钟就受不了，队员们还要整天负重30公斤以上，满山遍野"观看风景"，有时从松树林下经过时，被毛毛虫刺得全身难受，还不能停止训练，环境异常辛苦，训练强度令人难以忍受。

这期间我们发行了器材，在挑战生理极限训练前做准备工作，训练以恢复体能为主。

除此之外，我还经历了难以忘记的战俘审讯。战俘审讯主要是锻炼特种兵深入敌后执行任务，被敌俘虏后面对巨大压力的心理摧残和精神摧残，始终保持我要活下去和不泄露我方军事秘密的坚强信念。

5月24日　晴　战俘审讯

凌晨4时，我们在催泪瓦斯的喷射下接受了一项新的任务：反游击战情况下深入敌后的搜捕。我们被分为两个组，向不同的搜捕区行进。

于小龙和我分开了，他在另一个组担任首批侦察兵提前出发。我和另外17名队员分在一个小组，德国人维尔是这个小组组长。我们负责搜捕安第斯山脉向北绵延的一个方圆大约5平方公里的狭长地带，当地人叫它雪山，那里驻扎着"僵尸"布置的一个侦察兵班。

5月的雪山郁郁葱葱，植被茂密，宁静而深沉，散发着哲学家一般的气质，将搜捕行动放在这样的环境里，实在有点让人不忍心。

维尔给我们进行了具体的任务划分，我们被划成3个小组，分别负责前哨侦察、密集搜索和后路警戒。

我是前哨侦察组组长，带领另外6个人第一批深入密林深处。

根据"僵尸"在出发前的透露：实弹射击，不计伤亡。我们任何人都不敢掉以轻心，都不敢过分地迷恋此间的风景。

8时，我们仍没有任何有价值的发现。

8时15分，厄运陡然而至！36号猎人、美国人爱德华突然倒地，一颗飘逸的冷弹不幸击中了他胸部，鲜血瞬间喷涌而出。随后，我们听到了一阵密集的枪声，子弹交织着横扫过来。

凭直觉，这是"敌人"漫无目的的冷射，爱德华只是太过不幸罢了。我示意所有队员迅速卧倒，并通过对话器向其余两个组发了信息。

我迅速爬到爱德华的跟前，他示意地指指胸部，他曾经是个外科医生，他明白自己的伤势需要怎样的处理，只是他的右臂由于疼痛难忍，似乎行动受到了阻碍。

我赶紧解开他的米黄色衬衣，一个弹孔"咕咕"地冒着温热的鲜血。爱德华不知什么时候从身上的挎包里摸出一把镊子来，"把毛巾塞到我的嘴里，谢谢。"他说。我迅速按他的要求把我的毛巾塞进他的嘴里。爱德华真不愧为一名猎人，他躺在地上，勾着头看着自己的伤口，然后镇静地把镊子塞进冒着鲜血的圆形伤口，他的手转动了两下，似乎在寻找弹头的位置。

我听到一声金属碰金属的"咯噔"声，爱德华闭了下眼，似乎要休息一下，但他手里的镊子一直在那个位置。仅仅停了3秒钟，爱德华猛地一抖手腕，我看到他头上瞬间涌出层层粗大的汗珠。

子弹随着镊子从翻卷的伤口里跳了出来，落在他胸前的子弹袋上。圆形伤口经过1秒的空荡，瞬间又被鲜血充满了，不停地向外冒着腥臭的热气。

外科医生总有他的一套，白色的药粉不知什么时候在他手里出现了，想必出国前他就装得满身都是了。

爱德华把白色药粉洒在伤口上，我用急救绷带给他缠了两圈，他又可以行走。"不会掉队的。"他冲我笑笑，"谢谢你的帮助。"

进攻的受挫使得我们的步骤慢了下来，我们根据地形图和子弹射来的方向进行了分析，大体判定了"敌人"的驻点范围。按照布置，我们分组搜寻。我和两名战友一路往西北潜行，大约5公里之后，一节破旧的电车车厢映入眼帘。车厢上面插着一面狼头猎人旗，周围是密集的铁丝网，我用望远镜仔细观察了一番，并没有看到对方侦察兵。

这时，其他两个小组已接到信号赶到，经过简短的布置，我们决定从西面和北面两处同时下手。

西面的队员用铁钳铰开了铁丝网，但仅仅是几个圆形的洞口，因为身上背着很多装备，想钻进去并不容易。维尔准备用火箭弹摧毁那节车厢，但"僵尸"要求我们只能活捉对方，而对方可以对我们射击。这种不公平现在更让人难以接受。

好在有一处缺口被扩大到可以爬行进去，19号猎人、加拿大人本哲闪身而入，他主动承担了靠近车厢侦察的使命。

我们都隐蔽在铁丝网外的草丛中。本哲果敢而迅速地向前爬行，步枪刺刀在阳光的照射下，透过深密的草丛反射出明晃晃的光。突然，一声惨叫震动了我们的神经，抬头看时，本哲在草丛里失去了踪影。

"冲过去！干掉这帮狗日的！"21号猎人、加拿大海军特战队员文特维刚要起身，一阵密集的枪声响了起来，我们被敌方的外围人员半圆形包抄。

开始出现机枪的扫射声，没有别的选择了，只能向前冲，维尔看了一眼大家，大声下达了命令。火箭弹利索地炸毁了铁丝网，趁着硝烟和暂时的火力压制，大家一拥而上。

维尔在最前面，一面弓身奔跑一面用砍刀劈砍着遮眼的植物。枪声越来越密，为了减少不必要的伤亡，维尔下令全体匍匐前进。

十分钟后，枪声稍歇。趁着一处着火点弥漫的青烟，维尔一挥手臂，起身向车厢奔去。爱德华依然那么勇猛，率先冲进了车厢的一处小门，随后，其余队员鱼贯进入。我们都被眼前的情况惊呆了：里面根本没人，一串刚刚燃放完的鞭炮还未散尽余烟。

一股红色的雾一样的东西飘进车厢，这是麻醉粉末，大家心里明白，但已经无法控制，在强烈的呕吐中一个个倒下，我们都成了对方的俘虏。

醒来的时候，"僵尸"用他擦得锃亮的陆军战靴踏在我的头上："小子，你的表现很糟糕！"我哪里还有力气回答，而惩罚即将到来。

我和其他队员一起被架起来扔进一间简易的审讯室，负责审讯的教官轮番对我们殴打逼供。一番折腾之后，我们被关进粪坑，经过2小时的粪便熏染，我们又被带到一处训练场地前，教官勒令我们以最快的时间挖出和自己体型大小一致的墓穴。挖好后，我们被要求躺在里面，随后被填土活埋。泥土的清香让我瞬间陶醉，身体觉得一阵轻松，实在太疲惫、太需要大睡一觉了。醒来的时候，"僵尸"说因为窒息昏迷，我是被其他队员挖出来的，因此要在总体成绩上扣去两分。

这项体验使我深刻领悟了"自掘坟墓"的内涵，嘴巴和鼻子里几乎全部塞满了泥巴，我度过了死里逃生的一次训练。

于小龙所在的小组稍微好些，只有3名队员被敌方埋伏的士兵俘虏。刚开始他们都以为他们多少算是成功者，惩罚了我们之后就不会把他们怎样，但随之这3名队员也立即尝到了做战俘的滋味。同样被"敌人"用两指宽的大竹片猛抽脚板脚筋，用腰带抽大腿、臀部。

折腾完毕，我们被倒挂在冰冷的水牢里，审讯教官用水呛我们的鼻子，维尔的脑袋被教官用枪管敲击，起了几个大鼓包，鲜血直流。

5天5夜的训练，教官们每时每刻都以折磨我们为乐，他们一边无动于衷地欣赏我们的苦难，一边还把喝剩下的啤酒浇在我们的头上。一名巴西队员熬不住这种非人的折磨，自愿降下了国旗。两名哥伦比亚战俘被毒气呛得死去活来，破口大骂："你们这是践踏人权，日内瓦条约规定，不能虐待战俘。"教官则用手持喇叭对着受训队员大喊："弱者在强者面前，从来就没有人权。美国轰炸伊拉克，有人权吗！"

审讯科目中，我们还被穿插了名为"活下去-逃脱-战斗"的训练，教官拿着一小盘又馊又生又咸的米饭，盘边沾满了鸟粪，放在地上，两腿叉开，让我们从他的胯下钻过去，吃下食物，并不断地用木棍敲打我们的屁股，不停地进行辱骂，瓦解我们的意志。共有7名不同国家的队员意志崩溃，其中一名墨西哥队员神经完全错乱，无法再正常地训练、生活，被遣送回国。我和于小龙虽然身心上遭受了巨大的摧残，精神上不同程度地受到伤害，但没有一人向教官屈服，坚持到了最后一刻。

5月25日—6月1日　多雨

任何一个人，一旦他受了感动的时候，就会立即在脑际中产生一种奇异的激情，就像我现在，我的眼前总是会飞起无数彩色的画面，无数有关埃晨莎的生活场景以及我童年仅仅听过的两首歌谣，而生活中真实的困苦反倒变得虚幻了，变得和这些想象比起来毫无力度……

再巨大的感情都是需要产生媒介的，埃晨莎让我产生了这一切的奇幻。神秘的爱恋就像无声的春雨，悄然地洒落在我历经困苦的生命中。这以前我只从于小龙嘴里感到过它的魅力，现在这一切，全都在异国他乡、在我最神往的时候真实地到来了！

最近的训练内容以复习"战俘审讯"科目为主，极其残酷，痛苦难耐。后期转向学习武器使用的有关内容。

6月2日 晴 奥尔特加的表演

"0012号!"奥尔特加高喊。

"HERE!" 14号猎人、英国人罗沙经常紧张,现在的回答依然紧张。

"杂种!上子弹!"奥尔特加向前两步,照着他的胸口一个正蹬。

"是!"罗沙被蹬得向后一个趔趄,赶紧又向前两步标齐队伍,迅速摘下自己的冲锋枪,从胸前取出弹匣上子弹。

打开保险、向前送枪身、安装弹夹、子弹上膛、立姿双手擎枪,3秒钟的时间,一套利落的动作,做好了射击前的准备。

"前进!"奥尔特加下达命令。罗沙像豹子一样窜出去了,躬身向前跃动。

"敌火射击!"奥尔特加声音刚落下,一串子弹呼啸飞来。罗沙以出奇的速度卧倒,第一轮子弹射击完毕。

"敌火解除!"奥尔特加继续下达命令。

这些训练虽然在国内也经常做,但这样实弹训练队员并不是经常的事情,死亡随时发生,大家都关注着罗沙的命运。

他正重新向前侧身跃动。

"射击!"奥尔特加命令。仅仅瞬间,在100米处突然出现两个晃动的人影。尽管时间极其短暂,罗沙还是没有给我们丢脸,他以不可想象的速度,迅速在行进中射击,并击落两个标的物。

奥尔特加说:"这并不是我理想的效果!"然后,他挥了下手,两名随队出发的厄瓜多尔士兵随即向沙滩跑去。

"我给你们演示一下射击的技艺。"奥尔特加傲慢不屑地说。

"报告长官，准备完毕。"一名士兵跑过来说。

奥尔特加挥手让他们撤退，随即自己走向前去。

奥尔特加转身全速跃出，如同一只雄性的豹子一样冲过面前100米的开阔地。在突然的一瞬间，沙地前弹起一排钢板靶，奥尔特加刷的跨步卧倒滑出去，出枪射击。

铛铛铛铛铛铛铛铛铛铛！

随着10道此起彼伏被冲起来的沙浪，10块钢板靶应声落地。

左侧又是5个靶子，奥尔特加变换成跪姿射击，5个靶子应声落地。

突然又是一个倒空翻的折身回头，在头顶掠过地面的瞬间，奥尔特加急速换掉弹夹，抬手射落后面一排彩色气球，随着爆炸声，奥尔特加稳稳落地，平静地站在沙滩上。

看着我们惊讶的神情，奥尔特加挑衅地说：这才是真正的射手。

6月3日—6月11日 晴或阴雨

训练内容以陆上射击精度为主，我一度打出6次满环的好成绩。

6月12日 晴 海上射击

今天又有了新的训练内容，在早晨紧急集合之后，很久没有训话的"僵尸"宣布了训练内容：

"课目 海上射击

条 件 昼（夜）间；海练场；船(艇)。

内 容 1.乘船（艇）射击

2.泅渡射击

标　准　掌握昼夜(灯光照明)间乘船射击和泅渡射击的技能。

考　核　1.乘船射击：昼间海面(岸滩)设置5个气球（半径35厘米，间隔5米）目标，船艇与目标正面成30～45度角，以5节速度航行；接近目标航进至200米处开始射击，至80米处停止射击；远离目标航离至80米开始射击，至200米处停止射击；射击姿势自选，使用弹数18(20)发，不超过9次点射，命中3个目标；夜间在岸滩设置3个目标(胸靶)，每个目标显示1次，持续时间20秒，船艇与目标正面成30～45度角，以4节速度航行；接近目标航进至100米处开始射击，至70米处停止射击；使用弹数12(15)发，不超过5次点射，命中1个目标；

2.泅渡射击：战斗着装、穿救生衣携救生圈；海岸滩头或海面设置5个气球（半径35厘米，间隔5米）；距目标500米处从船艇上入水，距离目标100～150米处开始射击；子弹18(20)发，5分钟内射击完毕，命中2个目标。夜间在岸滩设置3个目标(胸靶)，每个目标显示1次，持续时间20秒，距目标200米处从船艇上入水，距离目标80～100米处开始射击；子弹12(15)发，命中1个目标。全部达到标准为合格。

注：( )内为轻机枪使用弹数。”

奥尔特加今天显得比以往更加冷酷，甚至超过“僵尸”给我带来的可怕，最恐怖的是他的眼睛，闪闪的，冒着腾腾的杀气。

他嘶吼着调整队伍的队形，杀气从声音里蹦出：“向右看齐，向前看……”然后是例行的点名，每次领弹药前，这是必不可少的程序。队员们回答的声音也响如洪钟。

“17号！”每次听到这个属于自己的代号，我都会莫名地精神一振，于小龙说我这是条件反射。点完名后，奥尔特加开始他每次都要重复的“废话”：“检查自己的武器，注意听我的口令。这是第一次小组规模的海上战斗实弹射击训练，一定要注意安全！有违反纪律或者成绩不合格者，将给予最严厉的惩罚！"

在快艇发动的轰鸣中，我的鼻尖渗着冷汗，抱着那支属于我的95自动步枪，一切都在未知之中。

"妈的，快点！出发！"奥尔特加以少有的骂人方式下达了开进的命令。全体队员陆续跑步上了快艇。

别看奥尔特加气势汹汹，在训练过程中，他还是很尽职的。奥尔特加对这一训练内容进行了精彩的讲解发挥，他不愧为研究射击学的高手，讲解得十分细心，并纠正了许多动作，他说：要想养成良好的射击习惯只有勤练苦练巧练，熟能生巧。

他特别强调，特战队员在执行敌后侦察作战任务时，必须面临各种险恶复杂的情况，尤其是城市地下工事战斗中，敌人利用熟知的地形，灵活采用各种战术动作，出现的时机、角度往往出乎意料，对特战队员的生命安全构成极大威胁，外军特种部队根据这一情况，会针对性地设置各种拟人化目标，规定严格的射击标准、时限，训练环境高度战场仿真化，以求最大限度提高特战队员的射击技能在"实战"中的应用。为此，厄瓜多尔军方总结为：观察目标快，射击动作快，姿势转换快，替换枪支动作快。最基本的要求是：先敌发现，先敌开火，首发命中。为达到这一要求，必须做到：

（1）"三眼"对敌，即双眼透过准星观察搜索，任何时候都要遵循这一要求，即使在特殊情况下不得不降低枪口时，也必须保证眼、枪一线，便于及时发现目标，及时射击。

（2）在枪膛内预留一颗子弹，不要在弹匣、枪膛内的弹药完全耗尽时，才更换弹夹。这样不但可以在更换弹匣时，给予自身的一定的保护，更重要的是省去了拉枪机送弹上膛的程序，缩短了重新投入战斗的时间。

（3）尽量避免在没有掩护和隐蔽的情况下，更换弹夹和枪支。暴露在敌火力下更换弹匣、枪支或排除故障无异于自杀，是非常愚蠢的，除非遭遇不可避免的情况。如果担负火力掩护任务，在更换弹夹、枪支或排障前，必须设法提醒队友隐蔽。

这些新鲜的理论给了我们极大的收益，课后我和于小龙一人放哨，一人偷偷整理笔记，记下了这些重要的资料。

6月13日—6月18日　晴或多云

在每天的太阳落山，西边的天上飞起红色的云霞的时候，我总会让不安的思维得以舒适的释放，因为，埃晨莎在指引着我思想的方向。

初春的大地，傍晚显得格外宁静而庄严，全不似当初爱情来得那般突然。我带着这感动的心情，利用仅有的一点闲暇，感受着如埃晨莎在眼前一般的感觉。埃晨莎，她一定在我的目光下害羞地低着头，像我见过的可爱的小姑娘。她身上散发出来的温馨的气息定会强烈地感染我，那白杨树一般苗条的身体也会带给我更多的浮想……

近期训练内容以海上射击为主，并进入语言攻艰学习阶段，厄瓜多尔官方语言为西班牙语，特别难学，其痛苦不亚于陆上体能训练，但为了祖国荣誉，我们都付出了辛劳，进步很大。

6月19日　晴　心灵记录

今天是所有翻译离开的日子，也是我离开祖国最为痛苦的日子，我看到翻译人员离开的时候，一名军方人员挽住了埃晨莎的胳膊。

我不能描述那一刻心情窒息般的难受与绝望的痛苦，但我宁肯相信她依然是安静的埃晨莎，或许这根本算不了什么，或许他只是她的一个普通的战友，这算不了什么，我不应该产生这样悲观的情绪。

我沮丧地认为我终将是一个一无所有的人，因为我并不具备特别优秀的条件，而只有一颗胡乱奇异思维的脑袋和古怪纷乱的心理，我没有理由对于一份并不属于我个人的感情去蛮横地霸占，即便不能做出声明，但我的内心依然是有这样的距离。

埃晨莎，她是个天性自由的人，有自己的生活支配方式，我算得了什么呢？再普通不过的一个小小的爱慕者，又有什么充分的理由让自己充满愤恨呢？

我逐渐克制了内心的不平衡，这是我无形之中靠近埃晨莎太近的缘故，我仍需远远地观赏她，才不至于产生无法得到的痛苦，而那份痛苦远远超出任何一项训练所引起的苦楚，我就这样劝诫着自己平息了下来，我还算是个适合隐忍的人，当我在人潮中时，我能深感出我自己的落后与不足，但我的埋头勤奋又会使我在蓦然抬头时发现已超出别人一截。这是我这么多年来最切实的感受。现在，我仍需用这种方法来解脱自己心理上的苦难。

我的埃晨莎，或许有一天，我也就不再那么乞求你的感情了，也许，我站在了远远高于你的地方。

我说过我是个狂热的理想主义者、幻想者，这才是我痛苦的真正根源。我对埃晨莎的那一番思念充其量算作病态的自我安慰吧。因为一旦静下来，埃晨莎仍旧占据了我心灵的全部。

但是我理智得多了，不敢渗入内心的狂热了，尽管我明白这不是我自己控制得住的，但我还是理智认识到了。

于小龙似乎又在想他的异国小妹了，和我一样难以入睡，可我又怎能向他暴露出我隐私的内心呢，但我还是挺羡慕他的感情经历，毕竟大胆追求过，也梦幻般奇遇过。

可埃晨莎，你会是我的奇遇吗？但现在，你竟会令我如此痛苦不堪。

我的胸口依然痛得厉害，尽管很久了，但毒气实验留给我的创伤并没有痊愈，只是会在我内心隐忍作痛时一并发作，让我难以忍受。

我抚摸着我自己的肌肤，如埃晨莎般的手轻轻掠过，这是我唯一的享受了。6个月来，我的肌肉更加发达了，在这6个月的训练中，我见到埃晨莎的次数不会超过10次，我有时会想，是什么给了我如此大的爱下去的毅力啊？

这些日子里，我学会了必要的语言交流，已经有了直接和埃晨莎交流的方式，我想我必须为自己找到一个机会。

我矛盾复杂的心又不安分起来，那个卑鄙的念头再一次占据了我的思维和心理。埃晨莎，我真不知道该如何了。

6月20日　晴　中国"疯子"

这段时间以战术潜水训练为主。从周一到周日，教练强迫我们夜以继日不停地在海滩奔跑、游泳、举橡皮舟、海滩扛圆木、打脚蹼训练。整个训练期间，大家不允许戴表，不允许询问时间，不知道训练的计划和时间有多长，教官的命令时常都自相矛盾，不断更改，不告诉你训练何时开始、何时结束，下个练习是什么，每天只允许睡觉2至3个小时，有时刚刚躺下，又被赶到海滩上抓狗，稍微有一点怠慢，就会招来一顿辱骂，睡觉时衣服从来不让干，有时刚把衣服偷偷烤干，被教官发现后，还要令其爬入冰冷的大海中再反省反省。猎人17号的游泳技术很差，就因为烤干了衣服惹恼了教官，他被拖在冲锋舟后面以80公里的时速"游览"了整个海域训练场。

要想在潜水训练上取得一分成绩，那就要在战胜风浪中付出十分努力，奥尔特加为我们明确了橡皮舟训练的残酷细节。在风高浪急的一片海礁中，我们顶着风浪向大海深处进发。巨浪把橡皮舟当作孩子的皮球，一次次打回海礁。我们全神贯注，一不小心就人仰艇翻撞到海礁上。我浑身上下青一块、紫一块，手部腿部也被海礁上的牡蛎划破了，鲜血直流。

我们在冰冷的海水中整整游了一宿，全身冻得发抖，一点力气都没有。教官在岸边摆放着热咖啡和各种烤肉，不时地对我们大喊大叫："动物们，只要你不想参加训练，就可以到这里尽情享受，还会有车把你送到温暖的饭店洗个热水澡，美美地睡上一觉。"

巴西的亨利少尉退出了，委内瑞拉也有一名队员退出，而我和于小龙互相搀扶着，唱起国歌，挺过了这一关，竖起了中国人的脊梁。

在10米码头无装备潜水过程中，教官为了测试队员的勇气，问我们能否不带任何装备潜到10米深处，所有的外国队员都说不可能。

10米确实很深，但是如果想办法，还是可以做到的。于小龙寻思了一下，转头问我："有种下去吗？"

看着波涛汹涌的大海，看着于小龙坚决的神态，我说："下吧，管他娘个蛋！"

于小龙说："跟我去拿铅块。"

一块，两块，三块……

我们每人身上足足绑了6块铅，于小龙说这足够潜到15米以下了。

在众人还对着教官的话摇头觉得不可思议的时候，我俩象被扔起的大石头"扑通"跳了进去。

尽管这对心脏的破坏无比巨大，但我和于小龙还是憋着一股不服输的精神，一口气潜到12米。

我们再上来的时候，所有的人都看傻了眼。

"LOCO，LOCO（疯子）"，他们都在岸边疯狂地冲着我们喊叫。

当结束训练的爆炸声响起时，整个海滩上再次响起了雷鸣般的掌声，教官还专门为我们奏响了中国国歌。

6月21日—6月22日 多云

我经常会沉默，突然的沉默，在大家一起谈论过去、一起玩味人生的时候突然变得沉默。思索，过于沉重的思索占据了我所有的心灵空间，让我的生活变成一种有律可寻的程序。但是当爱情在一个渴望生活和真诚的人身上突然苏醒后，疯狂的心情会转变为一种巨大的力量。甚至曾经对生活完全失去信心的人，也会在热烈的爱情中迸发出更加蓬勃的斗志和生机。

因为我迷恋于自我构建的与埃晨莎的爱情是如此令人心醉，我也一下子从曾经的灰心丧气的情绪中，重新激发起对生活的热情。

爱的暖流漫过了精神上的冻土地带，新的生机便勃发了。

这两天的训练内容以水面科目为主。

6月23日 中雨 海中蛟龙

今天转入潜水专业训练。这期间需要完成开放式潜水、封闭式潜水、自由潜水、夜间潜水等专业训练。为练好基本功，我们天天泡在海水里。开放式潜水是基础潜水，要在45米以上水深，熟练使用潜水仪器，掌握水下行动的方法和要领，学会紧急情况处理和定向潜水。

水下训练极其危险，一次训练紧急出水，在15米的水深处，我刚脱掉气瓶深吸一口气，沙利教官就如鬼魂一样绕到我后面，抓着我的救生衣，命令我打着脚蹼出水。当时我的脚蹼被水底的绳子绕住，教官不知道这种情况，一个劲用力拍打我的腹部，让我不断向外吐气。当水下的同伴帮我解开绳子的时候，我嘴里的氧气已经吐完。而沙利教官怕我嘴里的气没吐完，还继续用力地拉我，让我喝饱了海水后才放我出水。

封闭式潜水主要以定向潜水为主，队员必须掌握仪器的正确使用方法，它对深度的要求比较严，一般在五六米左右为最佳。潜得过深，压力太大，容易造成氧中毒，并且不能较长时间地在水下作业，对完成任务有影响。潜水时要求两个人必须很好配合，一方出现失误都可能影响任务的完成。一次训练时，我们要对敌方舰船实施水下渗透和爆破，负责掌握时间的一名土耳其队员看错了时间，致使训练中向目标点外多游了5分钟，结果可想而知，在规定的时间内没有完成对舰船的爆破。

自由潜水就是在只有面罩和脚蹼的情况下，憋一口气潜到水下20米深，它在实战中运用比较广泛，但危险性也很大，它要求潜水者必须有足够的肺活量，要克服深度对耳膜的压伤，土耳其一名队员在训练中多次晕倒，造成肺压伤，被淘汰了。许多队员会在自由潜水中出现耳膜被压疼、鼻子出血等情况，但我们勇敢地克服了这些困难。

在这个地狱式的训练营里，中国军人虽然只有我和于小龙两个，但却是一个坚不可摧的集体。生活中，我们主动与外国队员沟通，增进友谊，他们遇有困难时，我们总是及时伸出援手。一次攀登训练，一名土耳其队员从3米高的攀登绳上摔下，胳膊脱臼。学过简单应急治疗的于小龙马上为其进行正骨，减轻了他的痛苦，也为我们赢得了尊重。

6月24日　小雨　谁是蛙人

负责水面作业的沙利教官是欧洲军队的散打、游泳冠军，号称"海峡第一蛙人"，因其个子高大，我们背后都称他"大鲨鱼"。有一天我们组织20公里游泳，早就想跟于小龙这个中国海军特种部队的精英较量一番的"大鲨鱼"，提出与于小龙进行一场比赛，并指定我也上，说是挑战中国队。

比赛一开始，教官就像一条真正的鲨鱼一样冲到了前面。于小龙和他几乎并排，我紧跟其后，在无边无际的海面上，我拼命往前游，似乎不知道自己从哪里来，也不知道要游到哪里去，不知道已经游了多长时间，也不知道还要游多长时间。我的目标就是必须赶到"大鲨鱼"的前面，虽然这不容易，但我无路可退，只能不停歇地追赶他们。在无垠的大海中，我们像3条乘风破浪的鲸鱼一样勇往直前。

半小时之后，3人的距离慢慢接近，之后并排前行，大家的心里都捏了把汗。于小龙是游泳健将，在国内拿过名次的，他拿下第一应该没问题。最后1公里了，小龙的优势已经非常明显，我还稍微慢点，落在"大鲨鱼"的后面。后来，这个顺序一直保持到了终点。比赛结束，于小龙的速度让"大鲨鱼"心服口服："这么多年来，我从来没遇到过对手，你们才是真正的海峡蛙人。"能够从对手口中得到这样的称赞，我们感到无比光荣和欣慰。

7月7日　晴　地狱周

"地狱周"训练，是穿插在战术潜水训练期间的。在一周无睡眠的情况下，实施高强度、高难度、摧残人性的训练。

在20公里海上操舟训练中，6个人一组，特别讲究集体发挥，1号位于橡皮舟右前侧，负责右前侧观察警戒、划舟节奏及前进方向；2号位于橡皮舟左前侧，负责左前侧观察警戒、舟首绳子及前进方向；3号位于橡皮舟右中侧，负责舟中锚的放置及右侧观察警戒；4号位于橡皮舟左中侧，负责舟中物资放置及左侧观察警戒；5号位于橡皮舟右后侧，负责舟后物资放置及右后侧观察警戒；6号位于橡皮舟左后侧，负责左后侧观察警戒。我是7号，位于舟尾，担任舟长职务，负责全舟的组织指挥。划舟时要注意姿势低矮，安静隐蔽，划舟动作要整齐协调，力量匀称；另外，我们还要注意桨面反光问题，桨在空中前行时桨面必须向上。

操舟训练通常要连续在海里奋战几个小时，我们极度劳累，有的队员甚至会在划桨时掉进海里；操舟结束后是武装泅渡、战场营救、渗透等训练课目。潘积攒武官知道我们正处于"地狱周"艰苦时期，专程从首都赶来。潘武官看见我和于小龙疲惫的面容和深陷的眼眶下布满血丝的双眼，心疼地说："同志们，你们辛苦了，我代表祖国感谢你们，你们是优秀的特种兵，我相信你们一定能坚持到最后。"潘武官的话给了我们莫大的鼓舞，在最后一天的训练中，我和小龙以坚定的信念、超强的意志和不达胜利决不罢休的顽强作风，再一次为我军争得了荣誉。

负重30公斤抬橡皮舟穿越密林训练时，一名埃塞俄比亚队员倒下了，跪地痛哭，教官在旁咆哮怒骂。我和于小龙心里非常难过，暗暗相互鼓励，绝对不能放弃，要一直向前猛冲。

最后3公里的沙滩拖舟训练结束后，教官又把我们推进一个臭气熏天的污泥坑，只露出头和手，然后把面包和黄瓜扔到泥坑内，让我们随地就餐。有些外国队员不愿吃，教官就将沾满污泥的面包和黄瓜塞进他们嘴里，强令他们吃下。

7月8日——7月21日　多云

完成"地狱周"训练并复习其内容。

本期"地狱周"训练中，于小龙在第一天眼睑被弹壳划破，鲜血满面；我们组的弗兰克因为膝盖伤痛，一周内吃了50多片止痛药。本次训练，厄瓜多尔6名队员被淘汰，而中国队员凭借钢铁般的意志和顽强的拼搏精神，全部取得优异成绩，受到厄瓜多尔军方的高度评价。

7月22日　阴　野战生存(1)

请允许我用简短的文字来描述这个时期以来的军事训练，因为训练强度过于残酷，我无法及时记录当时的心情，就用其中一项训练内容来概述我的感受吧。

"野战生存周"是挑战生理极限的训练，是极其残酷的耐饥饿训练。我们经受了极端残酷的折磨。

按照训练要求，我们一周内不发一粒粮食、一粒盐，还要负重30公斤，在丛林中完成220公里的行军。

第一天，我们就遭遇了一次困难的挑战。傍晚时分，我们从容地走在安第斯山后面的一片原野上，太阳照耀在初春的原野上，大地展现出一片斑斓的色彩，像我们的衣服，但绝不像我们的心情。庄稼和青草的绿叶上，还闪耀着昨夜留下的亮晶晶的露珠。脚下的土路潮润润的，不起一点黄尘。

黄昏很快静悄悄地来临了，大地万物在一种自然柔和的气氛中提前穿上了夜的衣服，显示出大自然原始的迷人。

到了一处小河边，奥尔特加提议休息，这很令人振奋，"二十分钟的时间，大家下去抓鱼。"不苟言笑的奥尔特加在队伍停下后突然来了这么一句。

难道还有烤鱼吃？

尽管有很大的疑惑，但大家还是带着幻想兴高采烈地下了水。

"每个人都必须抓到鱼，否则你们等着瞧吧！杂种们！"奥尔特加在岸上大声地谩骂着。

我们认真起来，尽快捉到一条鱼在手里最安稳。好在小河水浅，鱼也很多，不大工夫，每个人手里都有了一条一尺来长的鱼苗。

我也很快捉到了一条，可惜太小，我怕奥尔特加看不上，反正鱼多，就扔了，摸索了一会，还果真碰到一条大的，足足有三斤重的一条黑鱼。大家都羡慕地看着我，为我的这条大鱼庆贺，我也觉得我又会得到奥尔特加的赞许了。

我们排好队一字站在岸边，手里拿着鱼等奥尔特加检查。

奥尔特加没有动，他指令一名队员下水又捉了一条。我们开始忐忑不安，不知他又在出什么幺蛾子。

奥尔特加把队员捉来的那条鱼举起来在我们眼前晃了晃，忽然把鱼活生生地放在嘴里，随即便是尖利的咀嚼声……

血水，顺着奥尔特加的嘴角流了下来……

"大家都吃了吧。"奥尔特加平静地说，仿佛一个牧师在告诉一个忏悔者：我原谅你了。

我这一生都会牢记我这次不甘落后捉条大鱼的经历，就像事后他们经常提起的一样。

在反复吃，反复吐，吐了再吃的不断努力下，在奥尔特加逼人的目光中，我清晰地体会了野战生存的意义。

7月23日　大雨　野战生存（2）

队伍依然在急速移动着。今天的训练正值大雨，雨在头上浇着，队员们忍饥挨饿，披荆斩棘、翻山越岭。由于皮靴湿透，我的脚后跟磨得露出了骨头，许多队员的脚掌也磨出血泡。在一次晚间渗透中，全体队员分3组，4小时之内必须到达指定地域。当我们8人行至半山腰时，发现前面是荆棘密丛，已经无路可走。与我们同行的教官故意在后面说："前面没有路了，不行就返回吧。"如果这时返回，完全可以于规定时间到达，但教官轻视的表情激起了大家的斗志，特种兵的脚下没有过不去的山。

担负领航任务的于小龙特地给大家讲了一个故事：1995年6月2日下午，美军两架F-16战斗机从驻意大利维亚诺空军基地起飞，在北约宣布的波黑禁飞区执行巡逻任务时，于15时左右在比哈奇东南约30公里处遭到塞军两枚萨姆-6地空导弹的攻击，其中一枚导弹击中飞机腹部，飞机被炸成两截，飞行员跳伞高度6000米。6天之后，飞行员与北约空军取得联系。6月8日凌晨6时，美海军陆战队在亚得里亚海执勤的"奇尔沙制"两栖攻击舰起飞两架CH-53直升机，机上载有40名陆战队队员组成的精锐营救小分队，在F-16、E-2C等40架飞机的掩护下，直升机在营救地点停留两分钟，成功救起飞行员奥格雷迪上尉，并于7时30分左右安全返回母舰。这是美军一次非常成功的营救行动。

对我们来说，其中的亮点就是奥格雷迪上尉仅凭随身携带的两天食品，在恶劣的环境中生存了6天，并最终获救，说明他接受的野外生存训练起了重要作用。美军非常重视飞行员野外生存训练，专门设立了一所学校，轮训现役全体飞行员，每期3周，其中一周为理论知识，一周为野外训练，一周是耐力和逃亡训练。训练中，飞行员要学会控制自己的情绪，自救和急救，获取食物和水，保管和使用装备，藏匿和逃生，保存体能等等。

奥格雷迪上尉在这艰难的6天中，充分显示了他的训练有素：一是始终保持头脑清静，在跳伞时便意识到落地后就会遭到塞军的抓捕，因此一着陆便迅速躲进丛林中，塞军三、五分钟后就赶到降落地点，但一直没有发现他，甚至敌军在距他仅2米远的地方乱放枪，他仍能镇定沉着。并节约电池，以便关键时使用。二是有坚强的意志和生存的本领。他始终没有放弃获救的希望，利用野生植物和昆虫维持生存。饿了吃蚂蚁、昆虫、野菜，渴了喝露水和雨水，昼伏夜出。三是把握时机，注意节约电池，关键时刻与指挥部联系上。

于小龙的故事让大家很受鼓舞，他自己更是毫不犹豫地抽出砍刀冲进荆棘密林之中。由于连续三天三夜未吃一点东西，加上过度疲劳，他一次次摔倒，一次次又爬起来，双手被荆棘滑得血肉模糊。路开辟出来了，我们比另外两组提前1个小时到达指定地域，顺利完成了任务。

7月24日—7月30日　多云

野战生存训练。

7月31日　阴　穿越"死亡谷"

可爱的埃晨莎终于要随队出发了，在经历了整个水上训练、我和于小龙声名大起的时候，她加入我们小组，自愿接受"生命历练"。在这场反游击战丛林渗透破袭对抗中，由于任务繁重，对她的体力将是一个极大的考验，但她毅然向阿麦少将提出申请并得到了批准。现在她已经跟随我们队了，"僵尸"告诫我务必保护她的安全，这给了我接近她的机会。

埃晨莎的眼睛里充满了喜悦的光芒，这是她以前安静的神情从不曾表露出来的。服役的5年时光是残酷的，严酷的军事纪律束缚了她的天性，她的心里也一定隐藏着暗暗燃烧的青春之火。

或许，从我第一眼见到埃晨莎时，她也如我一样，内心涌动着翻滚的激情。而我，则在她第一次检测我的胸口、翻开我的眼帘时，就已经深深地爱上了她。现在，埃晨莎就走在我身边。

这是一场异常险恶的演练，假想敌为所有教官和特种作战队的士兵，阿麦少将是著名的丛林战专家，他是这场较量的裁判者。

训练营的长官们为我们配备了最齐全的特种兵装备，我们晚上7点钟准时出发。寂静夜色中，猎人们的凯夫拉钢盔在丛林里悄然消失，只有沙沙的穿梭声从队伍前侧不停传递到后方。

用肉眼看不见指北针和地图，只能凭着自己对地图的记忆和现实的地形地物，辨别自己的位置和通往目标的路程。根据大致的方位，我们首先需要穿过一座公路桥才能继续前进。我们当然不能沿着公路走，那无疑是自取灭亡，但远远看过去，仍能看到一些公路的标志物，这多少有些实际的帮助，我们计划天亮前到达目的地，但是现在考虑这个问题有点过早了，我的心和脚下沾满露水的杂草一样潮湿。因为，埃晨莎在我的身边，使我更加谨慎起来。

埃晨莎似乎打了个寒战，我觉得她不是因为寒冷，而是因为害怕，但我没有问她，也不能去问她，只当作没注意。山里的气温下降极快，白天还好，甚至还有燥热的感觉，但一到太阳落山，天气就很快转凉了，现在这个时间，再加上风吹，就更冷了。但是和祖国的名誉比起来，寒冷、孤独、疼痛又算得了什么呢？

因为随时会遇到荷枪实弹士兵的冷弹射击，整个行动进行得较为隐蔽，埃晨莎没有再表现出紧张，外表上看起来很平静。

翻越了一座高速公路，我们转入居民地。"向后传，保持沉默，注意庄稼。"我向紧跟身后的埃晨莎说。

"向后传，保持沉默，注意庄稼。"埃晨莎也和我一样向后面的队员传达着信息，而且做了一个惹人注目的手势。

"严禁开头灯。向后传。"我补充道。

"严禁开头灯。向后传。"埃晨莎及时地向后面说道。

到达指定的前沿阵地至少有80公里，这些都要在黎明前全部完成，当然这样的距离如果当作奔袭也没有什么的，可现在我们必须现找路标，晚饭前（这次晚饭，香蕉饼比平时的更小一些）"僵尸"曾经把各个小队队长叫去看了简单的地形草图，现在我只能凭着记忆去搜寻前进的道路了。

根本没有捷径，这些路段早被教官们摸透了，况且每一个小队都有一名监督人员全程跟踪，这意味着我们没有一丝取巧的可能。

没有月光，但可以感觉到无边无际、视野的尽头也望不到边的田野。远处有隐隐约约的乡村家犬的吠叫声，此起彼伏。蜿蜒于脚下的小径上，植物的影子漆黑如墨，时间仿佛静止一般。

田地里的虫子因为我们脚步的惊吓暂时停止了鸣叫，黑夜像平静的湖面一样，只听得见农作物和衣裤交错时发出的"沙沙"声音。

多山之国的地形极其险恶，我在前面大胆地跳跃着，以免伤到脚踝，埃晨莎和我一样，勇敢得像只母豹子，我听得见她的小药箱发出"哗哗"的药片碰撞声。埃晨莎一定是兴奋的，在此之前，她多么沉闷地压抑了自己的内心，现在，我给了她复苏心灵的理由，她已经不再掩饰自己的激情。

她拒绝了我帮她背小药箱的要求，当我把手伸向她的肩膀时，她摇了摇头，并挺直了身子向我表示她可以跟上队伍。我没有过多地再去要求她，无端的传言会使"僵尸"对我施以极端的惩罚，或者我以后可能再也见不到埃晨莎了。因为"僵尸"完全有理由向阿麦将军申请调换一个随队军医，而为了训练，阿麦一定会支持"僵尸"。

埃晨莎显然也注意到了这一点，她只是默默地跟随着我，仿佛这样足以使她得到心灵上的某种慰藉。我猜测她或者已经有了未婚夫，只是那并不让她幸福罢了，她或许觉得这样跟我的感觉是一种很妙的享受，就像一个新兵跟随着班长一样，根本不用担心什么而有着十足的安全感。

由于随时都可能遇到冷弹射击，我们必须加强警戒，以便及时发现可能的游动敌兵。我将小队的9名成员分成了3个小组，由美国的弗兰克、加拿大的尼鲁华以及埃及的蒙科担任前哨警戒并负责搜索合适的通道。我凭着记忆为他们画定了大致的线路图，蒙科负责中路地带的搜寻、查找敌兵可能出现的区域，弗兰克和尼鲁华分别负责左路和右路的搜寻任务，三人呈三角形阵势向前推进；后方的警戒由于小龙和朝鲜的卜正浩、林代三人负责，他们呈倒三角队形前行；我和小组的另一名成员、土耳其人A以及军事裁判劳非，还有埃晨莎走在中间。

如果这是一个没有任务的夜晚该有多好。埃晨莎迈着她轻快的步伐，不时做出轻盈的跳跃，蝴蝶一样美丽的花朵散发着沁人的芬芳，如果你够用心，一定能体会出各种各样美丽的乐曲，这是心灵的鸣唱。没有说话的声音，但这并不能抵挡心灵的交汇，埃晨莎一路上紧紧贴着我，我们的心都激荡着某种情愫。

我们开始渡过一条干涸的河流，从平地向下三米深的河谷。由于长期无人打扰，这里已经长满了高出人头的荒草。弗兰克做着手势向我摆动，然后"哧溜"一声滑到沟底去了。

我和埃晨莎都已经到了河谷边缘，我让A和劳非在我前面先行通过，埃晨莎也要跟过去，我微微伸出手指向她做了个手势，她明白似的借故整理靴子停了一下。

埃晨莎安静地注视着黑不见底的河谷底部，听着A和劳非滑下去的声音。"紧跟我，注意脚下。"我拉着她的胳膊，一步步探着可以踏住脚的地方，她也一步步向下滑着。我侧着身子，以保持身体的平衡，埃晨莎弓着身子正面往下，我听见她急促的喘息声，她确实有点紧张。

我又有点思绪乱飞了，完全忘了这是军事任务。我觉得这是和埃晨莎一起的愉快时光，我多么想让她为我唱一首优美的曲子，在这样幽静的夜里。而她，最终会因为惧怕草丛中突然游出的花斑蛇而紧张地躲进我的怀里，也许我会被蛇咬伤，那完全不重要。因为，埃晨莎会让我睡在柔软的草上，挽起我的裤管，轻轻地为我治疗伤口，用她那温柔湿润充满力量的手指。

我必须收回我不羁的思维，安心地走脚下的路。下面又是一段陡峭异常的滑坡，我非常自然地向她伸出温热的手："下面危险，抓住我。"

她轻轻地伸过手来，尽管只捏住了我的四根手指，而我却用尽了力量支撑她，就像杠杆一样，这四根手指就是一个合适的支点。她似乎并不特别注意我的热情，专心在走自己的脚下。她走得很谨慎，始终保持着弓腰的姿势，她的呼吸更加急促了，在用相当大的力气保持自己的平衡。

考虑到埃晨莎的安全，我从前面转过身，一旦她滑下来，可以落在我的身体上，而不会被草丛刺伤。我如果用两只手来搀扶她，会安全些，但又会影响行进的速度。

正当我寻思之际，突然一声枪响呼啸而来，空气经历了瞬间的凝固之后，劳非的右边的一株小树断为两截。

"狙击手！"大家齐声低呼，"注意！"

又是一声狙击步枪子弹爆射声，子弹打在于小龙面前的一颗树干上。"卧倒！"，我使劲摁下埃晨莎的脑袋。

于小龙甩手扔出一颗烟雾弹，落在狙击手的大致位置，烟雾弹喷出浓烈的黑色烟雾。借着烟雾弹的遮蔽，大家赶紧跑到林中的一个土洼趴下。烟雾慢慢消散，树林中隐约有人影晃动，弗兰克和于小龙迅速举起冲锋枪，连连射击，敌方至少两名枪手躺在那里不动了。

埃晨莎安静地匍匐在草丛里，我把手伸给她，她扬扬手告诉我她很好不必担心。我还是走过去扶起她，借助于小龙的另一颗烟雾弹，我们从一片密集的灌木丛中穿了过去。

林代在跳下去的时候崴了脚，弗兰克以为他伤到了骨头，赶过去想帮他一把，结果两人绊到了石头，都滚到山坡下去了。

"幸好没伤到骨头，要不这下惨了。"林代揉着自己的脚。

"要是受伤了再被奥尔特加他们抓住，你就更惨了。"弗兰克拍拍他的肩膀，去了前面。

这一波过去，有了暂时的安静。我们边走边抬头看天找星星，摸索大致的方向。

这段5公里的路程很安全，翻越河谷后，前面一眼望去是宽阔的田野。这时，月光已缓缓亮了。

"跑步通过。"我向前面的弗兰克传过话去，队员们便在埂垄上借助植物的掩映向着远处隐约可见的山峰冲去，那儿就是安第斯山脉了。我记起了刚来时冲击多巴斯克雪峰时的情景，心中不禁一阵叹息，时间已经过去这么久了，真不知自己是怎么一次次挺过来的。

我断定我的方向是对的。谁能想到半年前的一次惩罚会在这个时候给我标定了通过多巴斯克的方向。

劳非在了解路线方面的情况，他跑到前面和弗兰克他们一起去了。A在我前面不远，我则和埃晨莎一起紧紧地跟在后面。

斜背着的冲锋枪有节奏地敲打着我的屁股，我把跑动的节奏放慢了一些。我担心埃晨莎跟不上队伍，但她表现得异常坚强，看来体力还行。于小龙和卜正浩在我后面约100米的远处，他们警戒着散落的游击人员，以防尾随破坏。

我和埃晨莎尽管只能这样简单接近，也没有太多的语言，但我们的心灵相通着。埃晨莎的安静给了我冷静的判断，我肯定在到达敌阵地之前冷弹射击不会太多，教官们没有理由把太多的精力放在主战场之外。这一路上，我在不断地对埃晨莎的认知中感到自己的愉悦，心灵似乎被开启了一扇通往宽阔和深邃的窗子。这些轻松的心态，让我可以忘掉太多的烦心和苦恼，从而精力充沛地度过训练的高强期。

　　与男性相比，高强度训练是女性的天生弱势，我听得到埃晨莎的步伐中夹杂着越来越急促的呼吸声，虽然她的表情非常平静。

　　"迈大步子！弓腰！向前跃动！"我压低声音对她说。我去拉她的小药箱，她再一次拒绝了。她照着我说的方法做了，可能是感觉很好，回头笑了笑。

　　我在她左侧靠后的位置，让她确信自己的每一步都迈在我的前面，这是训练中常用的鼓励方式。她的状态显得很好，喘息声也慢慢舒缓了很多。

　　这一段路程的尽头，一条水流急缓的大河横亘在眼前。水面并不太宽，这是安第斯山下的一条通向北方的河流，从缓慢的游动中看得出水很深。这里同样可以作为敌兵袭扰的极好地域，大家不约而同地意识到了这一点，并迅速做好了隐蔽通过的准备。弗兰克借助隐蔽物向前运动，他找到了一处适合渡水的地方。

　　大家迅速靠拢过来，陆续涉水。我问埃晨莎是否要把靴子脱下，她表示自己可以处理好，跟在我后面渡了过去。

　　我在埃晨莎前面引导着方向，并伸手给她。她柔软的手心里全是汗，湿漉漉的。如果不是执行任务，我多希望这一刻是无限的。

　　女人身上特有的气息在微微凉风中散发出来，这感觉就像扑进一个温暖的怀抱。我多么渴望是埃晨莎隆起的胸脯压在我满是疲惫的脸上。我需要这一刻的温柔气味,可以洗净我周身的疲劳。

渡过河流,三个小队按照不同路线抵达安第斯山下。我们进行了简单的情况分析:破袭渗透的路线只有一条山间小道可行,但道路右侧是丛林密布的原始森林,陡崖峭涧,号称"死亡谷"。

"这样的鬼地方,猴子也别想过去。" 弗兰克骂道。

"如果这条道路是通往破袭目标的唯一通道,他们会在山顶设置巡逻队和观察点。现在的关键,是他们对这条道路的重要性如何看待,如果他们根本就不重视,也没有设置过多警戒,那我们就是最安全的。"于小龙这样补充他的观点。

尼鲁华也持这样的判断。

我看了看他们的装备,于小龙和卜正浩的重些,两人分别扛着27公斤重的重机枪和反坦克导弹,这更加剧了穿越小道的难度。

弗兰克和劳非建议走另一条经过山顶的道路,那条路固然好走,但绕行太远比较费时,而且危险性一点也不小。

"不能走这条小道,从时间上来说,根本无法按照时间节点完成随后的任务。"我也表明了自己的观点。

明天就是中国的建军节了,虽然身在国外,但我和于小龙还是深知这一节日的重大意义。一定要为军旗增光添彩,我心中默默提醒着自己。这要求我们必须成功,也就是说从时间上来看,绝对不能走弗兰克提议的这条小路。

于小龙支持了我的决定:穿越死亡谷!

8月1日凌晨　晴　穿越死亡谷

作为裁判，劳非并不愿意和我们一起冒这样的风险，他率先退出了队伍。我看着埃晨莎，我不知道在这场生死攸关的游戏中她该如何决定。但是，我的担心完全是多余的，埃晨莎说她一定会坚持到最后，无论遇到什么困难。

对于穿越死亡谷，弗兰克与尼鲁华最后放弃了自己的观点，愿意试一下；但对于埃晨莎，他们则表现出强烈的反对。他们认为埃晨莎的体力无法坚持到底，从而会拖累行军节奏，影响最终成绩。

我没有接受他们让埃晨莎离开的建议，虽然我知道一旦失败，就意味着国旗的降下。在这个既需要团结合作又存在国别竞争的队伍里，我第一次强硬地坚持了自己的态度。于小龙拍了拍我的肩膀，这让我很感动，在东方人的观点里，我们讲究同甘共苦。而对于我来说，埃晨莎，则是我源源不断的动力。

我们终于出发了。死亡谷高程2000多米，谷底常年为森林所覆盖。埃晨莎告诉我这里面有的是鳄鱼、毒虫以及多种可能引起皮肤溃烂的毒草，我迅速向队员们传递了这个消息。对于埃晨莎提供的有用的信息，弗兰克与尼鲁华多少改变了一些原来的偏见，谁知道会不会需要她的包扎与伤口处理呢？

脚下和竖起的青石上都长满了青苔，我们同时闻到了一股刺鼻的腐烂的气味。

"毒气弹！"于小龙在国外经历得要多一些，他肯定地要求大家赶紧戴上防毒面具。

不难想象，所有的水源树木都已经被毒气污染。天依然黑得厉害，静悄悄的月亮也在死亡谷里隐去了身影。密林内异常潮湿、憋闷，加上防毒面具对于呼吸的影响，我们就像患了夜盲症，在这样漆黑的丛林中，一不小心就有摔到悬崖下的危险。

埃晨莎显得异常冷静，也许这个生在山地的姑娘习惯了这样的地形，这使我为她的操心多少减去了一些。她紧紧跟在我后面，安静得像一只宿在树林中的松鼠。

闷热的空气像蒸笼一样，身体总是湿漉漉的，内衣黏糊糊地贴在皮肤上，异常难受，因为肌体缺乏水分，嘴唇干得要命，唾液也咽不下去。树叶和人一样奄奄一息地耷拉着，迷彩服始终是半干半湿的状态，因为身体热量的蒸发，可以清楚地看见上面一点点变成白色的汗碱。

气压低得要命，心脏变得憋闷发慌，需要大口喘气，心慌得跟揣了一只兔子一样，在里面七端八蹬。这样的气温对体能要求特别高，由于过于瘦弱，林代出现了脱水现象，头晕气闷。没过多久，弗兰克的皮肤也被树枝上残留的毒液渗入，立刻出现了红肿的狼斑。

埃晨莎跑前跑后，给他们治疗，但无济于事。埃晨莎说他们亟须休息，可这在时间上根本不允许。短暂的碰头商量之后，两人只得放弃继续前行，原路折回。也许是考虑到明天他们的国旗就会从主席台上降下来，两人抱头哭作一团。我和于小龙十分遗憾，尽管友谊可以超出国界，但在任务面前，别无选择。

埃晨莎说："这里的蚊虫非常厉害，甚至到了可以把人吃掉的地步，要保持一定的速度前行而不能停下。除此之外，这里长年累月被森林遮蔽，树叶落在积水上厚厚一层，猛一看就像一块石头，一旦踏上去就会迅速没过腰膝。"

我告诉她这和中国红军长征过草地的情形差不多，她眨眨眼问我：

"你是说毛泽东吗？"看来在她的认知里，长征就是和毛泽东画等号的。我点了点头，算是肯定了她的观点，她兴高采烈，不再锁着眉头，开始笑了。

埃晨莎越来越多地注意我，她需要根据我的表情变化理解我的语言，也需要从我的眼睛里直视我的内心。因为，我所想的她都明白。

连续不断的山路行军，大家脚上都打满了血泡，每走一步，脚都被尖锐的岩石硌得疼痛难忍。埃晨莎告诉我这个时候一定不能停下来休息，一旦坐下来，就会在你意想不到的地方出现成群的蚊子、吸血虫，可怕得能把整个人吃掉。

大约又是10公里的山路，埃晨莎也累得走不动了，她看了看我，我冲她做了个休息的手势，过去搀住了她。

"我几乎不行了。"她不好意思地说。

"没事的，你已经很勇敢了，出乎我的想象。"我这话绝不是一味的安慰，在穿越死亡谷的历程中，埃晨莎确实表现得很优秀。

我知道前面的困难还有很多，为了给埃晨莎节省体力以到达终点，我决定把她背在背上（这是我非常愿意的）。

于小龙为我分担了身上的战斗装具，埃晨莎也没有再拒绝我。我蹲了下来，埃晨莎伏在我背上，用手勾住我的脖子，我用胳膊裹住她的腿，使她可以轻松地坐在我的腰部。埃晨莎的身体温柔轻盈，在晃动中，每一次她丰实的乳房碰撞我的肩膀时，我身体的血液就会产生一种无比狂野的力量。埃晨莎轻微的呼吸均匀地在我耳边回荡，像一个安静的孩子睡在父亲的肩膀。我可爱的埃晨莎，就在我的肩头轻轻地熟睡了。她的脸贴在了我的耳朵后面，我一边追赶队伍，一边感受着和她肌肤接触的美妙。

将近黎明时，我们被一处断崖拦住了去路，这处断崖至少有10米高、4米宽，下面是一潭死水，上面横倒一根枯木，是南美的刺树，上面毒刺密密麻麻。

停顿中，埃晨莎醒了，她歉意地笑了笑，我轻轻地放下她。

枯木由于年月恒久，已经满身青苔，我试探地踩了一脚，竟发出嘎嘎的响声。

主张以生存为主的尼鲁华坚决反对从这上面通过。

难道退回去？那样将前功尽弃，更会被其他队员耻笑，而且8点之前通不过断崖到不了破袭点，整个任务就算失败。

天依然黑蒙蒙的，总不能坐等天亮？

密林里又升起了瘴气，几个人的心里都焦急万分。

尼鲁华决定折身返回，直骂我们是一群"疯子""神经病"。

卜正浩也退缩了，表示绝不拿生命冒险，尾随尼鲁华而去。

我和于小龙没有选择的余地。我甚至想，于小龙胆敢说退缩的话，我非得把他扔下谷底去。埃晨莎始终表示出坚定的勇气，她紧紧拉着我的手，没有松开。我起头唱起了国歌，埃晨莎好像知道一点调子，也跟着我们轻声哼了起来。

人在困境之中总会迸发很多灵感，看着那横卧了不知几百年的古树，我突然想到了身上披着的雨衣。我蹲下来，试着把雨衣叠成一个方块，然后搭在树身上。我对着小龙做了个攀爬的动作：就像当年红军过铁索桥那样。

于小龙很赞同这个办法，觉得爬过去应该不成问题。但是，他和我一样，有点替埃晨莎感到为难。埃晨莎有些紧张，又不愿放弃。我和小龙商量再三，为保险起见，我用安全绳把她捆在背上，然后带着她攀爬过去。

枯木发出吱嘎的叫声，我的心也叫得厉害。有惊无险，也是上帝的恩赐，我和埃晨莎安全通过。埃晨莎高兴异常，在山谷对面，她近乎疯狂地吻了我，并紧紧地抱住我。我浑身热血在上涌，我把埃晨莎紧搂在胸前，兴奋地流着泪水。于小龙也非常高兴，在对面向我们使劲挥手。

越过死亡谷，我们的任务就完成了一半，再往前走，就到了"僵尸"的宿营地。此刻，他们一定在为自己的"万全之策"洋洋得意。

脱水，严重的脱水影响着任务的最后进程。内脏跟火烧一样，身上在不停流汗，真奇怪这个时候身体里还有这么多水分。生命好像在一步步离开自己的身体，我们经历着常人无法想象的恐惧，一步步走向死亡的恐惧。

突然，我听见了流水的声音，哗啦啦，清澈而欢快。我们兴奋起来，瞬间也没那么累那么痛苦了，我们向着水流的方向奔走，一道宽阔迅猛的河流波光粼粼闪动在月光下，挡住了我们的去路。很显然，"僵尸"的宿营地正是背靠这条河流，踞险而立。

埃晨莎告诉我们这条河叫泥河，十滩九险，以泛滥的泥沙多著称。8月正是泥河的汛期，混浊的泥水泻满了河床，举目望去，滔滔黄浪，飞腾冲荡，几里宽的河面上浪峰一个跟着一个，沙崩似的重叠起来，滚成巨大的漩涡，发疯一般冲向堤岸，没撞碎的又退回去，和接踵而至的浪涛碰在一起，轰隆一声，拍向半天空，又瀑布似的崩泻下来，气势凶猛，令人胆寒。

埃晨莎非常沮丧。她难过地说她的水性很糟糕，怕耽误我们完成任务，有点想要放弃。

"不，"我告诉她，"你也是我任务中的一部分，我们已经胜利在望了，不能这个时候让你掉队。"最后，我们决定由于小龙用背包绳拴住埃晨莎游在前面，我在后面伴随保护，并负责携带所有武器。

尽管不是很容易，但补充了水分后，我们的精神状态都好起来了。我把树林里拣的一根木棍做拐杖，让埃晨莎拿在手里做支撑。我们慢慢往水深处走去，水很凉，大家迅速清醒过来。

清凉的河水渐渐覆盖了我的胸部和肩膀，那种感觉奇特得无法言状，内脏仿佛得到了彻底的浸洗，不停地打着激灵。慢慢地，冰凉的皮肤竟热了起来。

渡河很成功，虽然用了近40分钟的时间，但我们成功渡了过去，埃晨莎再一次拥抱了我。或许这就是命运，把我俩的灵魂绑到了一起。

穿越河流，前方500米处隐约出现亮光，是烟火！根据昨天标记的图标判断，那儿正是"敌军"的基地。

我扶着埃晨莎坐下，和小龙商量进攻计划。虽然面临着强大的敌人，我们还是有很强的信心。这一路过来，我们选择的道路是他们万万没想到的，按照他们的预期，我们或许要在两天后才能赶到，因此，他们的警惕性是比较薄弱的；其次，我们是在对方指挥部的背部，在他们看来，后面已有天然屏障，警戒会相对松散。

研判再三，我们决心从左右两个方向同时进攻。具体是，我从左路持燃烧弹攻击宿营点，于小龙从右路用催泪瓦斯攻击基地和可能出现的守军。

除了微弱的虫子的叫声，周围安静得令人窒息。在对手熟睡的时候，速度最能决定一切。我们迅速摸到最为有利的地形，既便于进攻，又便于防御。埃晨莎坚持要到一线，我让她躲在一块巨石后面，小心应对各种可能的情况。

于小龙甩手一块石子，砸向不远处的帐篷。一阵骂声从一顶帐篷里传出，紧接着岗哨的步枪响了一下，大概是走火，惹得帐篷里又是一阵大骂。

许久，静了下来。但这片刻的寂静带来的恐惧却像蛇钻入人体内一样，悄无声息，但十足恐怖。

一切就绪，于小龙一梭子子弹打向哨兵，燃烧弹也接连地从我手中飞出去，散落在基地中央的帐篷上。经历短暂的沉默之后，疯狂的尖叫出现了，那是被火烧到的叫声。在杂乱的叫声中，人群密集地出现。于小龙毫不犹豫，将催泪瓦斯一股脑地喷射过去。

开始有人还击，子弹像交织起来的丝线从头顶呼啸而过，我蹲在一处深坑里，把身上的火箭发射筒解下来，这是很老式的那种，但有绝对的威力。连续5发火箭弹很快制服了杂乱的枪击声，随后于小龙快速地从一个隐蔽物跑向另一个隐蔽物，准确地将催泪瓦斯送到对手呼吸的空气中。

埃晨莎在按时发射着信号弹，耀眼的亮光显现了我们的猎物：那些狼狈的蒙着迷彩布高低错落的钢盔，以及那钢盔下面涂抹着油彩犹如原始部落战神的脸，还有那么可怜惊恐地举起来的双手。

如果不是冷静下来，我真以为自己看花眼了，这完全是不可能发生的事情——两名在外围的敌方队员竟然没有受到催泪瓦斯的威胁，在快速地以密集的火力正面直压过来。

我觉得胳膊一热，不用多想，一定是受伤了。但我还是立刻扑到了紧跟身后的埃晨莎身上："卧倒——"

枪声惊动了于小龙，他如同闪电一般掠过一顶帐篷顶部，突然出现在两名敌方队员跟前，手中的冲锋枪也在站起时喷出了烈焰。

埃晨莎不甘示弱，一连把十几颗发烟手榴弹扔进那些帐篷，于小龙从左侧冲入了敌方指挥帐篷，我则从右侧破坏了他们赖以逃命的战车。

于小龙还在用枪托砸着两个企图反抗者的脑袋，在这里，即便打死都是允许的。第二道信号弹的白光起来的时候，我看到枪托下那个坚强的反抗者的脑袋已经喷出鲜血，在白光下面是那么的红。于小龙像是疯子一样，另一只手挥舞着喷射的机枪，发出狼一样的原始的嘶吼。在这里，这个时刻，不是你死，就是我亡。

仅仅一刻钟，毫无防备的基地敌军营地便被我们摧毁殆尽。我和于小龙在帐篷里面制服了被瓦斯击倒的"僵尸"，奥尔特加上尉则被我直接用安全绳捆绑拴在腰上。

于小龙对着五花大绑着的"僵尸"说："对不起，我无法对你客气。"

"不必解释，作为你们的教官，这是我不该有的结果，但我同样为你们而骄傲。因为，我被自己培养出来的特战英雄俘虏了。"

阿麦少将来了。他在事后的总结上说："中国队员出其不意，给特种旅国际班和全部教官上了一堂生动的破袭课，连特种旅的游击专家也被你们折服了，你们是我见过的最出色的战士，最好的丛林猎手，我要向中国大使馆为你们请功。"

8月2日—9月28日 晴热为主

休整总结，侧重于对捕俘和游击技术课程的温习。

9月29日 晴 心灵之约

这是回来后第一次和埃晨莎单独在一起。在训练场上，从埃晨莎的指认中，我终于判定出她所住的那栋小楼了。"里面只有我和几名护士，"埃晨莎告诉我，"而且晚上护士们是不在的。"

这里大体和我刚来时的那个临时接待站差不多，只是埃晨莎的这栋楼木质材料多一些，同样的只有两层，但每层不过三间房子。小楼的大门是红色的镂空木雕，显得富贵有派。大门前面有一片草坪，周围用木板圈成了一个单独的小院。

埃晨莎走了，我还久久站着。远处的灯光亮着，那个悬挂着金黄色帘布的窗户一定是埃晨莎的卧室，埃晨莎一定是每天都在那里睡着甜甜的觉。

9月30日 晴 生死攀登楼

今天的内容是攀登，了解这项训练的人一定懂得它的艰苦性。在炎热的中午，冒着40度以上的高温，我们先进行15公里的变速跑，让全身肌肉放松，筋骨活动开，而不易产生骨折。

"僵尸"远远地站在主席台上的帐篷旁喝着浓浓的咖啡，抽着拇指一样粗细的雪茄。

奥尔特加规定我们在一周1080米的长方形跑道上，纵向路程最强冲刺跑，横向路程自由慢跑。

奥尔特加表情冷得吓人，手里总是拿着一条鞭子，用闪烁的小眼睛盯着每一名队员，不时实施惩罚。58号猎人、加纳人珀尔特昨天因随地吐了一口痰便被他逼迫着吃下，而后便是成千上万个俯卧撑；60号猎人、法国人勒夫，也因单独上厕所，被他喝令将潜水镜罐满海水戴在脸上，在炎热的太阳底下暴晒一下午，造成眼睛红肿，长时间失去视觉。在训练场上，奥尔特加忠诚地履行了"僵尸"铁一面的冷酷，使得训练更加残酷。

15公里下来，我们早已大汗淋漓，水分透支，但是根本没有歇息，马上又要投入4X1000的接力跑中。这种急剧的跑动常常使得我们的胃难以忍受，不少人哇哇大吐，我也是头重脚轻地猛冲，因为根本没有退缩的余地。

一组简单的体能综合和肌肉放松之后，我们被带到刷着迷彩色的攀登楼前。攀登楼高32米，四周垂下若干根直径5厘米的绳子，楼梯上配置着繁密的下水管道和避雷针道，以及伸出或凹进的砖块，供队员们进行各种形式的攀登。没有任何保护措施的训练是恐怖的，在子弹的扫射中模拟战时训练更让人终生难忘。

我们组6个人一同攀登，绳子是浸泡了油和水的，好多队员跳了几次都无法抓住。楼顶上的机枪虽然不是瞄准队员射击，但擦身而过的子弹和由此引起的恐惧，常常使队员们的胳膊失去仅有的一点力气。而在规定的时间内不能攀登到顶点时，绳子将被割断。那些被割断绳子的队员从很高的地方落下来时，就像一头栽下来的风筝一样，摇摇晃晃。许多人摔断了胳膊和腿，或者被子弹咬伤了身体。

我在26米的时候因为身体摆动过大，被射来的子弹打穿了脚的小拇指和第二个脚趾的结合处。吊在半空中，有点要下坠的感觉，我努力使身体稳定住，然后一鼓作气迅速攀登完最后几米。当我到达顶点时，教官们正准备拿刀割绳子呢。

"你小子够幸运的！也够勇敢！"一个黑瘦得像只山猫一样的机枪手看看我说道，"你是第一个成功者，了不起！"

对于这些日常性的训练，实在没有什么大惊小怪的。三点固定攀登更是如此，整个身体必须平板一块地贴墙向上爬行，就像壁虎那样。只可惜我没有长着壁虎那样带吸盘的手，攀登到2/3高度的时候，我基本上体力全无，两个胳膊也哆嗦个不停。攀登训练中，恐怖心理的影响比单纯的爬绳更消耗体力，上有机枪子弹的扫射威胁，下有教官升起的熊熊火堆，稍微放松后果都不堪设想。我咬紧牙关，用指甲死死地抠住每一块砖头，一寸寸挪动，等到最后从绳子上滑下来时，我10个指头全部鲜血淋淋，左手中指指甲还掀开了。

埃晨莎远远走过来，我隐蔽的目光通过战友之间的缝隙看到了她。她似乎永远都是那样不紧不忙，50公斤左右的体重，1.70米的身高，她在烈日下像一株并不茁壮的树苗，她的军装一直都是干干净净的，她的眼睛不大但十分精巧，挺直的鼻梁让人感觉有一种温存的气息，这是我每一次想到埃晨莎都会产生的印象。

埃晨莎的小药箱斜挎地搭在腰的右侧，鉴于"僵尸"要求训练期间一般不予以伤口处理的规定，埃晨莎的小药箱几乎用不到了。只在前几天，于小龙在长跑后打了一针封闭。

她一定在注意我吗？我相信埃晨莎的目光会和我的目光一样，会寻觅到让自己魂不守舍的感觉，埃晨莎的心理也一定是这样的，尽管她的表面如此平静，但她的内心一定储满了狂热，野性的狂热！

我相信死亡谷的经历对我们是一次感情的接近。埃晨莎的执意跟随也绝不仅仅是一次普通的生命历练，我也更不相信埃晨莎拥抱的热吻仅仅是出于礼貌。跨过那根断壁上的枯木，我们已经搭建了灵魂上的通途。

队员们还在奥尔特加的厉声呵斥下攀登，埃晨莎走到主席台跟前，但并没有和往常一样坐在"僵尸"那儿和他攀谈。她在训练场地北侧在一个伞降台边上停下了，那儿是我常去的一个地方。晚饭后总是大约有一个小时的自由支配时间，伞降台是我独自思索的地方。我站在6米高的伞降台上，足以清晰地看到埃晨莎所住小楼的全貌，曾经有几次，埃晨莎打开帘布的时候肯定也会看到我在这儿驻足。

埃晨莎在那个地方停下来了，那儿是我内心的秘处。我看见埃晨莎在那儿转了一个圈，像是找什么东西似的，然后又若无其事地离开了。埃晨莎冲"僵尸"那儿走去了，甚至没有回头看别的地方。我看见"僵尸"远远地和她打招呼，埃晨莎也礼貌地挥了下手。

埃晨莎是直属于特种旅卫生部门的，并不属于"僵尸"领导，充其量算是协助工作。因此，"僵尸"无权干涉她，对她还算得上客气。穿越死亡谷的破袭演练中，就是埃晨莎拒不执行"僵尸"让她留下来的要求，而坚决地要随队出发。

我好像妒忌起来，这是突然而来的感觉。埃晨莎对我深厚的情感非但没让我心里踏实，反而突然涌现出一种无法说出的痛苦。我觉得她最好不要和"僵尸"交谈，诚然，在他们的国度里，"僵尸"是颇具男子汉气概的，魁伟、黑壮得像座铁塔，加上未婚，在这样的年龄不但未婚而且像个疯子一样凶残，我真怀疑他是否大脑或生理上患过某种疾病而落下不可痊愈的病根，使得他精力充沛得像头野牛。

埃晨莎和他交流的时机还是相当多的，而且在那个帐篷里一坐就是几个小时或者大半天，在极度压抑的状态中，我会突然思维错乱，幻想着埃晨莎会瞬间和他产生感情并不顾一切地疯狂相爱。

这种念头让我焦躁不安，无比地鄙视自己，但这挥之不去的念头却又让我无可奈何，我知道这是心底的阴影在袭扰我，这些无端有害于我的想法都来自于我曾经在感情上遭受的创伤。按照某些观点，这是深埋内心的那颗种子萌生了，让我极不愉快、心烦意乱。

奥尔特加像疯子一样，对着一组攀爬到三层楼高度的队员吼叫着，他们是巴西的一个组。但似乎没有什么作用了，其中一名再也没有前进的可能了，主动要求降下国旗，这样可以得到一副足够安全的厚垫子。

他的愿望很快得到了允许，机枪的扫射声也停了，他人就像一片树叶一样飘飘荡荡落在垫子上。强烈的震动使得这名队员右肩出现了难以忍受的伤痛，根据被降国旗的队员可以享受药物或食物的优待，埃晨莎被奥尔特加招来为这名队员打封闭针。

我的心情温暖起来。埃晨莎其实并没有过多注意我，这可能来自于穿越死亡谷之后她故意的回避。无论是谁，都清楚这样一个现实，会在我们之间传出一些简单的谣言，足以使我们永远再见不到对方。死亡谷的热吻也许只是实在难以把持的一场激情，当疯狂散尽，我们又都归于平静。

打完了封闭，埃晨莎轻巧地收拾着她的药物。她抬起头时，不经意地看了我一下，然后离开了。我确信埃晨莎一定有什么事要告诉我，虽然她不经意地离开了，但她留下了只有我们两个人之间心照不宣的语言方式。

晚饭前，奥尔特加向我和小龙宣布了一个消息："明天是你们国家的节日，今天晚饭后便是你们的自由时间，这也是对于你们上次破袭渗透的奖励，明天的体能将会对你们减半，并允许晚餐时饮酒，祝你们过得愉快！"

这消息快乐得让人发疯，我和于小龙开心地把奥尔特加举了起来。人在困境中总是这样，一丁点的喜悦都会带来无穷的力量。

吃过晚饭，我们接受着不同国籍的人的祝福，也一一道谢。当夜幕来临，我如往常独自去了伞降台。"今晚你可以过来。"埃晨莎已经站在那儿等我，下午的一切都与我的猜测相符。

我的心一阵怦怦怦紧跳，身体中那股原始的冲动开始疯狂撞击我狂野的灵魂。莫名的期盼萦绕在我大脑的每一寸空间，我的埃晨莎，她向我发出了心底的呼唤！"我先走了，等着你的到来，如果你是个勇敢的军人。"埃晨莎默然笑了一下，"当然，这不一定有益于你的前程。"

"我会去的。"我告诉她，并迅速折了回去，把于小龙叫了出来，我拘谨地、忐忑不安地红着脸向他说出了我对埃晨莎的爱慕。

"我很爱她，你看得出来。"我毫不顾忌地说了心里话。说实在的，离开女人这么久，每天又都在野兽一般的训练中，我能感觉到身体内的荷尔蒙在强化而心理的荷尔蒙在减退，我甚至不敢想到赤裸的场面，那样的脸红心跳会让自己好几天都心情烦躁，备增痛苦。

"是的，我知道。"于小龙说，但他没有再说别的。在这样的时候，讲那些遵守纪律的大道理实在毫无意义，在同甘苦的生死战友面前，我们必须坦诚面对。

"你可能不明白，她也是爱我的，这是她刚刚过来亲口告诉我的。"我怕他说我冒失，便赶紧向他解释。当然我这样做绝不是炫耀，我只想证明这爱绝不只是自己的多情，也有埃晨莎的肯定。

我下了决心，不允许他有反对的意见。经历了死亡谷后，在坚实如铁一般的友情中，我觉得我可以这样"放肆"一下。尽管这个风险很大，可能面临除名的后果，但于小龙没有多说什么。"你去吧，"

他说，"我就在这里等着，一般不会有事。你要尽早回来，不可乱来。万一有突发的情况，我就站在这台子上大声唱国歌。"

"我明白。"带着内心莫大的安慰，借着今晚这轻柔的月色，我连连跃过两排灌木，向埃晨莎的小木楼飞跑。

一口气我就来到了木楼的栅栏前，门是给我留着的，半虚掩着。我推门慢慢过去，听到了轻柔的音乐，是一首钢琴曲。埃晨莎，我可爱的埃晨莎，就站在客厅的门前，她示意我随她向二楼上去。

"小心脚下。"埃晨莎冲我说道。木楼梯发出沙沙的声音，楼道里是一盏暗黄色的灯，将整个楼道照成金光灿烂的一片。

我是一个性格多变的怪物，别人或许会把这叫作叛逆，但我认为，自己早已超出了叛逆的范畴。我承认这和心理上曾经的挫伤有关，但这种多变非常有益，让我比常人有着更灵敏的心灵享受。就像我会不顾一切地来见埃晨莎那样，从猜测时的焦躁到确认后的激动。

此刻，心跳加速地走在这个二层小木楼里，我的思维已开始慢慢回归平静。我不是一个性格软弱的人，但也不会胡乱地放纵自己的欲望。就像现在，我貌似荒唐地来见埃晨莎，这是我对阿麦将军、"僵尸"以及奥尔特加上尉的反叛，我并不惧怕，却有身心的愉快。对于小龙来说，我的做法可能有点自私，但这完全不影响我对祖国的爱，以及对荣誉和使命的担当。我大胆地做着我内心肯定的，长久之中保持着自我。如果有一天，别人问我为什么会有这样看似错乱的举止，我只能说，与对国家的感情一样，这一切都是源于内心的爱。对于埃晨莎我就是这样，这使我治愈了长久以来的心理颓败。我爱埃晨莎，如果我的爱还不能被你们理解，那么我也便不需要你们的理解。

在金黄色的灯光下，我看到楼梯转弯处褐色的葡萄支架，我的埃晨莎，就像这支架上闪亮的青果，用她的青涩之真为我解除了心灵征途中的疲劳。

"你喝点什么？"她问我，走到冰箱前拉开门，"啤酒还是饮料？明天是你国家的生日了。"她似乎在为我选择啤酒找一个理由。

"随便一点果汁吧。"我还是改变了主意。想到国旗，我知道自己内心里还有不可破掉的准则。"随便坐吧。"埃晨莎笑了笑，她比我更知道这利害关系。

电视机播放着音乐节目，电视机上面的柜台放着几座花瓶。看我注意到那里，埃晨莎告诉我那是拿破仑时代的宫廷用品，是她的父亲送给她的。

"那里面是我的卧室。"埃晨莎指指电视机旁边的一个小侧门。门帘隐约中，一张单人床摆放在那里。木制衣橱散发着光泽，一张黄木桌子上摆着一台橙黄色的老式电话机。

我斜靠在沙发上，埃晨莎为我递过来一杯冰冻柠檬汁饮料。埃晨莎坐在沙发的另一端，不时看着我。不错，还是以往的那种安静。

我不能肯定埃晨莎心里在想什么，但这在经过斟酌之后所做的决定，一定是她生命中为数不多的纠结之一。她对感情的欲望、本能，打断了生命中对某些章程的遵守，但她绝不是放荡或者毫不尊重自己，我们彼此之间都是非常神圣的。她只是和我一样，勇敢地打破了生命里的某些不自由，带着希冀找到新的激情。她重新认知生命，理解了某些隐秘的内涵，这让她心安理得，完全不用遭受任何道义上的谴责。通过对生命本身思索所做出的决定，使她勇敢地从灵魂上和我走在了一起。这心灵相通的力量，使我们无惧于任何压力和残酷的现实。

我就是这样一个热烈的理想者、空想者、精神自慰者，永远在自我的王国中主宰着那并不存在的王权和痛苦快乐。但埃晨莎进入了我的精神，我的生活，这一切都变了。

"奥尔特加不会发现就行了。"埃晨莎显然也为我有些担心，她弓着身子把手中的冷饮放在茶几上，她的低领口T恤有些松弛，半透出她白皙的胸部。埃晨莎的眼睛中洋溢着青春的热情，我的到来使她仍长久地处于激动中。

"我来的时候特别注意了。"我告诉她，并和她一样，把饮料也放了下来。

"我翻看了日志才知道明天是你们国家的生日，下午和队长的谈话中，他提到了你穿越死亡谷的勇敢，我知道这会给你带来好处的。"她微笑着转过身，目光像清爽的三月。她将一只胳膊搭在沙发的一端，然后把身子倚在胳膊上，半躺着。

"奥尔特加给我们放了假，允许一个晚上的自由，并允许明天晚餐时饮酒。说真的，丢开酒一年多了，我还真没了酒兴。"

"我知道，而且你也和于小龙交代好了。对吗？"她笑着补充。

"是的。"我们都深知安全的重要性，这一点，出不得差错。

埃晨莎一定和我一样，也经常想起死亡谷里相互依恋的那场深吻，想起来实在太幻化了，像美丽的梦境。即便现在，每次回想起来都会兴奋得像个孩子一样，久久不能平静。

"安第斯山下的夜晚不算太热，这是季风带来的清凉。"的确，这是一个清凉的夜晚。

"可以谈谈你吗？你的家乡，或者你的过去，我一点也不了解。"我打断了她的话题，向她靠近了一点。

埃晨莎也从半躺的姿势直坐了起来，重新把杯子拿在手里："我嘛，我的家乡就在安第斯山下，就是你第一次体能预测跑步的地方。"

"我第一次体能预测？"我迅速想到了，她就是在路边站着的那个姑娘！天呐，太离谱了，我不敢相信这个事实。

埃晨莎笑了一下："对，就是那次站在路边的那个，不会没印象了吧？"

我兴奋地嚷着，"太美妙了，太美妙了。快讲下去。"

埃晨莎接着说："我和我的奶奶住在一起，父亲先是去了国外经商，母亲后来也跟着父亲走了。"埃晨莎怕我摸不着头脑，及时地补充着，详细地讲了她的过去。她把水杯紧紧地抓在手里，一定是什么东西在扯住她的思维，让她心中某些东西极深地隐藏，但埃晨莎显然克服了，她希望告诉我她的故事，她长舒了一口气，开始让久远的回忆成片成片地浮现在她的眼前。

14岁时，她曾经是一个快乐的品学兼优的好学生。"我感觉我的青春一度死亡了，而且衰老得如此之快，"埃晨莎向我解释道，"我是说我的内心，表面的容颜即使再光鲜，也不足以掩盖住心灵深处的衰老。"

这样的语言让我产生了同病相怜的感觉。她又说，那时她的父母都在一家公司上班，她喜欢穿一身洁白如雪的裙子，即便冬天。她太爱白色了，买了许多顶风格不同的白色风帽以及白色头巾，把自己打扮得像一个童话中的公主。

16岁之前，她无比幸福快乐。她喜欢去看安第斯山下成片的枫叶，她觉得那一眼望不到边的风光只属于她一个人。

当路边的乔木落下片片黄叶的时候，那个深秋的季节，父亲和母亲同时去了国外，把她交给了奶奶。她拒绝和他们一起去，她爱自己内心的那份宁静，她不想去一个充满嘈杂的地方。她变得沉郁、感伤。

低矮的灌木已落尽枝叶，只有稀疏的枝条倔强地耸立在阵阵寒风中。父亲母亲离开的那天傍晚，她照例来到这里，她裹紧了白色的风衣，看着风把落叶卷成一堆，又重新散开。通往多巴斯克主峰的这条小道，似乎永远都是这么富有诗情，顺着泥土和沙石被踩得结实的路面，可以只选择自己喜欢的心情，忘记一切烦恼。

埃晨莎的成绩开始恶化，操行表现也极为糟糕。她就这样在漫无目的的散步中消磨时光。终于有一天，一队训练的士兵从这儿经过，惊扰了她平静的内心。那队疲惫至极的士兵是从多巴斯克峰顶上下来的，看样子驻扎在这附近。

带队的是一个皮肤黝黑的小个子排长，士兵行进中，排长在喊着清晰有力的口令。埃晨莎漠然地看着队伍，突然一个特别的身影从队伍里偏转了一下。那双眼睛是冲她来的，她下意识地把目光迎上去。那是闪亮中带着忧郁的眼神，那眼神镶嵌在一张青春洋溢的脸上。

"你和他像极了。"埃晨莎突然打断自己的思维，对我说，"因为尽管以后也多次看到过他的模样，但总是无法用语言准确地形容出来。"

"哦，是这样吗？"我觉得这样的话题很有意思，这包含了埃晨莎为什么唯独亲近我的原因。

队伍一转眼过去了，那张偏转的脸也恢复了他应有的姿势。远去的队伍消逝成一色的作训服，她再也分辨不出淹没于人群中的他。

她不能忘记，就像刚刚完成了一次心灵的交汇。她觉得无数次走在这条充满枫叶的路上，就为了这一刻他的出现。之前她还是一个不谙世事的小女生，这一次的邂逅让她猛然拉开内心一扇厚重的铁门。

此后，她更加失落，但是她带着渴望。她确信自己忘不了那个眼神，她的生命开始出现骚动，她希望能再见到他。

她于是更爱去这条路上散步了，她的心情似乎不再那么忧郁了，她充满了希望。她如愿又见到了他，仍是这样静静地在路边看他，就像是欣赏。他也仍是这样，偏转脑袋却又匆匆淹没在队伍之中，但她相信他一定明白了自己，就像自己明白了他一样。

慢慢地她发现了规律，每个星期五的下午都可以看到他，他们的队伍只有在那个时段才会出现一次。

"今天就是星期五，"埃晨莎笑了笑，像是作为一种纪念。"但这个星期五是属于你的。"她真诚地补充了一句。

我血脉贲张，一股异样的冲动和难以抑制的饥渴在体内冲荡。但我保持着安静，听埃晨莎继续讲她的故事。

她以为可以永久地享受这样一种心灵的交汇，而完全不必要语言的交流。她爱上了这种感觉，爱上了静静地站在路边欣赏，她并不肯定，但她的心已经悸动，常常伴有莫名的喜悦和激动。但上帝没能给她足够的时间享受这份宁静，不幸终于来了。

又是一个星期五的下午，她徘徊在通往多巴斯克的小道上，心里极不安宁，不停用脚踢着路上的石子。一定有什么特别的，队伍整整延迟了1个小时还没有出现。她对规律掌握得特别准确，队伍每次都是5点半经过这里，并用15分钟的时间走完这段小道，然后转入不知名的地方。

又过了许久，开始有士兵出现，但不是整个队伍。她看到4名士兵抬着一副担架快速从眼前走过。一开始她没有多想，尽管脑袋里曾经有过坏的闪念，不可能，她对自己说，她要等着看到队伍。

还是那个排长带着队伍。埃晨莎没有发现她要寻找的人，她的心突然跳得厉害，呼吸也因过于急促而有点喘不过气，她又迅速辨认了一番，确实没有他。

她恐慌起来。她听到队伍里有人小声议论保险绳的松紧问题，她觉得自己的脑袋要炸了，心里空荡荡的，心如刀割般难受。

不，一定不是他。也许他病了，在宿舍休息，她这样安慰自己，并强烈地这样想象。于是，她比任何时候都期待下一个星期五的到来。她决定一旦那偏转的脸庞出现，她一定会发疯地大声喊出来：我爱你！

星期五到了，但带给她的是彻底的绝望，队伍里的那个位置已经补充了新的面孔。她泪流满面，一个人在这条道路上放声大哭。

她这样悲伤了一年，决定不能这样下去。她奋力考上了军校，学习医术，后来又在阿麦将军的推荐下来到了存有她内心隐秘的这支部队。

"阿麦将军是我父亲的老首长，我的父亲曾经是名很勇敢的军人，和你一样高大魁伟。"埃晨莎似乎从痛苦的记忆中解脱了出来。

"哦，我很仰慕他！"我说。

埃晨莎似乎轻松了，开始谈论更深入的话题："我以为我从此就不会再将心里的那扇门打开了，因为这死亡一般的寂静我保持了7年，7年中我拒绝了无数的追求者。"

她又提到了第一次在多巴斯克下遇见我："那是我多年后第一次再去那个地方，太伤感了，我是一个内向的人，你无法想象打开一次感情闸门给我生活带来的紊乱，会把现有的一切都毁灭了。

"当时你在那条路上跑动着，我就在那儿静静地看着你。你们长得太像了，而且不可思议的是，你竟然也到了这个部队，你是如此具有磁性，我就这样迷失了自己。"

埃晨莎停了下来，随意地捋了一下头发。

怎么评价呢？这个很难。也许这只是一种精神上的柏拉图式的恋情，也许我并不如她所想的那样，只是正好填补了她要的那种感觉，我突然有了一种深深的歉意。说真的，我比以前更加喜欢她了，但我又有许多突然的失落。因为对爱情境界的追求会有所不同，我怕我不能理想地树起那个形象。那样，会失去一切的美好。

"你想象得到吗？那个矮个子排长就是奥尔特加，所以我非常讨厌他。"埃晨莎并没有注意到我的忧虑，她补充说。

"哦。"我有些诧异。听着她安静的述说，我越来越肯定地判断，这个安静的女神，或许正如我一样，在这一刻疯狂地燃烧着爱。我们心照不宣地压抑着内心的那份狂热与骚动，承受着生命中的那份持久沉默。我曾经爱过的那个女人，带给了我那么多黑暗无边的日子和痛苦至极的回忆，那种受伤的心态是我再也不敢经受的，几乎把我葬送于死地。而埃晨莎，挽救了我的一切。

我难以抑制自己狂放的思维，幻想在我和埃晨莎之间可能出现的种种。埃晨莎是我感情世界中的一味麻醉剂，每当痛苦的时候，想想她就会好多了。精神的因素总会激发人的无限潜能，当埃晨莎抬起头看着我时，我们同时逃开了相互间火一般的目光。这是她第一次用眼睛那么深情地看着我，她那隐藏极深的情感，瞬间突然迸发出来。

"听点音乐吧。"我打断身体中那股难以抑制的冲动，站了起来。

"好吧。"她不太好意思，象是因为暴露了内心而不安，她有点惊慌，但马上起身走到电视机旁的音响旁边。

"听什么曲子？你喜欢哪位歌手？"埃晨莎回头问我。

"听点摇滚吧，我喜欢节奏强烈一些的曲子。"这是多少年来我唯一不变的爱好。

"正好，我这儿有一份舞会音乐。"她蹲下来把碟片装入碟仓，我无意看到她粉色的内裤露出了蕾丝花边，她的腰无比柔顺，皮肤也在灯光下散发着温和的光芒。

雨点般的重金属击打声电一般传遍我的每一寸神经，音箱上的一圈霓虹灯散放着闪烁的光芒，让我瞬间进入了那个自己主宰的世界。是的，这就是真我的感觉！

埃晨莎调整了适宜的音量，站起来走到门的一侧。

"把灯关掉吧，这样感觉会好一些，你可以尽兴跳舞，像我一样。"我说。埃晨莎很自然地随手关掉了室内的灯光，在霓虹闪烁的幻影里，她向我伸出了手："来吧，尽情地跳一会吧，这是难得的快乐时光。"我把手交给她，她有力地抓住了我。

音乐是催情的麻药，在疯狂的鼓点下，我和埃晨莎进入了疯狂的意境。而这一刻的释怀，也让我迅速进入埃晨莎的世界。埃晨莎不再只是轻轻地揽住我的胳膊，她示意着一种"我同样需要"的信息。我把埃晨莎一下子拥在怀里，紧紧地。

埃晨莎没有动，安静得像一只猫，用她柔软的身体贴近我疯狂发热的身体。音乐不再符合我这一刻的心境，我拥抱着埃晨莎，小心地后退了一步，就势拉掉了音响线路。

音乐停了，小楼里静得只听得见我们两个人急促的呼吸声，我开始寻找埃晨莎温湿的嘴唇，埃晨莎也开始疯狂吻我。我知道，情感的底线我已经无法坚守了，我成了彻底的叛逆者。我的身体燃烧了，铸着我暴胀的血液和激荡的大脑。许多年来，这是我作为男人第一次真正意义上的尽情表现，毫不虚伪，毫不顾忌，全心地投入。

埃晨莎急促地喘息着，传达着热切的愿望。我慌乱而疯狂地抚摸着埃晨莎的身体，她也用力地摩擦我的后背和头部，那温暖而又坚实的乳房碰到了我，如开水般的热潮瞬间传遍全身，我的每一根毛孔都被扩张到极致。

旋转灯还在闪着幽昧彩色的光，埃晨莎的身体和呼吸更加迷情。她小巧的脑袋轻柔地、微微斜靠在我健硕的胸脯上，柔软的乳房压住了我的手背，像是一个即将睡去的孩子，安静地吮吸着我干渴的嘴唇。

当然，这样的激情不是在情欲的驱使下，我是愿意用生命来证明这一切的，为了灵魂里再不会出现的激情。

埃晨莎发出一声低微的呻吟，亲吻停止了。埃晨莎头向后仰着，发出迷人的喘息声。"里面是卧室……"她呢喃道，身子扭动着，瘫软在我的怀里……

"我太爱你了！"埃晨莎将光滑柔软的身子紧紧依附在我大汗淋漓的怀里，无限温情地说。她的双手勾住我的脖子，我们侧面相拥，整个身体抱在了一起，埃晨莎还在时时轻吻我。

"我同样爱你，疯狂的爱。"我说。

"你走了，也许我们再也见不到面了，有空的时候希望能收到你的信。我相信，你的妻子会是个幸福的女人。"埃晨莎善解人意地抚平我杂乱的心情。是的，又能如何呢？

"不，我要把你带走。"我对她说。我承认，说这句话我是没有多少底气的。但不管头脑发热也罢，冲动也罢，这话绝不是虚伪的。埃晨莎是一个多么动人的女人啊，她的美丽让我几乎产生了窒息，我多么希望拥有，而且一生拥有这个迷人而有着特殊味道的女人。

"那不可能。"埃晨莎默然笑了一下，伸手打开了台灯。

是的，这的确不可能，而且毫无希望。在这里，在这样的环境和任务背景下，认识并拥有这样一个可爱的女人是我一生的幸运，也注定了是一个伤痛的悲剧。

"我会尽力的，就算得不到你，也一定让我再没有懊悔的理由。"我知道即便事实多么明晰，埃晨莎心里多么清楚，但我还是要说出我的内心，那是我们共同拥有的深情。

"没有关系的。"埃晨莎哭了，她微黑的脸庞流着晶莹的泪珠，我爱惜地默默吻她，她也默默地闭上了眼睛。

"我可以预知一切，"埃晨莎哽咽着，"今晚你走了。我们最好不要再见面，谁也不再认识谁，这样会好受一些，等你回国了，如果确信还没有忘记我，就给我写个信或者打个电话，我确信自己永远都想听到你的声音。"

我不知道怎么回答她的话，只一味心情惨痛地安慰着："我会的，我会的。"我知道目前只能如此了。

"等你结婚了，要把你们全家的照片邮寄给我，还有你的孩子，我想看看那个替代我的女人，我同样会感到幸福的。"埃晨莎又哭了，紧紧地抱着我，泪水流得我满脸都是，"其实，我很喜欢女孩，可惜我没机会为你生个女儿了。"

我的心情又一次极深痛苦起来，埃晨莎的温情让我徒增难舍难分的愧疚，之后是深深的绝望。

我们不再说话，意识到是分开的时候了，我知道这意味着我俩再也不可能在一起了，我的心情是绝望和悲痛的，她边吻边哭，我流着热烈的泪回应着埃晨莎传递的信号，在凄迷的心情中，在滂沱的泪水中，我们做了最后一次爱。

埃晨莎没有起床，把头埋在薄薄的被褥下面，她在抽泣，她不愿看到我离去的身影。

我情绪低落地穿着衣服，时间不多了，于小龙肯定急了。我知道没有什么需要交代的了，必须装做什么都没有发生，这样双方才能活得不那么痛苦。我再次坐下来，抚摸着埃晨莎的头发，这将是最后一次了。

这回埃晨莎没有太疯狂，她温情地把头抬起来，赤裸着扑进我的怀里，再一次把嘴唇给我，我抱紧了她，抚摸着她光滑的后背，接受着她绝望的深吻。

"你快走吧。"她停下来，像是恢复了理智。台灯泻下来柔和的光泽，落在她充满眷恋的脸上。

"我真要走了。"我看看表，已经九点十分了，还有十五分钟就要晚点名了。

埃晨莎点点头，尽管表面上强装勇敢，但却无法掩盖那内心的绝望。

我不敢再逗留了，转身离去。让伤心与绝望都埋在心底吧。或许，还有别的希望，但现在我实在不敢去想。

10月1日　晴　思念

每当黎明到来，新的折磨便随着初生的朝阳开始。而快乐，只属于刚刚过去的一天。

这里的黄昏别有一番风情，当我们进行一天中最后一次长跑时，总会在跑到拐弯的时候看到彩色的夕阳。余晖中，那天空的绚烂无限延展，伸向天际的尽端，在那浓云密雾的后面，覆盖着整个天穹。

暮色在这个季节渐渐短促，气候非常美妙，空气湿润，连夜晚的月光也比以往柔和。当然，我记不清白天的景象，白天总是在无休止的训练与紧张的生活中度过，我无法仔细体会到它的意义。

对猎人们来说，拥有睡眠的夜是不可多得的享受。但这样的夜晚，我却无法入睡。月光从天上落下来，如瀑布般撒在清晰透明的空气中，那娇嫩的光芒，似乎可以被捧在手里。月光照亮了一切，直到遥远的视野尽头，每当我想念埃晨莎的时候，它是我的指引。

晚餐我和于小龙喝了些酒。在院子里的小径上，枝丫的影子漆黑如墨。营区沉浸着一种难得的静谧，这一刻，我独享着对埃晨莎的思念。

10月2日　晴　地狱之门

生活不会因为我的伤感而有任何改变，不符合实际的想象只能是徒劳的自我折磨，虽然这是值得的。一个人在国家荣誉面前应该更有无私奉献和责任担当，我不敢长时间抛离现实去盲目追求不切实际的虚幻。可是，如何去廓清生命中那些无比深刻的痛苦，我依然无以应对。

不管如何，这段时间我不能分心了，即便痛苦，也只能暂时忘却。集训队的严苛训练一点没有减弱，每一项训练之中，猎人们都在用自己的生命和血肉之躯与死神较量。10月2日，刚刚渡过伟大祖国生日的第二天，我参加了"通往地狱之路"的生死障碍测试。

早晨紧急集合后，"僵尸"和奥尔特加领着我们进行了38公里的山路行军。埃晨莎没有参加，说实话，我再也不愿看见她的出现，因为那种内心的痛苦将比任何一种训练的痛苦都更为惨烈。

已经不用奥尔特加的强调与格外提醒了，我知道这是实弹训练。前后有多处炸点，外加机枪跟踪扫射。我们在水坑、深沟、泥潭、火网等障碍中连续冲击，因为疯狂的子弹会始终追着队员扫射，稍有迟缓就会送命。奥尔特加强调说每年都有队员被当场打死或打成重伤，他得意的那副表情犹如一个行刑前的刽子手般阴险，让人生出一股寒畏。我迅速判定着自己的速度与时间，测算着每个项目通过的时间，我知道一旦训练开始，我连想的机会都没有了。

大家都在充分利用3分钟的调整时间，走了这么长的路，疲惫得一动也不想动。而我，经历了那疯狂的一夜，此刻更需要充足的营养和及时的体能恢复。但在这个地方，能给予我的只是无休止的考验和训练。

残酷的训练拉开了，我、于小龙以及另外7名队员编在第一组。按照序列，于小龙处于第6名，我紧随其后在第7名。

一开始很顺利，不到一分钟的时候，我们已经过了5道障碍。但就在要通过第六道障碍时，前面障碍处一阵骚动，我看到处于第一名的42号猎人、多米尼加队员路易在飞越障碍一刹那间，突然脚底踩空，一头栽在污泥堆里。当他迅速爬起来再向前冲时，可能是由于极度紧张，步枪竟然走火，子弹呼啸而出，从他的脚前掌穿过，整个脚掌都被炸开了。路易艰难地摇晃了几下，一头栽倒在地。

埃晨莎带着几名护士跑了过来，我已经顾不上注意她了，拼命地在重机枪子弹的咆哮和炸点的轰鸣中穿越着长达200米的"地狱之路"。于小龙像是一只豹子，快速地发起冲击，到达120米壕沟的时候，我们第一小组迎来了主席台上热烈的掌声。

这是个什么样的训练场？这是个前脚踏着生后脚踏着死的训练场，这是个人数虽少但背负着国家尊严荣誉的训练场。听着猎人们的欢呼声，我踊跃着生死无畏的自豪感，这是自己的使命，也是自己的尊严！

3分40秒，跑出最快成绩的于小龙创下了"穿越死亡之路"的新纪录，他以血与火的生死考验，再一次证明了中国特种兵的坚韧。冲到终点时，我和于小龙紧紧拥抱在一起。

路易被进行紧急的止血治疗，"僵尸"让全体队员集合站在担架前，当我们看到路易那张被泥水、泪水和汗水浸透的可怕面孔时，大家都紧皱眉头，一声不吭。

"僵尸"狞笑着，摘下他脸上的墨镜挑衅地吼道："害怕吗？害怕的可以退出"。没有一名队员表现出畏惧，大家心中都清楚，到了这个地步，无论谁都必须去面对。特种兵没有疲惫、没有痛苦、没有饥饿，也没有休息，能做的只有勇往直前。在训练队的每一天，每一刻，每一时，队员们也都声嘶力竭地喊着这个口号，闯过了一道又一道难关。

10月20日　晴　魔鬼选拔（1）

由于埃晨莎一直影响着我描述的心情，使我无法静下心娓娓道来。对于刚刚结束的17天魔鬼训练，我只能进行笼统的描述。但我敢说，不管语言多么笼统，但我们的表现确是相当优秀的。在这里，我克服了难以忍受的心理和身体上的极限挑战。

在魔鬼选拔的17天里，每天训练20个多小时，睡眠不足两小时。就算这可怜而宝贵的两小时，睡觉时奥尔特加还会专门进行臭名昭著的魔鬼骚扰。有时是你刚躺下睡觉的时候，突然把毒气弹投入宿舍，有时会突然把成桶的冰水浇在队员身上，队员们往往被折磨得精神崩溃，嗷嗷大叫，梦中就跳了起来。

第一天尤为难忘。凌晨4点，我们就被机枪声和爆炸声惊醒，帐篷内又被扔进了烟雾弹，大家抓着靴子就往外跑，室外，教官们又用高压水枪对着猛冲，发疯的奥尔特加象赶着牲口一样把我们集合到体能测试场，接受洗礼训练。体能测试场一直处在营区地势的最高点，与安第斯山主峰的多巴斯克遥遥相望，是最大的风口。奥尔特加命令我们只穿背心裤衩站在风口，每名队员都冻得全身发抖，一向很少说话的"僵尸"满脸狞笑着用扩音器大声喊叫："训练是自愿的，不想吃苦的可以自行退出，从现在开始，你是我的敌人，而不是战友，你们甚至不算是人，只是猎物。"

就在我们都被冻得嘴唇发紫说不出话的时候，马上又转入了3000米长跑测试，做60个俯卧撑，60个仰卧起坐，16个单臂拉杠，才算训练结束，我们每人的午餐仍然只是一个小香蕉饼，奥尔特加把那称之为POYO（鸡腿），并坏笑着说："小子们，吃吧！"由于气愤和连续的精神摧残，很多队员都气愤得把香蕉饼摔在地上，"僵尸"冷着脸顿了一下，用脚把地上的香蕉饼踢到旁边的污水坑内，然后命令大家爬到里面，用嘴叼起来吃下去，并大叫着："战场上只要有一点粮食，都得吃下去，因为这是活的希望。"

10月21日　阴　魔鬼选拔（2）

迫于强烈的憎恨和厌恶，我不得不再次对刚刚结束的魔鬼选拔做补充性的描述。我不是故意揭开伤疤舔舐自己的痛苦，我是要让读者知道，在我的个人品行中，不仅只是对埃晨莎情深义重，对于使命，我也一直如此。

凌晨，在催泪瓦斯的驱使下，我们赶到门前集合，准备去30公里之外的特殊场地进行"魔鬼之路"障碍训练测试。

6时整，8部全副武装的越野车和7辆越野摩托车集中在营区大门，这还是因为阿麦将军的一时善心，破例让我们坐了一次车。31名队员兴致勃勃地上了车，向着附近一个名叫水道镇的训练场驶去。"僵尸"和两位来自北约特种部队的教官作为"魔鬼训练"的总策划，早已等候在那里。

路况很差，接近7时，我们来到了训练场，风凄厉地刮着，似送葬的气氛笼罩在每个队员的心头。为了烘托气氛，十几支冲锋枪喷出烈焰，子弹打在泥土上，飞起一道道沙尘弧线。随后，奥尔特加例行公事地宣布了这次考核的口号"猎人战斗，挑战极限；勇猛顽强，忠于誓言。"

这地方紧靠安第斯山脉，三面环水，远处波光粼粼。岸边简单搭建着考核指挥部，队员们精神抖擞，注视着指挥官，等待开始的命令。

我在第一组，首当其冲。于小龙在第二组，他那被汗水浸成褐色的迷彩帽下，眼睛里充满斗志。

几辆越野车开到"僵尸"跟前，哨兵敬礼。是阿麦少将，他专程赶过来参观我们的考核，他戴着墨镜，看不清脸上什么表情。

"猎人们！"队伍立正，"考验和展示你们的时候到了！""僵尸"高喊，大家都精神抖擞地看着他。

"小伙子们！"阿麦的声音很高，丝毫不像他的年龄让人担心，他是个体力充沛而且健壮的职业军人，"这是展现我们国际猎人全面技能的最后时刻，希望你们不畏艰险，勇往直前！既然走出国门来到这里，为的就是今天来实现你们的价值，为你们的国家争得荣耀和光芒。有因为惧怕退出的吗，我允许你们。"

"没有！"吼声地动山摇。

"我知道，你们都是出色的，非常出色！"阿麦满意地说，"我等着看你们出色的表现和好成绩。"

"魔鬼之路"障碍测试分为两部分。第一部分为意志障碍测试，障碍场全程250米（含障碍物），不含障碍物长160米，宽10米，共设12组障碍物，要求我们以最快的速度跑完100米后，紧接着翻越泥潭铁桩网（石子铁桩网），这是最难的一道障碍，需要持久的耐力和灵活的技巧。这一环节共设5道网路，外侧2道为石子铁桩网，中间3道为泥潭铁桩网。泥潭铁桩网高30厘米，宽2米，长30米，每道中间挖有两三个1米深、1米长的沟，沟内注入泥浆。石子铁桩网高50厘米，宽2米，铺设了碎石子。队员们必须用匍匐和侧身及仰面蠕动的动作，完成这个科目。

通过这道障碍后，是连续5个高低不等的横木，我们叫它步步高，横木上涂满了润滑油和新鲜的泥巴，光滑异常，但凭着坚实的臂力，完成起来还算容易，以往我可以在15秒之内完成。

最后是阻绝墙，这是个考验瞬间速度的障碍，当冲刺的速度能够产生所需的惯性时，才有通过的可能。对我们来说，这在体力上耗费得非常厉害。

爬绳是在不用脚的情况下，在30米高的绳子上来回5次，以时间作为成绩评定依据。但是按照考核程序，在爬绳时，队员们的手上已经在之前的步步高考核时沾满了油污，这会让大家从顶端直接滑落下来。绳子摩擦产生的高温，常常会把队员的手心烧熟，皮肉成块地掉下来。这是一组令人生畏的考核。

紧接着的，是防坦克壕、沙袋掩体、堑壕水坑三个比较连贯的障碍，相对来说容易一些，多少可以恢复一下我们不堪的体力。轮胎掩体、旋转木马和牵引横越都是测试身体平衡的项目，我和于小龙在这三项中的表现都不错。

斗志障碍点和每分钟50次的扛举圆木，是两组靠相互配合才能通过的障碍物，用以培养团结协作的综合能力。在这项训练测试中，各障碍物相邻边距离极其有限，难以调整呼吸。其中起点至混合铁丝网为100米，混合铁丝网至步步高6米，步步高至阻绝墙5米，阻绝墙至防坦克壕4米，防坦克壕至沙袋掩体15米，沙袋掩体至堑壕水坑20米，堑壕水坑至轮胎掩体20米，轮胎掩体至旋转木马20米，旋转木马至牵引横越20米，牵引横越至斗志障碍场5米，扛举圆木跑40米。

在完成这个项目后，迎接猎人们的是勇气障碍测试。如果说斗志障碍场测试的是生理极限，勇气障碍测试的则完全是心理。

勇气障碍场全长130米，宽不小于10米，共设9组障碍物。依次是起点、梯墙、横越山涧、高低杠、网墙、软梯、梅花桩、蚂蚁窝、懒人梯、心理测试、终点。各障碍物相邻的边距离分别为：起点至梯墙5米，梯墙至横越山涧10米，横越山涧至高低杠10米，高低杠至网墙10米，网墙至软梯15米，软梯至梅花桩20米，梅花桩至蚂蚁窝15米，蚂蚁窝至懒人梯10米，懒人梯至心理测试场5米，心理测试场至终点30米。

这组障碍总共21个，难度大，没有任何安全保护措施，过不去你就永远别想得到"国际猎人"这个光荣的毕业称号。每个障碍要求连续翻越30次，中间不能休息，不给水喝，教官不断对我们大喊大叫、进行侮辱性的挑衅和推搡，以此瓦解猎人们的斗志和拼搏精神，意志稍薄弱者就会立即被淘汰。

一路上过关斩将，但谁也没有想到，这些身怀绝技的猎人，竟会差点败在蚂蚁窝的考核上。在我看来，蚂蚁窝考核估计是最为可怕的一项了，作为一项新内容，在考核之前我们谁也不知道这是怎么回事，但当我到勇敢地跳进了蚂蚁窝的时候，我的心登时就凉了，产生了比过铁桩网更大的恐惧。

蚂蚁窝里果真是满满的蚂蚁，厄瓜多尔山区特有的大蚂蚁，我刚刚跳落坑里，无数大蚂蚁就蜂拥而至，钻进了我身体的每一个部位，甚至裆部，在连续几次跳出跳入之后，我浑身上下已经被蚂蚁咬得千疮百孔了。

由于训练量大、流汗较多，队员们口干舌燥，嗓子冒烟。教官则手拿饮料，站在障碍物上，让你再翻越数次才给你水喝，等我们筋疲力尽连续翻越过后，教官却把水倒在地上，大声骂着："蠢猪，再跑10次"！由于非常累，很多队员想利用去撒尿的时间休息两分钟，"僵尸"则大喊道："蠢猪，撒到裤子里，你们已经不是人了！"

这一阶段，没有食物没有尊严，要的就是猎人们充满斗志的拼搏精神，要像野兽一样，永不知疲倦。训练结束后，有队员提出能不能多给一点食物，"僵尸"狞笑着说中国红军二万五千里长征，爬雪山，过草地，吃的都是树根，最后取得了胜利，并号召全体队员学习这种精神。

由于考核场海拔高，空气稀薄，加之训练达到最大极限，经过6小时连续不断的考核，所有队员都疲劳到了极点，整个身体处于麻木僵硬的状态。

测试之后的间歇，"僵尸"别出心裁地送给我们一项额外的体验，我们跳入一个牲畜粪便和人的粪便混合的土坑中，蹲在里面，双手抱头。按照教官指示，我们必须使自己的嘴淹没在粪便之中，只能保持鼻子喘息。

难以忍受的屈辱使很多队员都哭了出来，但为了国家的荣誉，没有一个走出来的，加纳的一名队员因为蹲得时间过久腿部麻木而倒在粪便中，尽管鼻子里都出血了，但在教官的狞笑中，他依然坚持了下来。

这项训练持续了两个小时，用于强化我们的忍耐力，我们都在喉咙里愤愤暗骂，而教官们却摆上桌椅，在土坑边上啃着鸡腿喝起了葡萄酒，不时谩骂我们，并把喝光的瓶子扔到我们中间，溅得我们头上满是脏物。

10月22日 阴 水陆考核

原以为接下来会有一次休息，但是我们想多了。凌晨5点，猎人们接收到新的命令，参加水陆配合科目考核。匆忙中，我们每人啃下自己仅有的两个香蕉饼，在颠簸的迷彩车里，向着首都以西方向驶去。穿过60多公里的蜿蜒山路和充满迷雾的山谷，同车的考核人员说，这里是x州德国村，居民都是19世纪以来的德国移民，他们保持着自己的生活习俗和民族特色，洋溢着浓厚的欧洲旧风情，一路上，经常会看到"聆听寂静"这样的标志牌，会让人产生浓郁的云淡风轻般的飘逸感觉。

车子走了很久，任务再次调整，考核将在首都东南角的一个海岛上进行。漫漫的考核征途，我们也得到了一次旅游观光的良机。在处所转换的过程中，车队经过了首都南部的高原热带雨林，据说，"福尔摩斯之父"柯南道尔的小说《失落的世界》就取材于此。

在人迹罕至的热带雨林中，耸立着一些被当地人当作神奇的平顶山脉，山下生机盎然，成群的猴子和金刚鹦鹉在车队中间来回穿梭，仿佛被人类这群怪物打破了宁静的生活。山顶上蜿蜒着棉花堆一样的云层，摇摇欲坠的样子，山体的边缘是攀爬的植物。

喋喋不休的考核员说："这里的景色太美了，你们这群杂碎算是走运了，好似旅游了一趟。不过，马上你们的好日子就到头了，可以去死了。"妈的！我们都在心里骂道。但正如那个杂碎所言，好日子真的到头了。

中午时分，我们在海岛的一处靠近丛林的地点停下了。在奥尔特加的指挥下，我们在密林旁的草地上搭起了各种各样的野战帐篷。60多面各国国旗也在朝霞中飘扬着（经过死亡和淘汰，仅剩这些了），五星红旗也在其中猎猎作响，摇曳在异国清晨的柔风中。

经过整个上午的修整，下午最后的考核开始了。阿麦将军也赶来了，他乘坐在指挥车上，缓缓驶过夹道站立的特战队员，显得异常肃穆。

"敬礼！""僵尸"下达着口令。刷！6个考核小组，60多只历经沧桑的大手举到太阳穴前，目光如秃鹫般凌厉！将军频频摆手，示意队员们稍息。

考核小组分为水上和陆上两个小组，于小龙和三名队员负责水上任务，我和另三名队员负责陆上任务，考核协作精神。

于小龙小组被舰艇送到离岸边10公里的一处孤岛上，全组一艘橡皮艇。这10公里距离中，漂浮着近百颗轻度杀伤水雷。

我们负责陆上任务的队员在喝令中也迅速到达任务区域，隐蔽好后，等待援助水上队员登陆的最佳时机。

指挥所的信号灯不停闪耀着，一双双眼睛在注视着平静的海湾。突然，两发红色信号弹升起，很快8艘橡皮艇齐头出现在海平面上。

透过望远镜，可以清晰地看到不时有小组碰到水雷，尽管没有伤亡，但人被掀翻在水里，好长时间的折腾才能重新启动。

一番冲锋之后，第一波靠岸的是俄罗斯和白俄罗斯队员组成的突击队，他们在机枪的扫射下绕过炸点完成了规定战术动作。在陆上队员的火力掩护下向纵深的丛林挺进，很快消失了身影。

于小龙也飞速而至。"注意机枪！"他高喊着翻身下水，在齐膝的水中和其他队员一起拉着橡皮艇靠岸。阿麦跷腿坐在指挥所里的大屏幕前观看行进过程，皱紧了眉头。

丹麦和瑞士两个国家组成的突击队也冲向岸边，橡皮艇打了几个转后，巧妙躲避了岸上射击，完成了抢滩登陆，并迅速通过炸点，挺进密林纵深。当水上队员全部完成抢滩登陆后，我们陆上队员也及时掩护，大家一起转移到密林深处。

没有亲身经历过这种考核的人，永远无法想象其中的窘迫之状。为争取按时抵达指定地点，我们用尽了能够想出的各种办法，密林里面有很多陡沟，由于沟的坡度太大，加上可以有效躲避狙击手的子弹，下沟时我们坐在地上连滚带爬，一个个衣服全扯碎了，身上青一块紫一块。

天完全黑下去了，四周影影绰绰，我们其实都不知道方向了，就是要死劲窜出密林。

在一处隐蔽的灌木丛中，我们小组的8名队员全围拢过来，大家压低了声音商议着下一步的举动。面对特种旅精心设计的残酷的考核，大家空前团结。

"我先谈谈我的看法，"我说，"我们现在已经楔入考核场的腹部。在地方狙击手的监视下，突击出去并不容易，敌人居高临下，以逸待劳，这就决定了我们的打法，切莫强攻，必须巧取。"

大家肯定了这个分析。39号猎人、俄罗斯队员A补充说："应该先设法引出狙击手，让他暴露火力点的位置，我们不必消灭他，只需要避开他们去完成任务就行了。"各人都说了自己的意见，方向更加明确，细节也具体化了。

为了引出敌人的射点位置，于小龙起身绕到离我们很远的一处壕沟里蹲伏着，他连续朝对面密林点射，然后迅速趴下。密林深处潜伏的狙击手不知什么情况，慌乱还击，刹那间，一片枪声。

A也是重要的火力射手，他蹲在一棵大树后，默数着敌火力点，对身后的队员说："总共七个火力点全在右边，你们先从左边找出突击路线。"狙击手射来的子弹蝗虫般在我们身边蹦跳。每分钟队员都要承受十几次中弹的危险！好在密林中大树很多，给双方的射击都带来极大的障碍。

虽说是考核，但这就是真实的战争！人的一生中所要经历的一切情感都在这几十分钟内汇集了：胜利与失败、荣誉与耻辱、瞬间的生与死，长久的等待与投入……这一切，和平年代的军人可能一生都无法经历，但在这里，在这不是战场而重于战场的考核场上，我们为了自己国家的利益与荣耀，全都面对了！

枪声响了一会，可能敌人发觉上当了，密林又沉寂下来。在一处积水较浅的壕沟里，于小龙躺在那里，他的左臂在引出敌人火力时受伤了。身边队员要给他包扎一下，他抬起左臂摇了摇："还不碍事，子弹从肉上划了一下，没伤着骨头。"

前去打探地形的队员也回来了，说只有一道深不见底的壕沟，就可以突破密林中的种种障碍了。

还有20分钟，事不宜迟，我们迅速向壕沟移动。这真不是一般的壕沟啊，我粗略估计了一下，坡陡有80多度，要从沟底过去根本没门。傻子也能想到，沟底一定设置了水雷和其他爆炸装置，就算没有这些，等下到沟底再爬上去，时间也已经来不及了。

"拿绳子来！"于小龙冲我喊。队员里只有我和于小龙随时带着捆背包的绳子，不知道是不是外国的军队不用这个，还是都改用了背囊，但这次，绳子绝对成了救命的工具。

我明白于小龙的意图，迅速把腰间的背包带绳解下来扔给他。于小龙麻利地将两条绳子接到一起，然后抓起一头迅速攀爬到跟前一棵大树的枝丫处，将绳子固定住。

于小龙跳了下来："大家注意看我过去的动作，一定要抓紧绳子，当身体摆动到最高点时要猛力向前跃出，一定不能落到沟底，那就是死路一条。"说完，于小龙转身后撤几步，用手拽了下绳子，然后快跑几步，腾空跃起，向壕沟对岸飞去。黑影一闪而过，于小龙已经稳稳落在地上。

大家一片欣喜，一个个按照动作要领荡过沟底，前后只用了不到三分钟。收拢了队伍，我们便迅速向密林外冲去，那边是一片空旷的平地。脚下到处是巉岩怪石，我们沿着壕沟南侧向西边的开阔地行进。

"卧倒！"只听前面于小龙大喊一声，接着我被身边的人猛踹了一脚，跌倒在地，跟着传来"哒哒哒"一阵枪响。

我抬头看时，我前方的A倒下了，我不顾一切地扑过去，扶起他，已经晚了，A的头歪倒在我的胳臂弯上，身子慢慢地沉了下去，攥着枪的手也松开了，子弹打在他脑门上，根本没有活下来的可能。我的眼泪夺眶而出，是他踢倒了我，无意中救了我一命。虽然每个人是在为自己的国家荣誉而出生入死，但我相信在这里有一份真诚的情意。

到达目的地，完成了任务，我们却毫无喜悦。就像一场梦一样，在战斗就要结束的时候，A离开了我们，永远失去了宝贵的生命。大家都流下了眼泪，为他的牺牲感到惋惜和悲痛。

10月24日—11月23日 多阴天

这一阶段多以休息为主，兼顾军事理论课和恢复体能训练。期间，没有见到埃晨莎。

11月24日 埃晨莎的离去

埃晨莎走了，这使我非常痛苦，痛苦到无法忍受的地步。他们说，"僵尸"怀疑她怀孕了，但她宁肯被调出也没有对"僵尸"说什么。为了我，她选择了离开。

我知道，不仅我爱她，她也那么爱我。也许，为了这种近乎疯狂的爱，埃晨莎曾经给她的父亲打过电话，求他理解她无法阻挡的爱情并支持她，虽然她一直埋怨父亲，但她还是想到了在绝望之中哀求他，因为只有父亲能说服阿麦将军不让我们分开。她一定会告诉父亲她是多么不顾一切地爱上了一个中国军人，这个中国军人带给了她死寂心灵以新鲜的活力，就像她父亲曾经也会为了一个女人而不顾一切至今还遗憾过。

或许她并不敢告诉父亲这个军人是谁，但她一定用生命威胁了父亲不把这件事查处下去。就算是牺牲吧，在父亲的断然拒绝下，在阿麦将军坚决把她调离的决心下，她以冷静和忍受，换取了我的绝对安全。

这些猜测给我带来了极深的痛苦，而这些痛苦是难以说出口的。甚至对于小龙我也不敢多说什么，虽然他很清楚。

我曾经有过去寻找她的想法，但这太可笑了，我清楚地知道，一旦回到祖国，所幻想的一切再美好，我都不可能再回头了。我因此而要付出的代价是个人无法承担的，这些付出是物质所不能衡量的，是为了自己的国家。如果有一天需要我为自己的国家做出牺牲，我会不惜生命，但是我现在实在不能为了埃晨莎而舍弃我的使命，这就是我心中的理念和估量。

我的埃晨莎，你在哪里，现在怎么样啊？

11月25日—12月4日 多晴

训练性跳伞，对开伞高度的自我控制。

11月5日 多云 空中雄鹰（1）

今天的空降训练是配合特种旅士兵模拟一场演习进行的，却因为情况特殊，险些葬送了18名厄瓜多尔队员的性命，也因为我的果断，为祖国争得了一份来之不易的成绩。

黄昏时分，在安第斯山下的广袤平原上，一场夺控机场的科目演习拉开了。这是毕业考试的空中科目部分，我们是以指挥员的身份参与其中的。

20时40分，首架迷彩直升机呼啸升空，演习正式展开。爬升至1500米的直升机盘旋几周，迅速锁定夺控阵地——假想敌某"国际机场"，随即缓缓打开了后舱舱门。

机舱里，我作为跳伞值班员，仔细地给即将离机的25名作战队员逐个检查背包，那里面装着他们即将用到的降落伞、伞包、伞兵刀等各种装备。

"活动手脚！"由于在高度紧张中长时间坐在地上，很容易引起手脚麻木，我命令他们。

"小伙子们，都站起来！"看着他们都恢复了自信，我大声喊着，就像阿麦将军对我们喊话一样。

25名厄瓜多尔刚刚加入海军特种旅的新战斗成员齐刷刷地站起来了，绿色的伞兵头盔闪闪发光。

舱门缓缓打开，狂风吼叫着冲进来，我们几乎站立不住。开始挂伞绳了。

那些充满稚气的大男孩们有秩序地把伞背到身上，并熟练地把伞包外部的钩子挂在直穿直升机机舱内指头粗的钢丝上，那根钢丝从驾驶舱那儿一直拉伸到舱门，可以滑动着使钩子运转到舱门，并帮助他们在跳离飞机的5秒钟之内将伞衣自动打开。当然，对于我们猎人集训队队员们来说，我们是不需要用这种低级的跳伞方式的。

飞机颠簸着盘旋，寻找着合适的投放地点，每个人都竭力保持平衡，我站在舱门口，防止因惯性而造成队员坠落。

我看到战士们在一遍遍检查钩子是否挂住了钢丝，担心是必要的，在这种情况下，他们是只相信自己的，任何大意都可能迅即得到死亡的后果。即便我告诉他们不会出意外，他们也未必能放下心来。

由于这些新兵都是首跳，我不得不尽自己所能为他们做心理缓解。我一面组织大家唱歌，一面严格检查着每名队员伞包上与机舱连接的拉钩，并拍着每名作战队员的肩膀告诉他们："相信科学、相信自己、相信教练"，队员们也都自信地表示"可以离机"。在离开地面的情况下，有些时候大兵们相信指挥员胜过相信自己，在这些作战队员伞包的履历本上，也都工整地签着本次实跳的责任人——我——猎人17号，我承担着他们的生命安全的责任，因为他们的生命不像我们集训队员那样可以轻易死亡。

离预定离机时间不到一分钟。27名跳伞员分两路，在钢丝绳两侧面向舱门躬腰站立。

"一次报告准备情况！"我大声命令。

"1号心理状态良好，可以起跳！"

"2号心理状态良好，可以起跳！"

"3号心理状态良好，可以起跳！"

……

25名队员依次报告了可以起跳的心理状况。

我一只手握住钢丝绳在舱门的连接处，一只手抓住即将第一个离开飞机的跳伞员后背，由于躬着腰，他的上身已经探在舱外了。

我问他会不会恐惧，"不会！"他大声回答。这是一名勇敢的士兵，名字叫吉米，19岁左右，身体结实，心理素质也不错，在未来的两三年间，他一定会成长为一名非常出众的"猎人"，我有意把他编排在第一名，可以起到良好的榜样作用。果然，他的回答使后面的队员们都产生了一些轻松的表情。

信号灯强烈闪烁，"跳！"我果断下达了离机命令，并猛力拍打吉米的后背。顿时，他像一颗子弹一般射出舱外，跟随着的队员更像一块块被抛出的板砖，扔向无垠的夜空。我在盘旋的飞机上可以尽情欣赏一朵朵展开的白莲一般的伞花。

按计划，第一地点投放7名伞兵，飞机在完成任务后迅疾向第二投放点飞去。两个投放点相距不到5000米，在飞机上不过十几秒的时间，但意想不到的天气到来了。

就在第二次投放的第一名伞兵身体即将离机的同时，驾驶室突然以紧急信号形式询问我：前面有强气流来袭，将在投放后瞬间到达，是继续投放还是取消？根据任务推演，此刻正是夺控的重要时刻，必须继续投放伞兵，但实际情况却不允许。逐级请示已来不及，我顾不得太多，一把抓住这名伞兵甩回舱内，并果断地摁下信号回复：关闭舱门，终止投放。在演习中擅自违抗作战命令的，我是第一个。

飞机在迅速到来的强气流干扰下抖动着向机场俯冲。此时，在演习现场亲自指挥夺控任务的阿麦将军舒了口气。若是按计划投放，后果不堪设想啊，18名队员一定毫无生还可能。当做好受处分准备的我走进夺控指挥所时，阿麦一把握住了我的手："多亏了你啊！我要通知你们国家使馆为你的机智果断做出嘉奖通报。"

演习结束后，在阿麦的亲自指示下，特种旅专门为中国国旗进行了一次伴奏中华人民共和国国歌的升旗仪式。我和于小龙热泪盈眶，紧紧拥抱。

12月6日 大雪 空中雄鹰（2）

今天的训练很刺激，在完成空中演习科目之后，我们被允许随伞兵突击队进行低空跳伞考核。这是一项额外考核，队员自愿报名，考核成功，国际特种兵机构将根据成绩提升队员的跳伞资格等级。为了得到这个机会，我们和特种旅签订了第二份死亡协议。

正赶上下大雪，气温在零度以下，我们开始试跳，以适应新的伞形。厄瓜多尔特种旅的伞不如国内的伞展开面积大，翼伞全部展开面积也不过12平方米，远远小于国内38平方米的展开标准。大家总共试跳了5次，由于对新伞形掌握不好，每一次落地，都要在雪地里打滚。

低空跳伞科目既是新的尝试，也是国际特种兵等级考核的重要科目，对于我们这些在国内有着二级以上跳伞资格证的特战队员来说， 5次试跳足够了。

考核的形式是两个人一组，同时跳离飞机，以距离地面较低才打开伞的那名为胜出者，采用50%的淘汰率，也就是在两名参赛人员之中必然淘汰一名。

按照抽签，我和美国人的一级跳伞员皮特分在了一组，他是美国空军特种部队的佼佼者，跳伞是他的专业，有着一千次的跳伞经历。而我虽然也是一级跳伞员，却刚跳过400次而已。

皮特在自己的强项面前洋洋得意，挑衅性地走到我跟前说他为我挑到了他而感到抱歉和遗憾。

我自己心里也没有底，大脑剧烈地运行着。可是，我知道我的底气，还有我的埃晨莎，我不能让她有一天为此事嘲笑我。

于小龙在我前面登机了，他和加拿大队员一组参加考核。我随后登上了另一架直升机，总共5组10名队员，加上1名教练员。

我们面对面两排坐好，每个人对着自己的对手。教练员开始检查每名队员的背部行装，以防心术不正的对手实施可能的破坏。

机舱里的气氛异常紧张，皮特用坏意的笑看着我，我礼貌地点了点头。我知道，以前我和于小龙太突出了，今天让别人摸到"报仇"的机会了，我在忐忑不安地计算着伞的张开面积与距离地面高度之间的时间关系。

突然，教练员脸色一沉，对着另一名队员未穆大声嚷道："咳！咳！你小子怎么穿着拖鞋就上来了！"

大家一惊，向着未穆看去，没有问题，未穆穿的是伞兵鞋啊。大家马上反应过来，都笑了，原来教练员看未穆有点太紧张，所以故意开了个玩笑。

飞机已经升到4000米高空，飞机开始盘旋，根据风向寻找合适的投放点。我们也在调整自己的呼吸，以保持气脉运畅。

"准备！"教练员看到驾驶室红灯指示后，下达了行动命令。队员们分两路在机舱门口左右对列。每5秒钟投放1批，我和皮特是第三批。

"跳！"第一批两名队员很快消失在白云深处。紧接着，第二批也跳下去了。皮特仍不忘向我做了个鬼脸。

"跳！"我觉得教练员在我背上拍了一下，我迅疾跳了下去，身体就像楼顶上扔下去的石头一样，被风吹得荡漾了几下就往下直栽。

皮特距离我并不远，我听到他大声兴奋地喊叫。说实话，他确实是一名优秀的跳伞员，技艺精湛。

3000米……

2000米……

1000米……

800米……

500米……

我们仍旧互相盯着对方，我已经什么都不再想了，我必须挣得这口气！

300米……

再不开伞就超出理论上的安全开伞范围了，即使打开伞也有死亡的可能。

"OPEN！"皮特着急地冲我大叫。我压根不搭理他，也没有任何准备开伞的迹象，全当自己的生命已经交给了祖国，我甚至看到地面狂呼的人群……

"呼啦!"皮特打开了自己的伞。随即,我的伞也"呼啦"打开。

"蓬!"雪花四溅,我大脑一阵发蒙,一头插在一个大雪堆里。于小龙狂跑过来抱起了我,兴奋得眼睛都湿润了:"你这个疯子!你真不要命了吗!你他妈也太运气了吧!"

"我可以不要命!你也会这样做的。"我拍拍他,"来吧,帮我收伞。"

180米开伞,我打破了理论上的开伞安全极限。皮特呆了,奥尔特加呆了,"僵尸"也呆了。"真是个疯子!"阿麦少将说了句和于小龙一样的话,算是给我的最大荣誉。

中国军人勇敢顽强的拼搏精神和祖国荣誉高于一切的进取精神震慑了特种兵学校,不管是厄瓜多尔教官,还是组织训练的美国特种部队教官,抑或同训的国际班队员,都对中国队员留下了深刻的印象,就连"僵尸"也不得不佩服地说:"你们两个,任何一个都比我们的教官更强。"

2012年12月7日—2013年1月12日 多雨

复习课程,总结训练得失,固强补弱。

无止境地思念埃晨莎。

2013年1月13日 小雨 荣誉考核

新的一天到来时,我并不认为过去的24小时可以让我的痛苦或者思念有丝毫减轻的地方,我也没有任何可以改变自己心情的理由,曾经我以为时间的流逝会多少降低我的思念的浓度,但根本没有任何可能,只要我有一丝间歇，回忆就像无数蚂蚁，铺天盖地地布满我的思维。

当爱上埃晨莎成为我日常工作生活中的另一个主题后，它就无处不在了。有时候我怕自己终有一天会垮下来，因为这种心理的重负使我产生了孤零零游走在漫无边际的沙漠里的感觉，除非，我能知道埃晨莎的消息。

于小龙知道我的心思，他总是会在我默默无语时走过来，轻轻拍一下我的背告诉我这一切都会慢慢过去的。

但我确定自己无法忍受了，我要见到埃晨莎，我深爱的这个女孩子已经像种子一样在我内心生根了，整日萦绕在我的脑际。

而一旦这样的想法形成，它便处处渗入我的生活，让我的躯体在疯狂的训练中更加狂躁不安。

尽管天气严寒异常，我们最后还是进行了蛙人战斗的验收考核，这同样是一项测试协调作战能力的考核，由最后剩下的18名队员分成两个小组。

在蛙人战斗和反蛙人考核中，教官给每个队划定了一块足球场大小的海域，要求在有限的时间内经受住海面搜索船的搜索，并在敌码头桥下设置爆炸物，不管发生任何情况，在没有完成任务前，未经裁判教官允许，不能有一名队员浮出水面，否则任务就算失败。

我们小组完成准备后迅速下水。刚刚潜到20米深的水域时，海底已经漆黑一片。我们只有依靠手灯在水下照明。突然，从前方窜出几条黑影，向我们猛扑过来，仔细一看，才看清是几名负责潜水训练的教官，当我们跟他们打手势以示友好的时候，他们却趁机偷袭，以飞快的动作接二连三拔掉我们3名队员的水下呼吸器，打掉了面罩，并扔到了40米的海底，我们像做噩梦一样猛然惊醒，反应过来——他们是来捣乱的!

面对突如其来的偷袭，3名队员头脑发了蒙，1名队员由于惊慌，连灌了几口又苦又涩的海水;其他两名队员也在水下手舞足蹈，乱抓乱蹬，出于求生的本能，他们极力往海面上浮去。但是，一旦浮出水面，就会被海面搜索船发现，这项任务就算彻底失败。

千钧一发的时刻，我们组其他6名队员迅速靠近，把自己的呼吸器塞进他们嘴里。就这样，大家你一口，我一口，9名队员共用6个呼吸器，以高度的信任和默契的配合，躲过了搜索船的搜索，并快速上岸在"敌"码头放置了爆炸物。完成任务后，两名队员潜入水下打捞回被打掉的潜水装备，然后根据指令，大家顶着冰冷刺骨的海水长游15公里，对3处"敌"潜艇基地进行破坏。

一天一夜没有吃东西，大家又饿又冷，浑身上下已经没有一点热量，胳膊、腋窝、裆部都被潜水服磨破了。凌晨两点，科目全部完成，大家以为教官要终止今天的训练了，刚上岸，却被告知科目完成得非常糟糕，被罚在海水中再浸泡3小时，进行抗寒训练。

大家被冻得浑身直打哆嗦，牙齿喀喀乱响，有几名外国队员实在挺不住，甚至和教官发生了争执。我和于小龙则紧紧抱作一团，互相用体温取暖，一直坚持到了最后。事后，美国海豹突击队爱尔兰德上尉专门为我们申报了"最佳集体斗志奖"。

1月14日—2月19 多晴天

这一阶段以恢复体能为主，并开始总结训练成果。

2月20日 晴 回国前的思绪

离回国的日子越来越近了，离苦难的结束也越来越近了，但我没有丝毫的开心，我知道我根本无法忘记埃晨莎。至少在这里，我还有一丝微茫的希望。

今天是"僵尸"的生日，虽然我们没有参加生日宴会的资格，也没有可以尽情放松的理由，但这个魔鬼一样的家伙还是给了我们一个可以休息的晚上。从晚饭后，在每人完成1000个俯卧撑和1000个仰卧起坐之后，我们就可以自由安排了，只是不可以离开我们居住的飞机库房周围30米之内，即便如此，我们也非常满足了。

于小龙和大家一样都在忙着整理自己的物品或者写家书，我没有写什么，一个人站在寂静空旷的器械训练场内，和往常一样，思索着值得回味的事情。

宁静的月光从天上落下来，撒在无声无息的大地上，撒在寂寞人的心头。今夜的天空似乎比以往更加柔和，柔和得似乎可以捧在手里，好像几个月前在我怀里的埃晨莎的身体。天空中，轻盈的星星不断闪烁着光芒，那是埃晨莎在眨动她的眼睛。我的埃晨莎，你现在怎么样呢，我庆幸我有这样宁静的时刻思念你，然而我却不知道你的任何消息。

2月21日—3月20日 多晴日

恢复体能为主，继续总结训练成果。

3月21日 晴 伤痛之别

今天，我们潘积攒将军的协调下，请了5个小时的假，参加了中国驻厄瓜多尔使馆工作人员及相关华人组织的为我和于小龙举行的庆功会，并指定由我做简短的报告。

阿麦将军向潘将军高度评价了我和于小龙一年多来的卓越表现和最后考核中的优异成绩，特别提到了在那次游击破袭战斗中中国队员的勇敢与智慧，对中国有如此优秀的特战队员表示祝贺。

下午2点，我们在潘将军的亲自陪同下步入使馆附近一家华人酒店。大部分华人社团都派来了代表，带来了深切的问候与祝福。潘将军无限感慨地说："今天，我们组织这次欢送会，就是要让大家学习我们特种部队参训人员在国外为了祖国和我军的荣誉，不畏强手，顽强拼搏的精神。在厄瓜多尔一年多来，在远离祖国远离亲人的情况下，面对完全不同于我军的训练，他们长时间处于魔鬼式的超限训练，时刻要无条件接受辱骂、殴打和体罚，甚至时刻面临死亡的威胁。他们怀着对祖国的赤胆忠诚，团结互助，勇于挑战，充分发扬了我军艰苦奋斗，迎难而上的革命精神，以优异的成绩，圆满完成了学习训练和参赛任务，为我们国家、我们军队，尤其是我军特种部队赢得了荣誉。"

在热情洋溢的掌声后，潘将军继续说："外军和我军的训练方式有很大的不同，许多科目在国内从未搞过，而且贴近实战，危险性很大，很多科目稍有不慎，就会有生命危险。厄瓜多尔特种部队历来以强度大，难度高，要求严，实战性、科学性强和全面系统而著称。在这种情况下，我们的特种兵队员充分发扬了我军不畏艰苦、不怕牺牲的英雄主义精神，向外军展示了我军特种部队良好的精神风貌和过硬的军事素质，得到了外军特种部队的高度赞誉。"

大家热烈鼓掌。潘将军代表全体在厄华人为我们举杯敬酒，鼓励我们回国后再接再厉，再创辉煌。

随后，我做了简短的汇报，我难以抑制住内心的激情说："在特种旅的一年多里，是我们人生经历中非常宝贵的一段财富，我们忘不了挑战自我、超越极限的惊心动魄；忘不了与外军战友学习交流、并肩作战结下的深情厚谊；更忘不了身在他乡为国增光、奋勇拼搏的点点滴滴。此次出国留学，虽然取得了较好的成绩，但也深深感受到，与外军一流特种部队相比，我们在训练的系统性、实战性上还存在一定的差距，在训练观念上也有很大的区别。我们深知，所取得的一点成绩，是总部首长和各级领导关心关怀的结果，是战友鼓励、亲人支持的结果。我们决心在今后的工作中，时刻牢记使命，不负重托，将在外军特种部队所学的先进知识、经验，结合我们特种部队的实际，开拓创新，为我军特种部队的建设和发展做出更大的成绩！当先锋，打头阵，我们永远做党的忠诚特种兵。"

我短短的发言让所有同胞都感受到了特种兵身上那股特有的精神。

就餐之后，我们回到了训练营，开始着手返回祖国的准备。

但我依然无法忘怀埃晨莎，可是我又能到哪里去寻找她呢，我只有在焦急的思念中，期待她的到来……

3月22日—4月5日 多晴天

多次配合大使馆参加华人华侨组织的活动。无比思念埃晨莎。

4月6日　晴　异国别情

当分别的时刻快要来临时，军乐队奏出了沉缓的曲调。那很长很长的提琴声刺透人心，仿佛整个安第斯山都能听到，车上与车下的人群都挥舞着双手，流淌着自己尽情的泪水。厄瓜多尔引导车已经启动，沿着我们熟悉的营区慢慢绕走一周。我的心充满了巨大的伤痛，我更加想念我的埃晨莎了，可是我想我再也没有机会了。人群在一次次告别声中渐渐分开，不仅是那些远行的乘客，不仅是那些送别的人们，就连那阴霾的天气和那些无所牵挂的候鸟，也都会因为这一刻而落泪吧。

最后一辆车就要驶离了。许多人仍然留在主席台上，挥动着双手，他们的动作越来越慢，也越来越远。最后，高大的建筑群淹没了一切，群山又淹没了高大的建筑群。

我坐在绿色大卡车后面，在尘土飞扬中痛苦地回忆着这一年多来的生活，回忆着我与埃晨莎曾经的一切，觉得就像一个光怪陆离的梦幻，让人难以置信。从最初的羡慕于小龙的异国情恋，到现在的无比痛苦，我真的迷茫了，不知道自己付出与收获的到底是什么。

车队转了一个弯，到了我魂萦梦绕的安第斯山下的那条枫叶小道了。车上的人大多睡了，只有我还在漫无目的地追寻着恰似昨天的邂逅，就是在这儿，我第一次遇见了我的埃晨莎，就是在这儿，埃晨莎寻到了生命中最激情的一段历程。可现在，人各一方，却再也无法相见了。回忆，有时候是一件多么恐怖的事情。

车队飞速行驶，我后面是两辆厄瓜多尔军方的后卫车，也在箭一般追逐着前面的车队。

突然，一个熟悉的身影从路边一闪而过，我的心瞬间提到了嗓子眼，是的，就是埃晨莎，我看到她了。她在找寻我。

埃晨莎！我兴奋地大声冲着她呼喊。埃晨莎也像电击一般反应过来，她捕捉到了我的声音，开始兴奋地追跑过来。

注意车子！注意车子！我大声提醒。可是我的埃晨莎已经什么也不顾了，突然，她迅速切向了马路中间，手里扬着一条黄色的丝带。

我听到一阵急切的刹车声，已经不能阻止悲剧的发生了。仿佛一切归于平静，当我颤抖着内心睁开眼睛时，埃晨莎已经在车轮之下了。

车子依然在快速前行，有一辆后卫车停了下来，对于他们来说，这可能是再普通不过的车祸，但我的埃晨莎已经再也没有了。

我无法控制地要跳下车去，去看看我的小宝贝儿。但身边的于小龙一把抓住了我："你想死吗？死一个还不够吗！"

我再也无法支撑住了，想拼命喊几句，但不知喊什么，一股强烈的热流堵塞了我的喉咙，泪水滚落而下。于小龙把我拖进了车厢里，我知道他是为我好，可我还是失去了控制，想冲下去，于小龙死死抓住我，把我摁倒在车厢的地板上。一切都越来越遥远。我知道，我的埃晨莎，她也许会永远离我而去了。

一路上跌跌撞撞，绿色大卡车很快把我与埃晨莎远远分开了。我像个傻子一样，在车厢里失去了任何思索，只有无尽的痛苦、泪水与回忆，回忆和埃晨莎一起的快乐日子，再没有任何一种痛可以与此相比。

4月8日　晴　生死离别

上午9点，我们到达瓦尔基市，按照规定，我们还有11个小时的购物时间，然后可以在晚上8点自行登上飞机返回各自的国家。于小龙理解我的心情，尽管我的情绪已经占用了他很多时间，他并没有说任何一句埋怨的话。好像早有准备，于小龙已经帮我查到了埃晨莎住的医院。

"你现在可以去看看了，40分钟就到陆军医院了，时间来得及，7点半准时在机场见。"他安慰性地拍了一下我的后背。我紧紧拥抱了一下他，一年多的出生入死，我们已经不需要客套了。我伸手拦了一辆出租车，向陆军医院飞去。

医院门前围着许多人，我很快找到了三楼的骨外科手术室，我扭转身冲进去，却一下子没有了抬起脚步的力气，我真不知该如何去面对这个为了我受尽身心伤害的女孩，如何听她倾诉这一切。有时候命运就是这样不公平，让一个善良的人连逃避躲闪的余地都没有。

埃晨莎醒着，她看着我进了屋子，一句话没有说，泪水顿时充满了眼眶。她憔悴多了，苍白的面色上又加了几处斑驳的血痕，前额头发已经与血污粘在了一起，衣服烂了好几处，露出最里层一件粉红的衬衣。

她的嘴蠕动了几下，终究没有说出话来。我慢慢蹲下，泪珠一个个滴落，我双手捧着她的脸，泪水便落在她的面颊上。

我很难承受，但必须承受。我的心痛得像一阵寒流，迅速从所有的神经末梢传遍了每一寸肌肤，这痛苦几乎要把我吞噬，把我毁灭，我已经不能感觉到自己的存在，像是被关在一个用悲痛编成的笼子里。

"你还是找来了，"她哽咽着，气若游丝，"我以为我不能再见你了，可这是怎么回事？我居然没有死去。一定是，是上帝让我再看你一眼。"

"不会的，你不会死的，你不在了我怎么能活下去呢？我那么爱你，我的埃晨莎，你一定要挺住啊。"我吻去她脸上的泪水，自己的泪却涌流不止。

"不可能了，不可能了，我知道我活不了的。这是命中注定吧。"她闭上眼睛带着一丝幻想的微笑，痛苦地摇了摇头。

"不！"我抓住她的手轻轻贴在脸上，"谁也阻挡不了我，我回去后会再来的，你一定不要放弃自己。"

"我不想让你看我成这个样子，你该回国去，应该在自己的国家。你在这里，如果被特种旅知道了，对你不好，非常不利。"她坚持的目光中充满了无限的温柔。

我从来没有如此悲痛过，只想痛痛快快地大哭一场。也许哭了以后自己会好受一些，但终究还是没有哭出来。

她像是在总结般说着："曾经走过的人生路是生命的见证，在以往的日子里有欢乐，有朋友，也有不幸和深刻的教训。我永远都无法忘却，曾经的记忆会伴我走到生命的尽头。"

她虚弱的身体仿佛累了，稍稍停顿一下，看看我等待的目光，继续说："我常常一个人独坐墙角，静静思考近几个月命运的巨变，感觉到人的承受能力与适应能力真是没有限度。"

看着我依旧在流泪，她眨眨眼，微弱地笑了一下。

"你不会觉得我软弱吧，可是我止不住要流泪。"我握着她的手说。

"不，因为坚强才有泪水，因为热爱才有泪水。我很满足，也很幸福。"她肯定地说，"只是，我感觉我活不了多久了，我伤了内脏，脾破裂了……"然后，她发出了轻微的咳嗽声。

我们沉默了一会儿，眼睛在交流着彼此的思念。她的每滴眼泪，每声叹息，每丝倦容，都是留给我的最后纪念了。

"我真的不行了，活不了多久了，我能感觉到。"埃晨莎再次叹了口气，学医的她很清晰，已经不愿再为自己做任何努力了。

"请你不要再这么说，这样折磨我也折磨你自己。总会有办法的，你一定要挺住。"我抓住她的手使劲贴在自己脸上。

"我自己的情况我自己清楚，你的到来已经使我今生再无遗憾了。"她微笑着说。

"别说这些，别说这些。"我把手放在她的嘴唇上，那是一个曾经多么圆润的嘴唇，现在却失去了光泽。可是，这不会减少一点我对她疯狂的热恋，我爱上了她的一切，再也无法冷却。我替她拢了拢耳边凌乱的头发，轻轻吻了吻她的额头，希望我的虔诚能够感动天，感动地。

"手术准备完毕。请家人离开。"医生走了进来。我松开她的手，看着她被白色担架车推走，看着她眼角一颗巨大晶莹的泪珠陡然滚落。

手术室的门关闭了，留给我一个心碎不已的等待。漫长的5个小时，我经历了一个炼狱般的煎熬。医生出来了，可我看到的是他们锁紧的眉头。

"我还活着？"当我跪在埃晨莎病床前，看着她惨白的脸上那双失去光泽的眼睛时，她竟不相信自己还活在这个世界上。"是的，而且你会好好活下去的。"我抓住埃晨莎的手，高兴得什么都不顾了，使劲地攥着。她痛苦地摇了摇头，她的面色那么惨白，似乎是皎洁的月光下肃穆的面纱，她带着渴望，但转瞬间似乎又对一切丧失了信心。

"你真的不该再到这儿来，如果这件事的前因被调查出来，会伤害到你和你的国家。"她再一次黯然说道，"我即使活下来又有什么意义呢？你走了，我也就无所留恋了。"

"请求你不要再这样，怜悯一下我吧，在你面前，我的心是那么脆弱、懦弱，你死了我又该如何面对呢？"我禁不住悲痛，泪水再次滚落在她的手上。

"别再流泪了，你是个男子汉。"她重重叹了口气，忧郁地合上了眼，"你真的无法明白我的心，无法明白我承受的一切。"然后什么都不愿说下去了。

我把头伏在她的怀里，痛心地任记忆流淌。在这个世界上，我唯一值得珍惜与追求的感情，就这么充满绝望地消沉了。虽然我不知道埃晨莎究竟有着怎样的原因，但我仍感觉自己像一个苦心经营的小贩一样，有一天，一觉醒来，发现所有的一切都丢失了。

"你这样只会使我更痛苦，我不想让你为了我毁了前途，不要认为这是无关紧要的话，你会明白这话的分量，毕竟，你是有使命在身的。我想看到的是你的成功与幸福，而不是为了一个失去一切的女孩而浪费青春，丧失人生最宝贵的时光。要是我的话你全然不听，你会跌倒在这个事情上。要知道，一旦我的国家知道了，纪律是不会轻易放过你的！"

"那么，你后悔了吗"？我问她。

"没有"，她回答得很干脆，"我没有后悔，也很满足，我的梦想都实现了，只是我并没有奢想过能和你生活一辈子，所以我可以快乐地离开这个世界了。"

"那我呢？"我问她。

"算是我对不起你吧，可是我希望你好起来，像个真正的勇士一样，投入到你的工作中去，你现在就该回去了，不要在这儿了。"埃晨莎抓紧了我的手，像是命令一样，过分的激动让她猛烈咳嗽。惨白的脸上多了一丝蜡黄，两颗豆大的泪缓缓地落在洁白的床单上，晕成暗色的圆圆的一片。

"原谅我……原谅我吧，因为我爱你。这一切都是因为我才造成的……"在我的内心，从未像这一刻以如此痛苦的方式证实自己的爱，只是毫无掩饰的痛苦让我的思维突然充满了对死亡的幻想。倘若爱不能使自己快乐，那只有选择死亡，我并不惧怕。这对我来说不仅是一个男人的骄傲，更是一份刻骨铭心的爱。

埃晨莎一眼不眨地看着我，像是在看着自己的孩子，目光里充满了慈爱与挂念。是的，她比我更能体会到那份痛苦，甚至是十倍，二十倍。她缓缓抬起手，轻轻放在我的脸上，五指轻轻地划动，把我的脸摸了一遍，停下来了，像一个调皮的孩子玩累了，安静地躺在那里。

我知道这一刻她心里的难受程度。是身心无情的伤势和爱情的绝望让她想到了更多，即使好转，她也不太可能和我生活在一起了。这是冷静下来后我也必须面对的现实。

"就算我活着也只是一具行尸走肉，我的心关于生活的那部分已经死了，有一部分还活着，那是因为舍不得你。因为那部分毕竟完完整整属于过你，从未被别人占去过。现在你终究要走了，我自己也不愿再活下去了，我这副身体活着也是遭罪，真不知做错了什么事，让上天这等严厉地惩罚我，我不得不承认，即便当着你的面，即便会让你痛苦：我爱你。只不过热情已化成了深情，冲动已凝结成相思，我太累了，不敢再有什么别的想法，我所要的最珍贵的东西——你的心，还依然爱着我，这就足够了，我很感激你，竟然还会为一个不幸的女孩子保持着这份真诚，只是我无以胜任了，没有你，我会孤独，会死去……快回到你的工作中去，别在这里浪费你宝贵的时光，浪费不必要的精力，那样只会让我觉得更难受，只会让我觉得在犯罪。"她没有再理会我的任何一句话，像弥留之际的交代一样。

手术是失败的，埃晨莎的情况越来越差，开始借助氧气呼吸。医生说还要考虑进行第二次手术，要求所有病人家属离开。在医生的强令下，我到了房外等候。在走出病房的一瞬间，我看到了埃晨莎留恋的眼睛。我不知道这会不会是最后一眼、我和她今生所有坎坷离合的最后一眼。

没有等到再次手术，也不需要漫长的等待，10分钟后，她拔掉氧气管慢慢死去了。她似乎没有什么痛苦，死得很安详，很坦然，只是惨白的脸上有了一丝微红，医生说是心脏积血的原因。

我不知道自己流了多少泪，只是没有哭出来，嘴唇都咬得出了血。我缓缓举起我的右手，很慢很慢，这是我向埃晨莎敬的第一个也是最后一个军礼。虽然我不知道这敬礼的具体意义，但这是我此刻可以给予的最深的情义，因为她不仅是我心爱的女孩，也是我的战友。

没有语言，没有任何什么，我忍着心口的痛，慢慢带走了我的灵魂，带走我无法割舍的埃晨莎的生命之美。我爱她。

我记不起自己怎么回到机场的，于小龙明白了一切，他紧紧拥抱了我一下说："兄弟，保重身体吧，咱当兵的，不要有什么埋怨。"

埃晨莎永远离开了这个苦乐交加的世界。对于她来说，她的离去是爱情完美无缺的延续，是苦痛思念的一种彻底解脱。我不明白为什么我的爱会持续得这么长久，完全不会因为时间和地域而有过任何更改，我甚至想过跟随她一起死去。不过，在我必须面对工作必须鼓起生活勇气的时候，我常常会忘记埃晨莎的离去，而觉得她依然活在我的心里，或者永远深存在我清晰的记忆里。

后记

很多年了，我还是保持着这么一种思念的状态，即便有朝一日离开部队，我依然无法忘怀。那些曾经生死与共的战友，他们的眼睛和微笑，痛苦和辉煌，都不会消失，永远停留在心头在心底在思维记忆的最深处。尽管回忆的痛苦有时让人无法承受，但是我知道，淡忘他们，才是撕心裂肺的痛苦。

我要用心灵的笔记下他们，也许他们的名字无法在世间传颂，但是他们的灵魂应该得到尊重。他们，是国际特种兵的形象，是永远的英雄，不折不扣的英雄，可以铸就丰碑或者雕像的英雄。尽管，他们平静地躺在异国他乡，墓碑上只有一串简单平静的墓志铭文字：

他曾经在这里战斗过。

某年某月某日，XX牺牲于此并安葬于此。

思念，犹如夜空中摇曳的星辰，当内心的孤寂无法找到倾诉的灵魂时，我就把对埃晨莎的爱洒向了夜空的深处，就让我们的心灵温柔地相遇相依吧。

特战往事

Special Operations of the Past

中短篇小说

我一直执拗地认为，只有真正的特战队员，才有资格看透生死。生与死经历的太多太多，他们看透了生死，生死也看透了他们。

我离开特种大队6年了，在别的部队又过了6年，我也算是一个老兵了，很容易伤感。两个6年的时光，磨尽了我生命中所有和青春有关的光华，满头黑发开始抽出白丝，眼角的皱纹汇聚成一朵朵小花，动作缓慢了，也不再苛求自己一直刮不干净的胡茬。如今，我就像得了道的高僧，已将很多人和很多事看淡，留给自己的是更多的内心平静和带着温暖的回忆。

我想，一定是那些弟兄们想我了，因为我常常在梦里想起他们，我相信人的灵魂是互通的，尽管不是孪生，但有一起走过的时光。随着岁月的流逝，他们留在部队的越来越少，但我相信，感情就像储存在地窖坛子里的美酒，经过长年累月的沉淀，或许有些干涸，但挥发的只会是水分，留下的是更加浓密的甘醇。

此刻，我坐在自己的登陆艇上，随着波浪浮沉于大海，这如人生，隐没于纷杂的社会汪洋。艇至深海，恰逢大浪，水兵们在甲板忙忙碌碌，停船抛锚，原地待命。这一刻，我的安静是独享的，思维的触角也如海里的软体八爪鱼一样，开始慢慢伸向更远的地方，那些曾经一起流血流汗的弟兄们，我是该静下心来，写写你们了。

下笔之前，我曾经想过要如何描述。但提起笔时，我就不用考虑这些了。当兵前我生活在相对封闭的皖北农村，当兵后我一直和连队战士摸爬滚打在一起。"小日子"过得久了，也就注定我很难以大眼光来完成鸿篇巨制，至少缺乏轰轰烈烈的下笔气魄。当然，五星级酒店里绝对找不到街头臭豆腐的正宗味道。对于我的文字，也就只能在最平凡的连队、最普通的他们身上淌过。

对于真正经历过生死的人来说，心魔从不为难他们，让他们过得简单快活。而也只有经历过生死的人才会珍惜生或者死，绝不会轻率地做出一种不负责任的姿态。红尘男女，太容易提到生死，捞不到钱要死，钱多了也要死，想扔都扔不出去；娶不到老婆要死，老婆多了也要死，想推也推不开；当不了官要死，官当大了也要死，想离开位子都不行。实在是太可怕了。这是因为我们的内心承载了太多的欲望，无法填平。国军远征缅甸返回时路过野人谷，一群饥饿至极奄奄一息的士兵等来了国军飞机的空投食品。将领们告诫士兵一定不要吃太多，但是这群饿红了眼的青壮年哪里顾得上这些禁令，一顿胡吃海喝，把肚子塞了个浑饱浑圆。仅仅过了一个下午，这些吃得肚皮鼓鼓的士兵们相继倒地毙命，他们的胃里无法容下这么多的食物，翻搅不动，最后活活撑死了。其实撑死他们的不是胃，而是饥饿至极状态下人对食物的欲望。

　　有欲望的人如同一头猛兽，内心浮躁不安，处于极力的喧嚣之下。他们工作堆积如山，但内心空虚；他们随从如云前呼后拥，却情感寂寞；他们攀上一座欲望的高峰，来不及喘息，便已向着另一座欲望的高峰进发。听说有一批长官被关进了监狱，查办他们的官员也在行驶权力时触犯法律被收了监，前赴后继的还在后面，被欲望支配的人堪称绝对的疯狂。

　　我们都是再平凡不过的人，无法近身这样的生死大宴。远远地看着这场经久不息的热闹，看着那些曾经显赫一时的名字渐渐消失，那些曾经体面的形象慢慢消散，我突然记起我在特种大队时的一个领导，我忘记了是因为什么事情得罪到他，他竟然痛哭流涕地边骂我边对我说："我本来很有希望再升一职的，你这样搞我，恐怕我要向后转了。"多少年以后，我仍时时记起这个龌龊的人，这点肚量怎么适合去做官？

可是后来他竟然成了，连升两级，可真是多亏了他超强的拍马屁的能力，可谓无所不用其极，即便上级机关来个司机，他都会屁颠屁颠地亲自陪同，酒如决心，往死里整（全不管身体发肤不是来自司机而是来自他娘），临走还要塞上一车东西，让人家在适当的时候一定美言几句。这样的官员，晚上没人的时候，回想一下自己的言行，脸上会不会发烧呢？没有骨头的人，活脱脱一只软体八爪鱼。

看够了这样的生死瞬间轮换，我明白了，这条跑道上的选手，永远没有终点，他们不是追求生命的极限，而是在向着死亡一次次热身、越野、冲刺，猛力地往上撞。我特种大队那些吃了苦的兄弟们，绝对不是这样。

无畏生死的人不单单要靠勇气，还得有十分充分的准备。在夏季来临之前，他们刚刚用脚底板丈量了整个泰山的每一寸土地岩石，他们每天顶着朝阳出发，披着夕阳归来，一整天的，把汗碱挂在脸上，目光却更显坚定。

所有的困难都将是不可预知的，但绝不会是无法解决的。勇气榨干了他们身体里的肥油，让他们的脸型更加凌厉消瘦。内心不平静的人是不能够经历这一切的，勇敢更是搭配着心平气和。我看到了黎明未明之时就守在障碍场的孪生兄弟双起双落，他们为抢到了器械而满脸喜悦；我也看到了肩扛圆木奔跑时佝偻着身子的老兵于小龙，虽然功劳赫赫却也只能是一个战士，但他没有丝毫懈怠；我又看到了表情怅然的张小泉，每次队伍外出训练他都会黯然落泪，眉宇间展露着痛苦，仿佛有一条毒蛇钻进他的心脏，他训练太久负荷太重，得了尿毒症，他谈了5年的女友也在这个夏季来临之前离开了。

而我，早已看惯了这些场面，也从不留恋。热闹也好，冷清也好，生也好，死也好，都可以把它们带在身边，也可以放的遥远，当岁月的潮水涌向你的心头，思念往事之时，他们自然会像山涧的清泉一样，在生命的长河里，历经千百次婉转回旋，慢慢在岁月中——消散……

深山军犬

军校毕业那年，我被分配到鲁中地区的某特种部队。说实话，就我这个身体素质，分配到那里就是一块挨刀的肉。就连营里的大肚子司务长都说：咱们营看守弹药库，要你这样的过来，还不如多配一条狗实惠。我一听这话，当下急红了眼。司务长赶紧赔着礼解释："我说的是军犬，军犬，咱这里编制的有军犬，都是战友哩。"

去特种部队的事是我自己招惹上的，怨不得别人。毕业分配前的那晚，我喝了几口酒逞能得不行，光着膀子站在大院里口出狂言要去野战部队，说后勤岗位体现不出自己的潜在价值。我那个系学的是后勤管理，平时根本不训练，全队100多号队员里，石磙一样的小胖子过半。毕业时我们队恰好有一个去野战部队的指标，领导正愁着消化不掉。我这一放狂，领导岂能放过我？

去报到那天，部队都在山区演习，一个负责留守的副营长接待我。他头发卷曲，身形消瘦，坐在办公桌后低着头，边抠指甲边听完我的自我介绍，啪的一声扔掉指甲刀，抬起头目光直直地瞪着我："你是个傻货啊？！怎么来这个单位？！就你胖成这个熊样过来不就是个死吗？！赶紧想办法调走！你在这不死也别指望啥好事，上山，绝对让你上山，山上有个报废的弹药库，弹药库里有条拴了几十年的老狗，军犬，你俩，困死在那里吧！"

我耳朵嗡的一声响开了，副营长后来说的啥我都没再听见。我没有任何理由，当然没能调走，干部部的干事狠狠地批了那个副营长一顿，说他扰乱军心，然后把我送到另一处营区的教导队去了。后来我才知道，那个副营长因为酗酒滋事受了处分，年底得转业，满腹牢骚，纯粹想给组织添点乱。

按照惯例，新毕业的30名队员要在教导队经历两个月的集中训练，训练结束后依照考核成绩再分配到具体连队。和我一起毕业的那些战友大多是特种作战或者特种侦察专业出身的，身体壮得像头牛。跑步时，他们喜欢卖弄身体炫耀肌肉，扛着一根大圆木。我不和他们比这个，那是逞能。有过军校毕业分配前那次酒后逞能的经历，我知道逞能没有好下场。我是实在人，再加上浑身没有一块可供炫耀的肌肉块，老老实实选择徒手。但是，即便这样，我还是落在最后。

每次这样我都跑得绝望，每次绝望地跑到终点，那些肌肉男就会拿我开涮，说你不是当特种兵这块料，可别折腾自己的小命了。人要脸树要皮，我说这是我自己选择的，总得坚持下来。他们轮流摸我的脑袋瓜子说你这是说胡话，下连后去山上弹药库吧，好好休养。

真是哪壶不开提哪壶，看来弹药库这个地方他们都知道，确实有。我厌烦地推开他们的手，虽是开玩笑，但是他们的话还是让我有点心惊肉跳。我的思维就下意识地跳到军犬身上，心想，一条狗被拴了几十年，那得孤独成啥样啊。想到狗的命运，就如同预见了我的未来。我现在虽然没有绳子拴着，心里却空落落的，就像风筝断了线。脑袋被摸了，绝不能再让那些肌肉男看透我心灵的窗户，我想我目光里射出的肯定都是迷茫。

我持续迷茫，有时候也主动寻找方向。趁着训练间隙，我常常去炊事班帮厨，这是我的强项，也是拐弯抹角告诉他们别再说我一无是处，我也有我的内在涵养。部队里有和我专业相关的科室，是否可以在集训结束时考虑我到军需或者财务上当个助理员呢？再不济，去机关管理招待所或者食堂也可以啊。虽然我知道新毕业的队员至少得在基层任职两年以上，否则是不考虑去机关的。当然，我也借机打听了弹药库的事，了解一下山里的情况。

哎呀！那些炊事班的大头兵听我打听那里，马上大声起来，我越是不想更多人知道心里那点难言的秘密，他们的声音越是响得像炸雷：你不会想去那个地方吧？可不能去，去了就完蛋了，那就是发配边疆啊！往那一扔谁会想起你，战士还好说，干部那就彻底废了！这样给你说吧，别看我是个大头兵，我宁愿天天蹲在这边厕所里给地板擦瓷砖都不去那里，简直就是兔子不拉屎的地方！

我赶忙解释说不是想去，就是听说，随便问问。一个满脸煤灰的老家伙凑过来，白眼一翻一翻地说：那地方，到最近的村庄都得半天路程，1950年代的库房，石头房子破门窗，冬天大风咬石头，夏天蚊子嚼碎骨头！一年到尾，死人活人见不到，就守着一条狗。

我心虚得厉害，走路时感觉路面都发晃。去医院检查说是贫血，这个我信，我家族性遗传贫血。回来后，我喝了不少红糖水，身体有劲了，我就给自己鼓劲，自己是不会去弹药库的，放心。又一想，这地方怪得很，也说不定。于是，心情反复起来，生物钟开始紊乱，夜夜睡不好。

集训队的两个月很快过去，走马观花地学了一遍特种兵技能，学完也就忘光了。但由于持续的失眠和悲切的心情起着作用，竟也压榨了我身体的油脂，瘦了20多斤。要成为一名真正的特种兵，需要具备很多要素，若仅从外形上判断，我算是达标了。

9月初，部队迎来了前所未有的机遇，参加首次中俄联合军演，要求新毕业队员全部参加，我们被紧急分配到连队。我还好，被分配在仪器侦察连，这是部队按序列的排头第一连，这表明组织上是重用我了，去弹药库这一关大约算是过了。

刚刚踏入职业军人行列，竟能遇到与外军联手作战的机会，我们都兴奋不已，感觉前途无量，甚至把自己的未来推算到了将军那一职务。对于这次与俄军联演，上至总部下到基层，各级也都很重视，说这不仅是军事任务，更是政治任务。说白了，都是大国之间切磋，咱不能在外军面前掉链子。

机关宣传部门听说我能写两笔，还专门下通知让我写一篇表决心的稿子。想到刚任职就能在誓师大会上露脸大出风头，我兴奋得两个晚上没睡，加班加点，眼睛熬得发红，像家兔一样。出发前，部队专门给每人定制了参加军演的特别服装，但是，和最终上台在誓师大会上表决心的名单一样，没有我的事，白忙活一场。

我深一脚浅一脚茫然地走着，想去问问营长这是咋回事。教导员却正好走过来，迎面示意我刹住脚步，轻描淡写地告诉我：收拾一下东西，去山里看守弹药库。

什么？我真以为自己听错了，浑身好像散了架。我的脑海里立马出现一只狗的模样，蹲在那里，无限孤独地望着远方。

教导员说完，都没有给我分辨的机会，就不耐烦地催促，快点快点，中俄联演，这是大事，耽误不起，赶紧去把那边的班长换下来。我胆怯地问：我就不能去吗？教导员回头瞪大眼睛对着我：这是去演习，军事行动，你去能干什么？

是啊，我去能干什么？我也回答不上来。教导队两个月训练，虽然我已尽了力，但与别人的差距比大地跟天空的距离都远。跑步我总被别人套圈，短跑少套，长跑多套。每逢跑步，长长的队伍后面我就像一个无限拉长的叹号。负责的干部早已对我丧失信心，有时候点名都不点我了。记忆里，教导队长只在集训结束时和我说过一句完整的话：当干部，就得有当干部的责任。他没有说出的下一句，我现在才琢磨出来，和教导员让我去看仓库的思维一致，他显然没把我当一名合格的干部来看。

走之前，营长让我去机关领下个季度的狗粮和相关物资。我没去过机关，也不知道为啥这个机关的门上都没有挂牌。我到了门岗打听之后，哨兵指指西侧楼道告诉我，这里就是后勤处。

门都闭着，我拿不准是哪一间办公室，忐忑一下就随手敲开一间。一个外表黑黑身材魁梧的中校坐在里面，凶神恶煞地盯着推门进来的我。我嘴巴哆嗦得不行，赶忙说：我，我是来领狗粮……领东西的……

中校啪的一拍桌子，眉毛一扬：狗粮没有，东西也没有，就有我，副大队长一个，你领走吧！

我吓得魂都没了，一身冷汗地出来了，在走廊里哆嗦了好久。一个助理员正好经过问我干什么的，我才回过神来，说是给山上仓库的狗领东西。助理员诧异地看着我：那你跑副大队长办公室干嘛？他脾气怪得要命，能对你客气了？

我哪里知道副大队长的办公室设在那里，委屈的眼泪在眼眶里打转。但助理员温和的口吻还是让我心里一阵感激，我说嗯嗯，也不知要表达什么意思。助理员把我领进后勤办公室，我办完了手续，领走了狗粮和物资，逃一般的出去了。我想，我算是和这条尚未见面的狗结下梁子了。这不，第一次接触和它有关的事，我就这样悲惨！

山高路远行动不便，是大队派车送我到山下的。弹药库编制3人，暂时由一个士官带两个义务兵负责看守。在路上，司机班长告诉我，士官是营里的三角翼飞行骨干，在一次表演低空侧翻时不慎坠地摔断了小腿，一直在这休养，我来就是接替他的。

知道士官是个训练尖子，我从心里挺崇拜他的，谁知见了面，我肺都快气炸了。

我到的时候，士官已经在路口等着了，直埋怨我：怎么这么慢！我说已经很快了。他听了我的回答，不怀好意地笑了一下：对，你确实是很快了，跑步老是被套圈。士官的话让我的脸刷的一红，像是被狠狠抽了一巴掌，火辣辣的，看来我是在军事训练上臭名远扬了。

士官仿佛是故意嘲笑我，他刺溜蹿到车上，一边摇上窗户，一边对我旁边站着的那两个战士说：看着把老王给喂好了，你们吃不吃都无所谓，老王必须得吃好，它的命比军官的命都值钱。

这个鳖孙士官，简直能把我气死。我生气的时候，注意力就出奇地集中，从山下上去的路上，我一直在默数台阶。台阶越多我心里越凉，后来我实在数不下去了。走了老半天才七拐八绕地到了一处破落院子门前，门口长满了荒草。战士打开生锈的铁锁，我进去后大门便哐啷关闭。

收拾完床铺，两个战士就过来和我请假，说得去山下买些东西。我说那就去吧，早去早回。两个战士没说啥就出去了。院子里搭着一架葡萄，我在房间里觉得无聊，就走出来转转。葡萄架下就蹲着一只没有拴链子的狗，两只耳朵竖着，粗短的脖子耸着，目光并不看着我，但却像拐了弯，就像能看透我一样。我心里一震：这就是我的冤家？我们的生活就要开始了……

我很肯定，它就是士官嘴里的老王。为啥叫它老王，我不知道，但我很上火，因为我姓王，狗怎么可以也姓王？老王蹲在那里，依旧目中无我，我走近走远它都纹丝不动，冷冷看着一旁。

我不习狗性，所以不敢过于走近。一直到了傍晚，两个战士回来，我才了解了老王的情况。老王确实是一条军犬，脖子上烫着编号，也就是说，它有编制，和我们每个军人一样。战士却说，它比我们每个人都重要。我有点不乐意，认为他们是受了士官那些狗屁理论的影响。但是两个战士却非常认真，跑进办公室拿来一本关于老王的文字资料。我翻看了一遍，有点目瞪口呆。不得不承认，老王真的很重要，至少它的经历我是做不到的。

老王兵龄已近30年，我不知狗的平均寿命，但老王这也算古稀之年了吧。年轻时的老王是部队的一张名片，那时候，特种部队还不叫特种部队，叫598团。598团是一个迎外单位，老王和一帮军犬在598团负责迎外军事表演。

老王是个头领，在军犬中有绝对权威，是犬王。它表演的那些科目我不懂，但从图片上看，战术动作绝对精准。老王确实不一般，曾经为周总理、陈毅、西哈努克亲王、胡志明等中外领导人多次表演过，受到极高赞扬。一个战士小张告诉我，就上周，军区一位退休的老首长过来看望部队，还专门来看望了老王。老王显然还认识老首长，主动走过去蹲下。

即便有记忆，我觉得老王有点拍首长马屁了，为啥见着我是个排长就冷眼相对？小张说，老首长蹲下来抱着老王就流泪了，说老兵你辛苦了，我都退休了，你还没退休，那就尽职尽责站好每一班岗吧。

我还是觉得过于煽情了，就不愿听了，换了话题问为啥叫它老王。我这一问两个战士都笑了，他们说，原来这狗没名字，大家都根据自己的喜好随便喊。老王这个狗名字是那个士官黄班长起的，他人不错，但嘴巴特损。黄班长走之前知道来了个王排长，再加上军犬曾是犬王，就给军犬改名老王。

我一听火了，这不是借巧骂人吗！立马口头通知，坚决禁止喊军犬老王，如果他俩非得想喊，那就喊犬王。我也是自作聪明，如果是为了回避姓氏，喊它老王或者犬王，都带着"王"字，有什么差别吗？但是当时，我表现得理直气壮。

另一名战士小李看出我对军犬的情绪，立马改了称呼，说你别不信，犬王就是有那个灵性，能区分好坏，就认军装，进这个院子的，如果不穿军装，就是县委书记也不好使。小李话中有话，是要修正我的看法，表示军犬不是个溜须拍马之徒。我说它怎么这么个样，对人冷冰冰的，是不是老得不行了？

小李立马反对我的观点：它一点都不老，精力很好，前段时间军区军犬基地送两条母狗来交配，犬王不到半天就完事了。小李的反驳让我哭笑不得。而对于我说的冷淡，小张的解释则是：咱这军犬好歹也曾经是个王，场面见得多了，一个排长没啥值得特别注意的，没咬你已经很给面子了。

虽然是开着玩笑说话，但聊到这个份上，也没啥意思了，我就不愿和他们聊了。他们和狗一起时间长了，有感情，我能理解，但我总不能和他们一样，把个狗捧上了天，说的跟神一样。我就问他俩买了什么，小张说买了吃的，晚上咱们吃鸡肉，军犬吃牛肉。

我一听不乐意了，为什么给军犬吃这么好，再是个好狗也不能这样惯着！小张脸色一拉：军犬吃得再多再好，也不该咱们的事，它的伙食费是单独的，军区有明文规定，一天60。一天60？我们一天才20。一条狗的一天生活费居然是人的3倍。这让我多少有点心理不能平衡，但也必须接受。

我喜欢安静，喜欢看书，缩在院子里不出去，外出买菜的活都交给了两个战士，要求他们早晨出去，午饭在外面吃，晚饭带点回来就行，其余时间不要在院子里折腾干扰我学习。他们喜滋滋地对我说：排长你真好。我说我怎么好了。他们说黄班长在的时候，老家的女朋友过来了，在附近一家厂子里上班，有点外出机会都是班长的，他们想出去那很难。自从我来之后，这俩就像鸟儿离开笼子一样，整天飞在林间叽叽喳喳。

那些天，院子里只剩下我和军犬，它喜欢装酷，但我根本不搭理它，更不会面对它的冷脸。有一天，我看书看得无聊了，想去外面林子里走走，又不放心空着院子，才第一次走近军犬。这狗东西竟然懂得我的心思，没等我拽它耳朵，就抬屁股走过去蹲在大门前。

日子就这样平静地过着。我和军犬并没有过多的交往，每天早晚，小张和小李都为它准备好肉菜，它吃饱后也极少活动，就蹲在院子的大门内侧，目光冷冷地盯着外面。由于我对军犬传奇般的故事有点先天性排斥，所以它的种种行为都是我瞧不上的。而军犬呢，也似乎是一直高调地和我保持着距离。在这种氛围的有限空间里，终于一天，冲突爆发了。

那一天，军犬不知用了什么手段，从大院角落的草丛里擒到一只野鸡。军犬把野鸡叼到大门口后并没有急于吃掉，我知道它是等着小张小李给加工成熟食呢。我这样想着，就觉得很恼火，一条老狗凭什么这么拽？不但吃得好，还要吃得香！想到这里，我大脑一阵发热，想去找它点事。但军犬根本不搭理我，自顾坐在野鸡一旁，耷拉着猩红的大舌头，洋洋得意地侧着脑袋，看都不看我一眼。好歹我也是个特种兵，特种兵就得有点血性、暴脾气，岂容一条狗在我面前张扬？我热血灌脑，照着军犬嘴巴就是一脚。这一脚，踢出问题来了。军犬一个后扯步，脖子上的毛一抖，我如同看到裁判打响了五公里奔袭的发令枪，箭一般夺门而出。一人一狗，人在前，狗在后，人是两条腿，狗是四条腿，人是特种兵，狗是功臣犬，两个活物一起一伏迤逦奔跑在山野之中。

事后我曾经揣测，这应该是我在特种大队跑步成绩最好的一次，而且现场极热烈，只可惜没有现场录像以保存住当时的神勇。我和狗保持的速度比较恰当，一直拉开五六米的距离。军犬像是故意耗尽我的体能再收拾我，也或许是老了的缘故，它匀速追赶我，而这速度又足以使我逃命。一边仓皇奔命，一边抬眼望去，一片光秃的山坡上，远远的，一棵孤零零的小树立在那里。我边跑边拿主意，小树大约有小腿那么粗，大约两米高的地方有个树杈，应该可以救命！我自己都不知道哪来的能耐，一个箭步蹿起，就势抓住树杈将身体悬起，攀了上去，稳稳坐在树杈上，大张着嘴，像一头刚卸磨的驴一样粗喘着，浑身像是被机枪打穿了一样，凡是有汗毛孔的地方都在往外冒水。

军犬没防备这个突然变故，来不及收步，差点撞死在树干上。紧急刹住步子后，它也喘开了。

这是一幅生动的画面，比小说要生动得多。我张着大嘴，狗伸着舌头；我坐在树杈上，狗坐在地上；我看着狗，狗盯着我；我面带哀求，彻底服了，挤出善容，狗的表情却坚毅万分，无比愤怒。

1小时过去了，两小时，3小时……我是又困又乏，但哪里敢睡觉，树杈太小，万一掉下来，那还不等于直接掉到这畜生嘴里去？坚决不能睡，拧眼皮，掐大腿，恨自己，贱，太贱了，人和狗斗什么，根本不在一个层次上，这下好了，直接被困死了。军犬也是又乏又饿，但也不能睡，它知道一旦睡了，这块精肉就飞了，它不会拧眼皮掐大腿，就用爪子照着狗脸抽打，抽得啪啪响，抽得我胆战心惊，困意全无。

一直折腾到下午4点。到处寻人寻狗的小李小张才找到我俩。虽然军犬在小李的喝令下走开了，但它走出好远，还回过头来，恶狠狠地盯了我一眼。

此后，我和军犬的关系保持得礼貌而又克制，没结下什么友谊，也没再结下什么梁子，似乎一场冲突过后，雨过天晴，大家都懂得如何相处了。其实，最主要的是，我再也不敢了。日子就这样不紧不慢地过着，而我对军犬的态度也这样不远不近地处着。直到一件事的发生，让我的看法彻底发生了转变。

转眼到了老兵退伍的时候，小张和小李双双离开部队。参加演习的那个黄班长也没有再回来，调到一个后勤单位去了。我几次打电话给教导员说想回去，教导员的理由却冠冕堂皇：营里实在找不出一个闲人了，就你在那里最合适，你回来能干啥，一个5公里就把你跑拉稀了，别着急，这几天给你配备一个战士过去。

营里实在找不出"闲人"，这就等于说我就是营里的"闲人"，可有可无，或者没有更好。教导员把话说成这样，一点情面不留，我怀疑是想故意气死我。但是，我纵有想法，也只得安心地待着了，谁让自己的军事训练如此差劲呢？谁让自己当初嘴巴过瘾逞能放狂呢？

元旦前后，给我配备的新兵小欧来了。同时到山上的还有一伙地方的人，为首的是当地一个姓董的小老板。董老板在弹药库附近修建了一所小房子，说是要给山村通电，这里是变电所。董老板人很热情，知道我们生活苦，还给我们慰问了啤酒和食物。董老板和我们想的一样周到，还专门给军犬带了10多斤上等牛肉。

我和小欧快乐地啃着排骨鸡腿，军犬却对董老板带来的牛肉无动于衷。看着军犬一点不给我朋友面子那副目空一切的模样，我的反感陡然增加，恶主意也马上冒出来了，心想以前都是小张小李惯的臭毛病，天天给它牛肉吃，如果不给它吃呢，难道它就会死？如果它死不了，那就啥也不用说了，天天给他弄点大米饭馒头剩菜就行了，最多对付一个鸡架子。这样的话，开支节省了，剩余的钱可以买个游戏机之类的，繁荣一下弹药库的业余文化生活。我为自己的这个想法激动了一宿，觉得给军犬断肉，就像给小孩断奶，当娘的得下狠心才行。第二天，我就实施了这个恶毒的计划，别说牛肉，就是鸡肉也没有，我只随手扔了个馒头给它。

军犬表现得身子倒了架不散，对馒头闻都不闻看都不看。我心想，你高贵个述，给我玩个性，真当自己是碟菜了？说到底不还是一条狗？再说你现在都这样了，孤家寡人的，还摆个犬王的势子给谁看啊？我一个堂堂军官可不吃你这套。我没工夫和它耗劲，回宿舍看书去了。

后来，我经常反思，亏我还是个半拉子读书人，对一条功勋赫赫的军犬竟然那样轻慢。但在当时，我就是那么混蛋的想法，馒头扔那了，你爱啃不啃。不啃那是不饿，饿急眼了就装不出尊严了，恢复天性屎都能吃进去。过了几天，我索性连馒头都撤了，看谁耗得过谁。

董老板的到来让我对返回营区的事暂时不急于考虑了。那几天我们天天小聚，喝得晕晕乎乎。除了喝，我还非常激动。董老板为人大气豪爽，是个场面人。举杯之间，他常和我畅谈理想，要让整个山村灯火通明，不仅造福村民，还能造福自己。他还说要为村民改善山区交通，增加老年娱乐项目，甚至建议让我投点钱算个股份。

我对董老板的宏伟计划心旷神怡，接触自然逐步亲密。但奇怪的事发生了，无论我和董老板如何亲密交往，军犬就是拒绝参与融入，一点面子都不给我。好几次，董老板喝高了酒想走近军犬抚摸一下，军犬虽然饿得走路都有些发晃，但依然怒目而视，坚决不让董老板靠近。我觉得军犬弄得我在董老板跟前掉链子，心想就得狠狠饿他才行，直到把他饿趴下！

人放狂了，就容易得意自满，生机盎然的大山里，我甚至还做了春梦呢。半夜的时候，我竟然梦见我初中的女同学了。她长得水灵，个头高，皮肤白，一双大眼睛扑闪扑闪的，就像弹药库西墙上架着的那盏探照灯。

女同学的表哥是学校老师，但表哥不在学校住，女同学就住在表哥宿舍里。有一次，我感冒了，大宿舍里没有开水吃药，就想起了女同学那里。我烧得脑袋发晕，迷迷糊糊就走了过去，没敲门推手而进。女同学正在光着膀子换衣服，她的皮肤竟然那么白。我们都惊呆了，愣了3秒，她大叫一声，我跑了。从此以后我们再没说过话，但我却常常在梦里见到她。

我正梦到关键时候，被子呼啦被谁掀开了，吓得我惊坐起来。是军犬站在我床前，嘴里咬着被角。关键时候坏我好梦，我有点不悦。但事情似乎蹊跷，让我不得不暂时搁置春梦冷静思考：军犬从来没有这样过。看着军犬的眼神，仿佛受了委屈的孩子，我反而有点不好意思了，心像陡然化开的坚冰，关系也刹那间拉近了。军犬虽然饿了这么久，但还是直着头颅。我有点惭愧，赶忙抚摸它的头以示亲昵。军犬似乎对我的温情不感兴趣，一个劲咬着我的短裤角往外拉。我觉得奇怪，就顺着它走出了宿舍，又拐到了厨房。我以为它是饿急眼了才半夜拉我来这里，就拿馒头给它，它摇头。我又去换牛肉，军犬迟疑一下叼住了，却踱着步子走到门口丢在外面，又回来蹲在我面前。

军犬这是玩的哪一出我不知道，但我敢肯定它是有什么事了。看我迟迟不动，军犬没再跟着我，就默默走了，蹲在墙角。我纳闷了半天，咬咬手指头不像是在做梦。又等了一会，我就上床睡了，希望还能接上断掉的好梦。

但是，好梦没续上，凌晨时分我却被一阵救命的大叫声惊醒，赶紧披了衣服跑到院子里扭开灯。明亮的灯光下，院子的高墙内侧，威武无比的军犬用爪子压着一个人直立在风中。那一刻，军犬如同一个侠客，雄风万丈。狗爪子下的人呼叫声非常熟悉，我走过去一看，这不是董老板吗？

我问董老板你这是干啥。董老板说了个让我瞠目结舌的理由：我在墙头上玩呢，不小心掉下来了。我当时没反应过来，也就让董老板出去了。等天亮我再去找董老板时，小房子里已经人去楼空了。我再一次琢磨董老板的那句话，兀自笑了一下：他怎么没掉到墙头外面去呢？掉到外面不就没事了吗。

军犬衔来一堆碎肉到我跟前，我看到发紫的肉块才恍然大悟，董老板是夜间翻墙用迷药捉狗呢。这个王八蛋，太狠了，竟然这样算计一条老狗，真是狗都不如了。我觉得太对不起军犬了，当着它的面扔了董老板的牛肉和菜，重新买了军犬爱吃的食物。我终于相信，小张和小李嘴里的军犬一点都不夸张。

事后多日的一天，小张恰好打电话过来问候军犬，我就讲了董老板的事，小张在电话那边着急得直吧吧嘴：走得急，就这个事忘了给你交代了。董老板算计军犬不是一天两天了，好多年了，我们都知道他，他不敢过来，看你是陌生面孔才来的，好在军犬心里有数，认识这家伙！

我问天下那么多狗，董老板为啥年复一年要死心算计这条老掉牙的狗。小张说排长你是真傻还是装傻啊，咱这可是正儿八经的纯种德国牧羊犬，再加上军队编制这个身份，军犬配出的小狗一条都卖到10多万呢！我听完吓出一身汗来，天下还有这等事情，为了利欲，竟然算计到这个地步，实在让人不敢想象。

董老板搬走了，我以为这下终于安稳了。但这不过是我的一厢情愿。高枕无忧地又过了大约一个月，某一天的傍晚，小欧神色慌张地从大门外跑回来。小欧每天傍晚都会出去跑一段山路保持体能，今天刚一出去就回来了。他紧张地对我说：看到几个人行迹鬼祟地带着包裹，从山侧密林里去了弹药库后院。

谁会到这兔子不拉屎的地方来？弹药库本身处在山峰后侧，既不是旅游区域，也没有山民住在这里。平时一年见不到几个人，这一下就来了几个人，怎么回事？

我问小欧看清他们的方向了吗？小欧说看得清楚，他们直接冲着弹药库后院去的。小欧还说那伙人没有看见他，因为他正好那个时候蹲在草丛里方便。

天色已经黑了。后院的后方是峭壁，根本过不去，院子里亮着灯光，但杂乱的建筑物把灯光几经转弯，远处已经非常暗淡了。这几个人是冲着弹药库来的没有疑问，但是干什么是个大问题。

我决定带着小欧去外面查看。我说把院子的灯关掉，因为开着灯自己在明处，很容易让对方掌握里面的情况。锁上大门之前，我特意看了看军犬，正懒洋洋地在那打哈欠，有它在这留守，我很放心。

我心里开始咚咚地跳，能感觉到心脏像被吹得极大的气球一样，随时都会爆炸，然后喷射出激烈的热血。我使劲咽了口唾沫，这可以有效缓解紧张情绪。嗓子像有把干草塞在那里，生疼生疼的。小欧有点哆嗦，但是他说是因为山风有点凉，不是紧张。这话我有点相信，腊月的天气，还有半个月过年了，山风的凛冽可以想象。

越是紧张，山风就显得越大。肥胖的迷彩服被风鼓起来，后背紧紧贴着，胸前却像抱着一个人。风把裤腿使劲向前鼓着，催着脚深一下浅一下地向前。除了稀疏的松树，其余的都只剩下光杆了。枝梢在风力下都使劲向前伸着头。柔性好的枝干还会狂舞一番，恣意地抽打着带着力量的空气。

我哆嗦了一下，有点想小便。头皮像是突然被绷紧了蒙在脑袋上，大脑瞬时空洞，好像处在玻璃罩子里一样，所有的物体都距离我远了，头发竖起提着我升空。我知道这是紧张带来的感觉，因为我身上发冷，手心里和腋窝里却全是汗，湿漉漉腻得难受。

对着树干解决完，紧张的情绪好了一些，人也冷静下来了。虽然，我仅仅挤出了几滴尿液而已。

我这时才想着做个"战前动员"，打着牙骨对小欧说：咱们今天估计是碰上事了，说不好是个啥结果，你害怕吗？小欧双手攥得紧紧的，也打着牙骨回答：啥，啥事？不，不怕。

好在上军校时简单学了几次军事地形学。在这关键时候，我的平生所学也就派上用场了。根据地形地貌的特征，我对小欧说，弹药库右侧是峭壁，虽然可以通过，但除了危险性比较大之外，也容易暴露，因为峭壁缺少植被；而左侧，是一条冲沟，虽然沟底很深，但灌木丛多，易于隐蔽自己。尽管这样的环境也利于敌人隐藏，但我判断，那几个貌似破坏分子的人应该已经到了后院位置了。于是，我们决定从冲沟进发。

我让小欧紧跟在我后面，不要发出声响，我们俩开始沿着冲沟的山坡向后山腰方向进发。我后悔在这半年多了没去上一趟后山，那样至少可以熟悉地形。但到现在，刀悬脖子上，也只能硬着头皮摸索前进了。

低矮的灌木丛虽然落尽了叶子，但是它们伸开的枝蔓撕扯着裤腿，我们走得很慢，很艰难。冲沟底部还积攒着一些雨水，跨过沟底，我们开始向冲沟的另一侧畔攀爬。到达另一侧畔顶端的时候，我和小欧拉开距离搜索前进。

这是一片树林，树种比较杂，我一边走一边注意听，但没有什么意外发现。难道那几个人是猎人，或者早已走远？可能性不大，因为后院这里根本没有路。但是想到他们是不是猎人，我又有点害怕，他们是不是手里有枪或者其他武器呢。如果有，即便我们发现了他们，各方面都不占优势，又能怎么样呢。我后悔没把军犬带过来，它要是在，心里就踏实了。想想它当初追赶我时的勇猛，我竟然无比欣慰。

我正胡乱想着呢，小欧一阵慌乱地跑过来，差点扑倒在我面前。他结结巴巴地说：看到人了，总共5个人，4个在墙头根上正挖墙脚，是要挖出个洞进去。另一个远远地站着，像是把风站岗。

我一阵悲壮地激动，手心呼呼出汗。当兵这么久啥时碰过这事情？看来要真刀真枪干一场了，我有点豪情顿起的感觉，但也心虚得要命，忐忑不安。

小欧提醒我，说要不要回去搬救兵。我说救兵只有一个，那就是军犬。如果把它弄这里来，一条狗面对5个带着工具的歹徒，根本不是对手。而如果在这个时间段里，这些人进入到院子，破坏一旦得逞，后果不堪设想。所以，军犬绝对不能调出来。

小欧说，既然这些人的目标是要进入院子，那就守株待兔，军犬一定会发现他们，院子里的事，也就只能交给军犬解决了，院子外面的事，咱们解决。我说，院子外的事，就是解决这个把风站岗的。但是时间节点要把握好，一定要在这4个人进入院子之后，再迅速拿下这个人。控制这个之后，以棍棒守住洞口大声叫喊引起军犬注意，实行内外夹击。即便不会那么容易抓住破坏分子，但也不至于伤害到我们。至于军犬，我认为也不会有什么问题，它在院子里生活了几十年，谁也没它熟悉地形，我相信它有各个击破的策略。

拿好主意后，我们也按照既定方案实施，先是走远些，收拾了两根可手的棍子，然后以匍匐的动作近距离潜伏在把风人身后五六米的距离。

天气虽然很冷，我还是呼呼出汗，喉咙干涩得要命，我知道这是因为过度紧张和激动，有点做梦的感觉。我想的很多，有制服破坏分子保护部队财产身披红花参加表彰大会立功受奖的场景，也有英勇牺牲后部队隆重召开追悼会还要英雄家人为部队演讲的情景。但是，所有的都只能一闪而过，行动开始了。

4个人在墙脚挖开一个圆洞，陆续爬了进去。小欧紧张地拉了我一把衣服，我示意他做好准备，然后慢慢起身弓腰悄步向那人身后靠近。就在距离那人半米远的距离，我猛地右腿向前，两手扳住他的双脚腕位置，狠劲往后一拉，那人扑通一声前扑在地。还没来得及惊叫，我已丢开他的双脚，跳起骑坐后背，然后右小臂前抄绕脖子从左侧伸出，左手抓住右手腕紧紧锁住，整个过程不到3秒。这是我刚毕业那会在教导队学会的，谢天谢地，谢谢差点要了我命的教官，现在把命又还给我了。

小欧被我这个捕俘动作惊呆了，以至于站在那里没有动。我说，快用棍棒守住洞口，大声喊叫，给军犬报警。而这时，军犬已经在里面与4人厮打起来。小欧表现不凡，歹徒几次想从院里钻出来，都被小欧用棍子抵挡回去了。

这场战斗，终于在半小时后结束。5个试图盗窃的歹徒全部被擒，军犬也多处受伤，浑身鲜血淋淋。那一刻，我和小欧都紧紧抱住军犬，心里一阵阵感激。

组织终于知道还有这么英勇的一个与狗相伴的守山排长，虽然并没有我臆想的隆重表彰仪式，但一批慰问物资的到来，还是充分肯定了我们的存在价值。当然，同时到来的，还有一个回营区报到的通知。眼见过年了就能够回去，那个高兴啊，不用说了。我把行李塞进背囊，塞不下的生活用品统统扔下，这些已被印上深山记忆的物品，或许就此永久告别我的生活，我也将在下一个旧历新年到来之时焕发新的风采。

新兵小欧特地给我送了个行，做了3道菜，其中一道居然是西红柿牛腩。除了董老板送过那几次牛肉，通常这只是军犬才有的待遇。我有点小小的感动，冲着小欧说：把犬王叫来，今天一别，不知何日再见，咱们3个战友，一块会个餐。

犬王来了，它是老兵，位置优先，蹲在小方桌的东面。有感情看啥都顺眼，犬王那副什么都不在乎的样子，我竟突然欣赏起来，确实有个性。我给犬王夹了一块牛肉扔它面前，它却看都不看，这多少又让我有点失望。还是小欧明白事理，重新夹了一块放在犬王面前的桌子上，它才不紧不慢地叼在嘴里吃了。

哎哟你这个狗东西，我心想，你还真能摆谱啊，那你倒是用筷子啊。军犬像是看透了我的表情，吃了一口起身走了，走之前到小欧跟前拱了拱他的腿以示感谢。

行，不给我面子，你有种！我气得要扔碗。很多人都说我这人脾气不行，所以以后也不会有什么大发展。在对待军犬上就可以看出来了，我不仅性情暴躁，而且有点喜怒无常。刚刚和军犬经历生死、种下友谊没几天，一事不和又要翻脸不认、反目成仇了。小欧看我表情不好，说排长别上火，狗通人性，你对它好，它自会对你好。我大着嗓门说吃饭都让一条狗坐上席，我对它还不好么？小欧一本正经地说依我看，犬王今天是因为你要走，心情不悦。我说你就扯淡糊弄我这个排长吧。小欧嘿嘿笑着说吃饭吃饭，不说这个了。

吃完饭，我准备早些走，就去宿舍拿背囊，走到宿舍我和小欧都呆住了，简直不敢相信自己的眼睛。装在背囊里的被子被打开了，整齐地扑在床铺上，一双拖鞋也摆在床前，宿舍门的内侧，犬王在那里安静地蹲着。我刚刚狠下的心一下子又化了，上前紧紧抱住了犬王。

但我终于还是走了，带着对犬王的反复生起的厌恶和留恋，带着对未来前途的种种假设，带着没有目标的很多想象。我回到了营区，踌躇满志地以为自己从此就是一块国防建设处处需要的金砖。

连队军事训练的火热，工作生活的繁忙，是我这个守山散漫惯了的人始料不及的。疲惫、操劳、机械性运转，连轴转的节奏，就连早晨洗脸都得掐着时间计算，稍微晚了就吃不上饭。我每天都是拖着疲惫的身子，有时脚也不洗躺下就睡。大量的出汗一遍遍浸透衣服，脱掉的袜子一夜不洗第二天竟然能够立住。我真有点崩溃的感觉。

那几年，部队担任军区战备值班，拉动是常态。一天中午，两点多的时候，营部的号声响了，我们都听得明白，是紧急拉动。全营乱套了，先是各连主官跑出来看情况，再是折回身吹小喇叭，边开会边搬运物资，一直折腾到3点半，所有人员物资集合完毕。我当时浑身上下都湿透了，到处泛着汗碱，脸上也是一层盐沫子。穿着军警靴，头顶着钢盔，身背着手枪和水壶，看着挺威武，站那真受罪啊。

参谋长身后带着一帮参谋一堆堆检查器材装备，不停地和营里干部交流着。气氛显得异常紧张。营长教导员也是浑身背满了东西，跟着跑来跑去。教导员是个小胖子，身上背了一圈物资，和抗日电影里的猪头小队长很相似，此刻累得孙子一样。因为当初就是他让我去看守弹药库的，所以我有点幸灾乐祸。

检查完物资，检查人员装备。走到我们连，参谋长瞅了我一眼，过去摸摸我的背囊，说：嗯，你这个排长背囊装得还算标准，就是眼生，怎么没见过呢？指导员赶紧解释说我是看弹药库刚回来。参谋长语气古怪地说，那你可有得练了。检查完毕，一个参谋一挥手，过来3辆卡车，停稳后，参谋长说：带到高速路口吧，5公里奔袭，检查一下战斗力。

我们拥挤地坐在卡车的帆布后厢里，心里忐忑不安，我更没有了回到营区的兴奋，一路上耷拉着脑袋，好像去上断头台一样。到了高速路口，我看到是一条废弃的高速路，但有一段路面很好。我们所有人都下来密密麻麻地排开，参谋人员象征性地检查了几个人的水壶是否灌满，然后举起发令枪，一声响之后，万箭齐飞一般，向着公路的另一方向射去。参谋长骑着一辆三轮摩托，不紧不慢地跟着队伍。

连队的另一名排长是任职3年的老排长了，不怎么跑，和走一样。即便这样，我一直跟在他后面，还是张开大嘴呼呼地喘。教导员表现神勇，早已在几名班长的协助下，遥遥领先地向着终点跑去。我远远地落在最后，就这么跟着老排长跑着。突然参谋长的摩托车嘟嘟地开到了我们俩面前，摆摆手让我们停下，到他跟前，看了看我，显然认出我了。参谋长又看看老排长——一个满脸沧桑的中尉——说：走近些。老排长上前一步，参谋长抬腿一脚踢去：妈的，跑步不行，打架挺行。老排长一扭头，哇地吐出一口血来。后来我才知道，老排长几天前出去喝酒和地方一个小混混发生争执，把人家打得住院了，引起了军民纠纷，损害了部队的形象。

我魂都吓掉了，哇哇大叫，不知是哭还是咋的，反正受了惊吓，像一匹脱缰的野马一样，疯了般向着前面队伍冲去，并迅速超过很多人。一路上，我大脑空白，只知道拼命地冲，脸上全是眼泪和鼻涕，混合在一起。距离终点还有十几米远是一个下坡，我实在无力抬腿了，往地上一滚，咕噜噜滚到了终点。排里先到的两个老兵把我扶起来，赶紧让我不停地走，说不能停，心脏受不了。我哪里还能走，几乎晕了过去，像一摊烂泥一样。

这次5公里越野考核，差点要了我的命。我如同去阴间走了一遭，在医院住了半个月才好。我知道训练不是一天两天的事，不训练也绝对不行，只有自己加班慢慢练。营区的训练场一圈是1000米，我给自己规定每顿饭后跑两圈，一是减肥，二能达到训练的效果。这样过了3个月，我竟然样样都能及格了，还顺利通过了春季的基层指挥员考核。但是就在营里开总结会那天，我又倒下了，因为每天饭后跑步，严重地损伤了我的胃，我得的是胃下垂兼有胃溃疡。

我的军事素质好不容易赶上了，身体却成了这个下场。医生开出转诊单让我去住院，说必须好好治疗，好好调养。临去住院那天，恰好小欧回来取伙食费，过来看我。听了我的近况，小欧瞪大眼睛说：军犬也病了，和你的病一样，都是胃不好。我问怎么了，小欧说自从我走后，替换我的那个干部情绪很大，不乐意在山上，就拿军犬出气，净弄些破菜叶子给它，想把它饿死。你知道的，军犬根本不吃，守着你扔下的那些物品，常常一坐就是一天。

我有点禁不住，眼泪在眼眶里打转。当初我也不曾善待军犬，好在后来我及时良心发现。人的境遇和一条狗有什么关系呢？何况，它还是一条服役了30多年的军犬。我觉得自己绝对不是冲动，我去找教导员说了想法，教导员非常支持，高兴地又开10根手指跟我握手，根根都在发抖。我知道，主要是我的主动为他解决了一个训练达标上的累赘。

我又和小欧一起去领了物资，当天就返回山上。军犬仿佛心有灵犀，蹲在门口等着，看我来了，竖起身子扒着铁门拍打。我推开门抱起军犬，我们曾经走远，但如今又走到了一起。我故意把背囊丢给军犬，军犬叼起背带向着宿舍跑去。

山上的岁月寂静无声，但我却发情的要命，我又开始做梦了。6月份的一天，我终于无法摆脱梦境的纠缠，蠢蠢欲动之下，我辗转数人查到女同学的工作单位，又通过114查询到单位电话，终于和梦中的情人联系上了。通了电话，我兴奋得不知所措，满嘴跑火车，说得女同学在电话那头心花怒放。在我的邀请下，她答应得也非常爽快，立马请假要到部队来看我。

军犬再通人性，关于爱情的事也指望不上。放下电话我就没闲着，新兵负责营区卫生，我负责室内清洁清理。弹药库是1960年代的破石头房子，收拾起来费了我不少心思。我得给女同学预备一个房间，还得预备几块砖头。不用说了，这样的夜晚我肯定睡不着觉，干吗去？往她房顶扔砖头。女同学一旦害怕，半夜就会敲门找我。我想象的口水都湿了一片，甚至连口香糖都准备好了，还告诉新兵做饭千万不要放大蒜。

女同学来那天，我里里外外都收拾得利利索索了。到汽车站去接她的时候，女同学刚好下车。这么多年没见面，她还是那样好看，和梦里差不多。想想我的梦，我有点脸红，她不知我梦的激烈，估计也忘了我当年推门而进的事了，竟显得落落大方。

见了我后，女同学就讲个不停，说之前同学有过聚会，单单缺了我，大家都说我现在混得好了。我说好啥啊，她说再怎么也是个大军官，还神秘地问我手下管着多少兵，有没有一千两千的。女同学对部队的一无所知让我有点哭笑不得。我说管一千两千人的那得是团长，我现在还不行。我本来一句推脱话，她却较真地接着问，那总得有五六百吧，要是再少了，那当个军官有啥劲，不如家里包工头呢，出门都带着100多号人。

真是见面不如想念。我也没法和女同学解释太多，照她这样的思维，我有点不敢带她去仓库了。如果我带她到那个山包子里，看到只有一个战士和一条老掉牙的军犬，那不得当场晕过去？女同学却嚷着必须去我住处，要看看我的豆腐块被子。她说她大学时军训的教官被子叠得好，她佩服得要命，她得看看我的，做个比较。

我被她弄得没办法了，心里也有点失落，就心神不宁地把她带回仓库。果然，她惊讶得从进去就没合过嘴，一直半张着，但一句话也说不出来。最后，她眼神失落地坐在我的床铺上指着军犬对我说：就这么个狗东西在这和你？我有点不悦，说这是军犬，老同志了。女同学哈哈大笑，全无当年羞涩：你在部队是军人，它在部队肯定是军犬了，这个我能判断出来。不过，看来确实是老同志，见了美女都没反应了。

女同学到仓库的这两个小时除了讽刺就是风凉话。我有点举手无措，我想，预备的砖头和口香糖是用不着了，大蒜也可以吃了，而且最重要的，我再也不会梦见她了，因为就在这个白天，我竟然做了一场噩梦。我怕犬王看出女同学的情绪，赶紧走过去安抚了它一下。女同学喷喷着嘴巴：怎么？你这是要跟它过一辈子的迹象！

挑三拣四地吃完了晚饭，女同学问：你们天天这样吃不怕营养不良么？新兵满脸窘迫地出去了，我也额头渗出一层汗珠。接下来的事情和我想象的一样。虽然我在仓库里为女同学准备了床铺，换上了我干净整洁的床单，但她坚决要连夜下山住进宾馆去，嫌弃这里破山沟子没空调太差劲。我说现在是春天，山风也好，她打断话说山风再好也比不上澳柯玛空调，这句话让我觉得是在给某厂家的空调做广告。我相当不悦，也不再挽留，决定送她去宾馆。但她走到山半腰就坚决拒绝再让我和军犬往下送了，说：你和狗都回去睡觉去吧。我心里一肚子不满，心想那你自己走吧，被狼吃了你才好！

没想到我真是乌鸦嘴。女同学没被狼吃，却在刚离开我几十米远的地方出了大事。她走路太急，高跟鞋也不好掌控山间路面，一不小心滑倒了。我只听到一声尖叫，然后是一阵草丛的窸窣声，不用想，她是滚进山谷去了。这地方的山谷我熟悉，都不太陡，但女同学滚了下去还是把我吓傻了，因为茂密的植被，漆黑的夜晚，我根本毫无办法，几乎瘫坐地上。

我不知所措，害怕女同学摔死或者残疾，那样我也就彻底完蛋了。我浑身抖着，冷得厉害，上下牙骨打得啪啪作响。我的腿被轻轻触动了一下，是军犬在拱我。我明白它的意图，看到它直冲着一片荆棘向着山谷里走去。我盯着渐渐被刺草淹没的军犬，不知如何表达内心的感激。

我焦急地等待了10多分钟，听到军犬的几声叫唤。我知道，军犬是让我下去。我心里有点底了，仔细地找到一条便道，绕了很远下到谷底。这里是一个小山村，在山村一端的山体相连处，军犬正和一个拿手电筒的小姑娘拖着女同学拉到小路旁。小姑娘指着女同学对我说：你朋友吧？这条狗从山里拖出来的，拖到我家来了。

女同学没有昏迷，但目光发直，呆傻地坐在那里，抖个不停。我下意识地摸了一下她的肩膀，她才呜啦一下大哭起来，上前死死抱着我。安抚了女同学的情绪，我们在小姑娘家里给她进行了简单的清洗包扎。见我是个军人，小姑娘的家人让她护送着我们出庄子，去到有车的路口去城里。

送走了女同学，我和小姑娘还有军犬默默往回走。我摸了摸军犬的脖子，才发现它的整个脖子和头皮都被划伤了，湿漉漉的粘着血迹。小姑娘说她家里有碘酒，得赶紧去抹一下。我们又在小姑娘家给军犬处理了脖子的伤口，很晚才回去。

女同学回去之后再也没有和我联系，我们也算是彻底结束了这份同学情谊，我也再没有梦里遇见她。山上的岁月虽然单调，但守着犬王，我却不觉得孤单。我们一如既往地生活着，伴随着山草枯了又绿，绿了再黄，一年又一年。我也学会了和犬王一样，淡定地冷眼看着世上。

如今因工作原因，我已经离开仓库多年，也换过不少单位，见过了太多的人和事，认清了太多的嘴脸。每每我慨叹人心不可测之时，我就会温馨地想起犬王。人虽聪明，究其品质，有时远不比一条狗的忠诚。

那一年，在彻底告别弹药库之际，我终于自豪地把军犬正式改名为老王。如今，负责看守弹药库的战士一茬又一茬地过去了，虽然不认识我，但他们都知道有我这么个人，一直关注着这条老态龙钟的军犬。他们延续了我的叫法，一直喊军犬老王，这让我非常欣慰。而我每次打电话过去时，他们都会把电话放到老王的耳边，老王也会偶尔叫一声，声音很羞涩，这是当年不曾展露真情的老王。

我也经常打电话给山下那个单纯青涩的小姑娘，不管她以后走出大山会是什么样子，但我怀念她在山里的模样。离开老王的这段岁月是用思念延展出来的，我孤独过，但并不寂寞。老王常常在我梦里，我也肯定常常在老王梦里，它也会回想起我，依旧是那平淡的冷冷的目光。

抢滩登陆

事情过去一年多了，我仍不能抚慰自己的心灵，那沉甸甸的一等功勋章，每逢报告会戴上它，常常压得我喘不过气来。我的脱稿演讲总是很顺畅，声情并茂，再加点眼泪。听过的人都说我很真实，讲得特别好。我却说，这不是讲我自己，也不是我在讲，那是许多的战友，在我的思绪里，和我的血液一起流淌。

当然，我也没有完全悲观，事情过去那么久，也有一些事让我至今内心仍感到安慰和温暖。集训队里那些曾与我出生入死的兄弟，戴着墨镜叼着烟卷的队长老葛，我们都保持着相互的问候。当然，还有那个淳朴的渔村姑娘海浮，她的笑容也会经常出现在我的眼前。

一

一团团浓雾像是从天空直甩下来，将登陆口堵得严严实实。抵滩距离太近，驾驶室里的雷达进入盲区，整个屏幕一片空白，防空警报也随即响起。舰艇指挥员一遍遍对着甲板送话器发布指令：战斗登陆部署！战斗登陆部署！战三、战四就位！枪帆兵前舱瞭望，避让礁石，报告登陆位置！报告登陆位置！

管他是谁在指挥舱里大呼小叫，部队抢滩登陆那天，那之前的几分钟，我还没事一样地站在登陆艇的后甲板上冲着大海撒尿。那天的军事行动规格很高，听说来了一个班的将军，头发花白地坐在指挥所里，通过视频系统关注着整个演习的进程。指挥所像是一个大盒子，上面覆盖着迷彩衣，进进出出的参谋人员全都昂着头，踩着碎步，好像里面养着一群急待交配的雄鹿。

和他们一样，我也穿得全副武装，身背钢枪。钢盔压得我脖子疼，汗液也不停地顺着脖子流到身体上。但海风是凉的，流出的汗液也跟着变凉。

海水清澈，有点蓝莹莹的光，阳光的闪耀下，光线扑朔迷离。在虚幻一般的光芒下，我看见一群漂亮的海浮游了过来，她们花花绿绿的，色泽光亮的好像通体透明，就像村头小河边那群边洗衣服边嬉笑打闹的妹子们，心也是透明的。我撒尿的时候想到村头的妹子们一点都不脸红，村头妹子们是看惯了光屁股撒尿的男孩子的，她们三五成群在那些容易下脚的地方，一边依托青石板搓着脏衣服，一边冲着那些正在上风头撒尿的跟屁虫弟弟们喝道：滚滚滚，尿到下风头去。

有点扯远了，但绝对没有跑题，因为我有病，这种感觉与想法都是病情发作时我才会产生的。我妈是个没有原则的赤脚医生，当着我的面时就说我得了一种叫通感症的病；背地里跟别人说我时就认定是脑袋被挤了，有点毛病。我这人最大的爱好是鱼，不管什么鱼，只要颜色漂亮我都喜欢，我给这些鱼们起了一个共同的名字，海浮。我妈说不知道海浮这个词哪来的，但是我知道，很久以前我去过海边，有一群漂亮的小鱼浮在水面上，其中一个会说话，告诉我她叫海浮。这事我当然不能说给我妈听，她只会说我是神经病。我妈心胸开朗，她经常拿我那些健硕的兄弟姐妹打着比方，说我是不合格产品，出厂时稍微有点瑕疵。我比较认同得了通感症这种说法，虽然我并不能判定这种病到底是否真实存在，但我觉得能生这种病也是不简单的。

太阳光越来越强烈，我的听力就越来越敏感。在对着那群花花绿绿的海浮撒尿时，我有点神情恍惚，我看到尿液落入海水后，潮水涨了，涨起的潮水一波波向着远处扑去。而且，由于我流量超大的尿液，竟然导致了海水变淡，很多海生物的生存结构也会发生改变。

不过，差点忘了告诉您，我有如此大的尿量，在很多年前我是特战兵时就很出名。

二

2008年3月24日，清晨5点，我被装在一辆遮蔽严实的特战车里运到位于泰山脚下一处幽深的峡谷中。军区特战兵集训中心的负责人、中校指挥官葛兆云却提前了两个小时就站在训练场等着迎接我们了。我顿时预感，这不是一个好兆头。从几百公里外的部队驻地赶来的时候，因为天气不好，能见度很差，行驶速度打了折扣，晚到了两个多小时才到。

能看出来葛兆云一脸的怒气："为什么你们晚到了二个多小时？是必须要惩罚的！"他向车里望了一眼，走了两步靠近车窗，车辆里值勤的两个兵还在昏睡之中，因为一路上他们对我和其他10多名参赛队员大呼小叫，相互之间产生了矛盾，所以下车时队员们谁也没有喊醒他们。

葛兆云靠近车窗的玻璃，举手猛拍："睡什么觉！滚出来！"两个兵从惊悚中跳了起来，用了不到一秒钟的时间就飞蹿下车，像冬天里枯枝上蹲着的乌鸦一样，笔直地站在葛兆云面前瑟瑟发抖。

葛兆云没有理会我们，目光扫描了一遍，我们看得出，我们面前的绝对是一个不同寻常的人，葛兆云的眼神里凝射出坚定和干练的寒光。而我们这些在自己部队里个个犹如猎豹般勇猛的战士，不得不一下子给了自己重新的认识与定位。

葛兆云继续这样扫视着我们，不是检阅，而是从骨头里看透我们。每个人的头上都开始冒出汗水了，因为我们确实遇到了一个强有力的"统治者"。

葛兆云把他脚上穿着的长筒陆军作战靴故意走动出一些动静来，我们的心情就蹦蹦的紧张起来。葛兆云抬了下手，突然从迷彩服上衣口袋里摸出一支雪茄来，他点燃后，显得心情平静了许多："这样吧，今天不算惩罚你们，背上自己的行李，围绕这个操场跑步。"

有人问："跑多少时间？"

葛兆云不说话，只是用脚上的陆战靴在地上画了一条线后才缓缓说道："从这里开始吧，到太阳升到这个高度就可以结束了。"他举起胳膊，谁也没注意他抬起的是多大的角度。然后他拿出一副太阳镜戴上了。

人群开始向前窜出去了，我也跟着追了出去。所有的人都在围绕着指挥官站在操场中央的这个中心，用脚步和汗水一圈圈划着自己脚下的"圆"。

我们来的时候拿的东西每个人也就是有30公斤吧，有的箱子还是在地上拖的，被命令跑步了也只好抱着跑。我怀里抱了两个箱子，连续跑了30分钟，有10公里的样子，也不敢慢下来，更不敢停。麦收假的时候，我也曾经这样转过圈。爷们们站在场地中间厚厚的小麦秸里，手里一根绳子，牵着两头骡马，拉着一个石磙，拖着一块捞石。骡马转圈走着，爷们们也转圈走着，特别的是，他们的另一只手里通常会举着一个啤酒瓶子，眯着眼地喝，一副沉醉的样子，不时还含混不清地呵斥着骡马。那个年月，骡马在前面走，后面就会跟着我们这样的小孩子。

葛兆云的脸在太阳镜的后面藏着，谁也看不出他的表情来。我实在憋不住了，提出要去厕所，葛兆云想了一会，然后批准了。但是，当我20多分钟以后才回来时，葛兆云暴跳如雷，指着我的鼻子大骂：你他妈的，你这是多大一泡尿！

三

太阳强得让我睁不开眼睛，产生了耳鸣。我就是这样，会因为光线影响听力，又会因为声音而影响嗅觉。太阳光越来越强烈，我的听力就越来越敏感，开始是耳鸣，后来是轰鸣，再后来，我就看见真正的渔村姑娘海浮了。

我还沉浸在五官的通感和撒尿的快感的时候，轰鸣的机器载着一条小渔船靠近了我们的登陆艇，我的通感仿佛一下消失了，渔船船头站着一位身穿粉红雨衣的女子，雨衣遮住她的身体，但遮不住她的身材，她的头露在外面，面容姣好，海边的人总是很白，也有晒黑的，但是在房子里捂上几天就会变回来了。女子扎着一个马尾辫子，眉清目秀地盯着前方，也正是我的方向。

船头上，那个我后来知道叫海浮的姑娘冲我笑了一下，笑得很浅。而不久以后，这位叫海浮的女孩告诉我，那天她看到我在甲板撒尿，心曾经剧烈地跳过。

我是有通感症的，但有时候比谁都清醒。登陆艇冲滩之前，透过浓雾，只有我能洞察滩头的一切，直升机盘旋着袭扰轰鸣，机枪手飞快地摇动手柄将瞄准镜对准目标。

防空警报像厉鬼一样号叫着，指挥员继续发布短促的指令：战三、战四注意！右舷30度，长度15链，高度3000米，敌机两架，锁定目标！

登陆艇快速抵滩行驶。雷达仍然一片盲区，指挥员的指令已经有点杂乱无序：枪帆兵！枪帆兵！前甲板迅速就位！迅速就位！

我还在恍惚，但听得见战三、战四在复述口令：右舷30度，长度15链，高度3000米，敌机两架，目标！

指挥员发布指令：放！

一串密集的高射机枪弹打向高空，一架小型无人机尾巴拉起青烟，摇晃着栽进海里。我知道他们都看不到这些，这是演习，也不是真正的飞机，只是两只航模，他们的机枪只不过一番空射而已，没有任何实质性意义。但是有通感症的我却看得真真切切，一架航模尾部拉长了黑烟，摇曳着栽在我的脚下。

指挥室仍旧在喊：枪帆兵前甲板就位！迅速就位！

哦，我是负责登陆口瞭望的那个枪帆兵，我却给忘了。我提着裤子站在后甲板上，眼前一片空白，什么都没有了，那群五彩缤纷的海浮也不见了。

大雾哗地隐去，像是突然扒光了自己的衣服。七里长滩，海天翻覆，地倾山斜。

岸，像一座浮动的山，缓缓靠过来。突然间，天际绽开一片雷电，好似同时悬挂着几十个灼目的太阳。蓝军已发现了红军的行动，子弹随之骤发，如狂雹疾雨。

登陆艇开足马力，像流星飞矢，冲刺，靠上去！船底与浅滩拥吻的刹那，人借着震颤和惯性已经跃下。喷吐火舌的枪口顶着对方的枪口作答。

到达岸边的登陆艇像是大肚子孕妇，从前面不停地向外分娩着人。

步枪手像是一道道闪电，那些黑黑的脸膛和我们一起生活了好多天；我看见重机枪的支架搭在副射手的肩上，像是一条瘦而凌厉的猎狗扑在人的身上；我看见气喘吁吁的参谋长胸前挂着个红排排，像一头大肥猪一样吭哧吭哧跑着，伴随保障的通信兵不堪重负，背着几十斤的电台，像个小脚老太太一样，频繁地倒着小碎步。岸边炸起的硝烟里，炮车透迤而过，双管高射炮的炮筒子两柱擎天，靠近水面；完成特战任务的侦察艇奋力返回，像离弦的箭一样掀起阵阵气浪。

我还看见一片杂乱的礁石矗立在滩头海面上。登陆艇像疯了一样，直刷刷地冲了上去。一阵地动山摇的晃动，割开铁板的声音和尖叫，登陆艇半倾斜着身子挺立在礁石堆上，像是高水准的艺术家摆出的一幅绝美的画。

人员陆续下来了，顺着倾斜的前甲板呼啦啦跳了下来。跳下来的登陆兵冲向滩头，转眼没了踪影。

我终于不用考虑报告方位的职责了，穿过沙滩那一刻，我低头看了看，登陆艇冲滩时形成的细细的波纹已经包围了海滩，炮轰声仿佛如致命的军乐越来越响，铺天盖地。火箭弹闪着火光，在登陆兵的头上面嗖嗖地飞过。烟雾覆盖着海滩，被火燃烧的野草冒着一缕缕浓烟，懒洋洋地从悬崖上飘下来。

完成了编队的后撤，空旷的海滩只留下一具庞大的登陆艇躯体，跷立于礁石堆之巅。底舱门呼啦啦地向外流着水，和水一起流入礁石堆的，还有黑得发亮的燃油——尖利的礁石割破了底舱铁板。

船体继续倾斜，演习指挥部没人顾得上这一条触礁搁浅的登陆艇。指挥员需要自己做出决定。时间过去一个小时，最低潮时间过去，潮水开始漫涨，但是等不到海水拖起船体，登陆艇已经倾斜近30度了。指挥员无比沮丧地说：弃船部署吧。

指挥部里，参谋长拍着桌子破口大骂：就这么一条航线，每年都来，随便舀起一碗水，里面都有3滴我们撒下的尿，每个地方有什么情况心里不清楚吗？！这么大的雾能全指望枪帆兵吗？！今天是阴历十五，天文大潮，你跑那么高蹲着，就等到下一个十五再下来吧！这是航海人的耻辱！奇耻大辱！

四

很久以后，海浮神情凄婉地向我讲了她的故事，她说她想摆脱这种生活。讲述的时候，我们正好在海边，她的两瓣屁股坐在我的钢盔上。看着海水里游来游去的海浮，她说，我要是它们就好了。

邻居马金才第一次向海浮的父亲表达这个意思时，海浮还不懂这其中的含义，父亲红着脸支吾不出一句话来，他没有具体的感觉，他不懂荒唐，也不知所措。母亲显然心里明白，但她是个外地流浪过来的哑巴，她只是表情出现绝望和惊愕，其余什么也没表达。马金才说就这么定了，从口袋里拿出一卷钱塞到父亲手里。然后仔细看了看海浮的脸，走了。

马金才是个鳏夫。马金才一不养殖二不种地，全靠在海滩上捡海参，却竟然发了财。但是，发了财的马金才还是没找到老婆，他也就一直这么过着。

海浮初二的时候，家里实在没钱供他上学了。她父亲是个一句话也说不出来的窝囊人，榆木疙瘩能翻身他都翻不了，所以只有捡了一个哑巴老婆，这一点他又比马金才强些。哑巴女人很争气，先给他生了漂亮的海浮，又给他接连生了3个泥鳅一样黑黑的儿子。父母养活不了这些孩子，海浮也指望不上上学。马金才过来了，把钱塞进海浮父亲手里说：养孩子的钱我付，学费我付，海浮上到初三，归我。海浮讲述这段事情的时候，非常平静，就像我第一次见到她时一样。那时候，她安静地站在船尾，我安静地站在船头，只是偶尔相顾一望。

参谋长发完火以后，冷静细致地挖苦了下达弃船部署命令的艇长一番，说艇就是你的阵地，艇长当与阵地共存亡，最差你也得是最后一个离开的。可是呢，参谋长像想起什么一样，从口袋里掏出一包烟，捏出一支塞到嘴里，艇长赶忙去点火。参谋长说你在那站好就行了，我怕你一把火把我给烧了。抽了烟，参谋长思维就开阔多了，说你他妈的倒好，刚有情况，全艇弃船，换成抗日战争年代，你就和1937年宣布不抵抗的东北军一样。张学良不抵抗有蒋介石给他撑腰，谁给你撑着？指望我吗？那我得办你！

艇长头上的汗珠一串接着一串地往下流，小腿站得也有点哆嗦了，脑袋低得都快颈椎出毛病了。艇长一定最恨的就是我，可是这也不是我的错，我是个病人，有通感症，虽然我不说，但是我的病症很明显。听着参谋长在那摆龙门阵，我的通感症又犯了。看到一群花花绿绿的人围在登陆艇周围，我不得不掐了掐自己的大腿，然后四处走走，以转移自己的注意力。

房间里的参谋长灭了烟，拿起潮汐表，又看了看电子海图，呜里哇啦地发了一通指令，然后大手一挥，艇长像是一只瘪气球刹那间充满了气，怦地冲了出去。

潮水终于漫过了登陆艇的底部。这时候已是深夜12点了，因为是阴历十五，这个当日的最高潮，也正是当月潮水的最高值。如果撤不出去，那就只有等到月底或者下一个阴历十五了。

岛上的居民是在晚上10点左右赶来的。他们手里拿着各种盘和编织袋，不远不近地围着，还有一些驾驶着渔船散落在登陆艇的周围。乍一看，这是被包围了。渔民的情绪显得很激动，互相推挤、叫嚷着，都想往前站。

艇长紧张地部署任务，指挥登陆艇退陆。其实已经不需要退陆了，巨大的潮水加上风力的影响，登陆艇的整个躯体已经在向着海面浮动。

我就站在登陆艇的船头，看着尾部围观的那群渔民的身后，是一位身穿花布小衫的女孩子。她的头发很长，在海风的轻拂下，一簇簇散开着。和其他人的注意力不同，女孩子没有一直盯着船体，而是看向海的方向。

螺旋桨的部位率先离开了礁石滩，机器浑身抖动着发出了轰鸣。艇长用汗水洗去了紧张的情绪，沉着稳定地指挥着登陆艇滑入海中。螺旋桨排起的浪涛反复地扑向滩头，礁石堆掀起一堆堆人群。渔民终于等来了机会，他们疯了一样扎在礁石堆里，展开了疯狂的抢夺。但是，女孩还是站在那里，没有动，因为她这样瘦弱的身躯实在没有下脚的地方。

很多年以后，这位叫海浮的女孩告诉我，每次涨潮都会在礁石间漂过来很多海货，一些带有吸盘类的软体海物会仅仅攀附在长满绿苔的船体底部，在船体离开的时候，产生的波浪会将大量的海货冲上来。海浮说，对于船来说，到了礁石滩是个麻烦，但是对于渔民来说，是一场难得的收获，渔民把这叫作捡滩。

而我，就是在那一晚的船头，内心再不能抹去海浮的印象的，当然，我的通感症却离奇地好转了。

五

到葛兆云的队伍里来，是很突然的一个通知。说实话，我的心情确实很复杂，当兵五年了，立功两次，我所等待的是机遇，一个可以改变身份与命运的机会。当然，未来是一条无法预知的漫长道路，但是我的梦想——提干，还在折磨着我的心。父亲在给我的信中说：时间对你来说，五年足够了，你要能对得起自己，机会不多了。

集训队员睡在峡谷中贴近南侧山坡的帐篷里，幸好，帐篷是已经搭设好了的，只要搬进去住就行了。都是通铺，密密麻麻的，一个多余的空铺都没有。

我们的东西放在两个铁皮箱里，没有锁。帐篷一字排开，全部依山搭建，具体负责管理的是一个上尉副队长，隔壁的都是其他部队的侦察兵尖子。

这个幽深的峡谷里有很多场所可以训练，特别是在山地障碍方面的天然场地设施，实在是太精妙了。峡谷深处有一个水库，正好可以作为一个大大的综合游泳场，副队长说旁边就是加压仓。这些设置，看了之后感觉就像传说。

我要求给老部队打个电话，这个小小的要求被无情地拒绝了，上尉副队长说："峡谷里没有信号，这是天然的封闭训练。"

我旁边睡的是一名干部，叫庄炎民，以前听说过他，特战技能很优秀。不能说同行是冤家，但对于他，我从内心里就和他有距离，不愿和他多说什么。庄炎民似乎很有号召力，也很有训练方面的经验，有一个叫张志敏的第二年度兵可能是他连里的战士，这个战士素质不错，我们同属于40公里定向越野组的。张志敏很可爱，每件背心里面都缝着小口袋，里面藏着秘密，一有间隙就会拿出来眯上几眼，有时还会叭叭亲几下。张志敏告诉我们，那是他的小乔，亲爱的小乔同志。张志敏说的时候，眼角都会流出蜜来，但是我们要看照片他就不愿意。我们定向越野组的几个人就约好，有一天，一个故意说，张志敏你那女朋友照片昨晚我偷摸看了，你睡着时候偷看的，不咋样，挺丑的，最要命的是怎么长了个扫帚眉，这样的女孩子不好。张志敏一下急眼了，也顾不得说别人侵犯他个人隐私了，一下就掏出照片给我们看：你们看，你们看，谁说这是扫帚眉，这是典型的柳叶眉。我们都说：哦，这是柳叶眉吗？有点像。我们就接过照片一个个仔细看，看完都叭叭地亲着响嘴，说：还是这小嘴好啊，樱桃小口，哈哈哈。

张志敏知道上当了，就气得不和我们说话，我们笑够之后，一本正经地夸他的小乔同志如何美丽又有魅力。张志敏高兴了，说，这不是什么秘密，小乔本来就如此美貌。

那些天，张志敏搂着小乔的照片每晚睡得很香，我们调侃完关于张志敏和小乔的话题后也睡得很香。

后来，张志敏收到小乔的一封信，张志敏自豪地让我们大家都看了，小乔在信里反复说她想念张志敏了，张志敏就有点心动了。晚上就睡不着，装作很担心地问庄炎民要是跟不上训练进度，会不会很快被淘汰？庄炎民翻过身照着他头上使劲敲了一下：你那点鬼主意，少打！给我好好训练就行了，别想着淘汰，就是淘汰了你也别想回去，我用根绳子拴着你天天和我一起练。张志敏吓得不敢吭声了，庄炎民又说："你这素质，要想赶上你们组里的几个老班长，还有段距离，但是你身体好，是种子选手，是好种子，那就得施优质肥。明天起，每天比他们晚睡30分钟，早晨早起10分钟。"

集训队里的艰苦远非特种兵们能想象的，那种对精神意志的磨砺，将一生都对我们起着重大的作用。第一个月是适应期，要知道，把身体、精神、各种习惯通通改成一种固定的模式，这是多么可怕的一种自我转变。我们开始按照规定统一理了光头，副队长还报告了第一个月的训练计划：每天一次的10公里考核，每个星期两次的30公里考核，每天水库泅渡10公里。射击科目本来是个可以身体放松的训练，但葛兆云没有放过我们。为了弥补这个科目训练时体能不足量的问题，规定每出现一次脱靶，围绕训练场跑5圈，也就是2000米。

巨大的压力在每个人身上都有不同形式的表现，一到了晚上，那么多人都会说梦话，我曾亲耳听见张志敏几次喊出小乔的名字。

六

残酷的、超强度的训练使我一天比一天脾气暴躁，越来越感觉到这种折磨带来的难以喘息的抑制气氛。在这里，训练内容倒是经常变换的，主要是根据每一阶段的身体状况。有些时候，一连数天都是射击，连续几天狙击射击之后，每名队员似乎都着魔似的和枪结下了缘分，耳朵里全是子弹的轰鸣声。

集训队的纪律非常严格，有一天几个人不知从哪儿弄来了一瓶白酒偷着喝了，结果晚上点名的时候有两个直接站不稳了，第二天上午，太阳刚刚出来葛兆云就集合部队，让队员们戴着防毒面具行军15个小时。

天气非常炎热，戴上防毒面具，再穿上厚厚的服装，集训队员在这15个小时里只有在吃饭的时候才能取下来10分钟，过不了多久里面就全是雾气。后来我们热得实在不行了，葛兆云就说：下面有一个小游泳池，里面的水是干净的，可以洗脸。因为热，我们都要脱下防毒面具来洗脸，正在这时，埋伏的教练员乘机同时扔出四五个发烟CS毒剂手榴弹出来，使人来不及擦干皮肤就要戴上防毒面具，而皮肤上的水会吸收毒气，马上就会有一种灼烧的感觉，不敢碰不敢挠。最后我们被赶到一个地堡里，教练员向里面扔烟雾手榴弹，防毒面具功效很好，但是最后出来的时候，教练员说必须解下防毒面具出来，出来时个个都废了，像是秋后霜打的茄子一样四肢无力，只有趴在地上呼吸的劲。呼吸道有一种强烈的灼烧感觉，眼泪不停地出来，鼻涕也开始淌了，一波接一波。

到了晚上，老葛吃完晚饭突发奇想，决定拉练。计划到济南再回来，我们当时真的是有点害怕，简直不敢相信自己耳朵，但是无须犹豫，10分钟的时间我们的个人物资就全部准备齐全了。老葛让司务长搬过来一台磅秤，挨个给我们秤个人物资的重量，统一为30公斤。

一路上，我们走得晕晕乎乎，因为是个阴天，还飘着小雨，没有清晰的视野，大家只能凭着感觉深一脚潜一脚向前迈，走久了，整个人犹如喝醉了酒一般，似走在云里雾里一样。我们是晚上7点左右出发的，到了济南近郊的时候，大家都松了一口气，因为毕竟走完了，不管如何，总算可以找地方休息了。大家总算有了一点生机，一些对济南比较熟悉的队员已经开始盘算在某个好地方休息了。

我们就要接近市区了，再走下去肯定要惊扰居民的休息了，大家都约莫该是休息的时间了，走的步子也开始散漫起来。但越是我们渴望的就越是我们注定失望的，葛队长的喊话器响了：各班长注意，马上组织好人员，按原路返回！几乎没有时间调整，作为班长，我迅速清查自己的所属人员，汇报后随即折头往回走，这一路上那个折腾，真不是一般的痛苦。凌晨快两点的时候，我们到了驻地，大家心里的气愤仍没有泻掉，觉得老葛今晚这个训练有点过火了。特种兵们的情绪老葛是比较清楚的，而他又是那种火星子脾气，有事可以当面讲，但容不得怄气的。果然，他做出让我们又大吃一惊的举动：去水库。

特种兵们在惶恐中到了水库边，被迫下了水。老葛说：泡上3个小时吧，清醒一下脑子，到了起床时间就可以上来出操搞体能了。半夜里，那水真是凉啊，透骨的凉，特种兵们蹲在水里瑟瑟发抖，大家都蜷成一团，但根本无济于事，凉气直逼进心里去。

老葛坐在岸边，也不睡觉，让通信兵拿来白酒，自己举着一口一口地喝。特战兵们就在水里带着绝望又带着希望地看着老葛，既希望他能开恩让队员们上来睡觉，又觉得这根本不可能，但即便这样，仍然没有人提出放弃，大家都有荣誉感啊，这可不是那种空话大话，这种荣誉感可以说是个人的比较多一些，回去没法交代啊。但是老葛又出新招，他说：看着我自己喝酒不给你们喝，这样不公平，通信员，去把冰箱里的几瓶冰冻的啤酒拿来，大家传着喝点凑合吧。我们都麻木了，连生气的力气都没了。通信员拿来啤酒，那个凉啊，拿在手里就是冰。老葛说：啤酒不多，是个心意，每5个人喝一瓶。

大家开始传着喝，谁也不愿多喝一口，谁也不敢少喝一口，大家在哆嗦中完成了这个特战兵集训史上的壮举，完成了从里到外、从头到脚，完完全全的四肢冰凉。那次也是唯一一次，我站在水里却没有去想海浮。看来，我的通感症也是可以治疗的，训练就行。但是，我宁愿有病，也不愿在这个集训队里再待了。自从老葛的高压强化训练实施之后，我更是死心了，管他什么荣誉不荣誉的，从内心里已然和我无关。

以前我是个倔强的倒了都不会散架的人，但是这些天，我恍然间有点麻木了。我那个即将分手的女朋友在信里骂我：你就是个傻子，只知道训练，跑得比驴都快，又有什么用？她还举了一个例子，说她村里一个在哪个后勤仓库里当兵，因为及时解除了险情，避免了一场火灾，荣立了一次三等功，而在当年的提干名额上，整个仓库里就他一个人立过功，所以虽然他只有一个三等功，但却去上了军校。

这个事情让我想了许多。毕竟，我是带着想法来的。我综合了队里的情况，进行了细致的比较分析。虽然我已经有了两次三等功，但是在这个高手云集的集训队里，立过两次三等功以上的人多如牛毛，几乎算是进队的敲门砖，甚至还有10多个荣立过二等功、一等功的，他们都是数次参加过国际特种兵比武的尖子，为国家取得过荣誉。我虽然仗着40公里定向越野第一的优势在集训队里有一席之地，但毕竟军事技能过于单一，而且缺乏大赛的经验和履历。在这里，我就是个扔进人堆里都找不到的角色。提干，几乎看不到什么希望。

树挪死，人挪活。此路不通，我就开始想别的招了。家里是指望不上了，我那负债累累的家还指望着我呢。就连谈个身材三等残废的女朋友都还对我挑三拣四提出一堆要求，我也算是孤家寡人穷途末路了。有句话好像是这样说的：没有关系找关系，没有关系创造关系。那我试试运气吧。

训练休息时，我假装上大厕，一个人蹲在角落里掰着指头扒拉当兵这几年认识的"人物"，数来数去，我就想起新兵时的老排长了，眼前一亮。老排长正好在上级机关的军务部门，调动兵员对他来说不是大事。我向集训队请了一天事假，说事情很急，说得老葛于情于理不得不批。在和女朋友反复商量后，我说我必须得有充足的理由才能去，我老排长的脾气我知道，只要能说服他，他办事很快，如果理由不成立，那就彻底泡汤了。女朋友亲自给我编排了一出戏让我来演。

那天，我一进到老排长办公室的门，来不及寒暄就扑通跪下来，哭得鼻涕一把泪一把的，说父亲得了绝症，剩下时间不多，想调到离家比较近的一个后勤单位去，也好尽点做儿子的责任。老排长被我整得也感动了，眼角湿湿的，就说他问问情况再说吧。我怕夜长梦多，就哭得更厉害。这点我自己都佩服自己，说哭能哭说笑能笑，怪不得小时候就有人说我是个演员的命。老排长实在受不了我的"攻势"，虽然没有确定，但也表了态：马上就办。

咽下这颗定心丸，我就和特种大队关系不大了，和这个集训队也可以很快一刀两断了。就这样，我以一副无所谓的态度开始混日子了。但是，我调动的事情还是被大家知道了，因为调令到了。

那几天我甚至不敢经过葛队长的帐篷，而同时又希望能碰见他，希望他能把我喊住，通知可以打背包走了。虽然我还不知道会去什么单位，但任何单位也比这个鬼地方强。

七

队员中开始弥漫着一种情绪，一种强烈的对我看不起的情绪，我开始和大家的冲突表面化了。以前，我是40公里定向越野的头号选手，大家都敬着我，现在没人正眼看我了。只有张志敏，这个还算是个孩子的小战友，还会经常喜滋滋地告诉我关于小乔的话题。我告诉他，喜欢的人就一定要把握好，付出再大代价都值得。而对于其他人的冷眼，我才不在乎，鸟有鸟路，蛇有蛇道，我能走是我有能耐，你们就羡慕去吧。

但是也有让我纠结的事，那些天，正值3天1次的模拟演练，一个萝卜一个坑，在没有正式通知我离开之前，我毕竟还是队里的核心队员，还要演好自己的那一摊角色。不参加演练是不可能，但不再去卖命是完全可能的。我就想起张志敏了，我找他聊了聊，因为我是40公里定向越野组的组长，和张志敏说话等于半命令半商量。我让张志敏顶起我这摊事，虽然我也全程跟着，但基本上都是由张志敏来完成。几个演练下来，张志敏居然可以组织得有模有样了，我心里稍微宽慰一些，对张志敏说：等有一天你得请我客啊，拉着你那小乔一起请我，不是我锻炼你，你能进步这么快？张志敏嘿嘿一笑：好，一定请你，你壮得像头牛，就吃牛排！

我让张志敏组织40公里定向越野训练的事很快传得人人皆知，当然，这是我故意放的风。其实，我最希望老葛能听到，哪怕他一个人知道就够了，那样他就能明白，不把我放在一号种子位置完全可以，地球离了谁都照转。当然，这种自诩性质的话我只能在小说里说说，平时训练中哪好提这个呢。

当月的综合演练总结会上，老葛把集合全体队员讲话，先是讲评了一番，有轻有重，提了几个科目搞得不错，也提了几个不好的。不管好的与不好的，都没提到40公里定向越野组的事，我有点放心，又有些忐忑。果然，老葛有话要说，话说得很重，而且我感觉就是在说我，老葛说：不要太自以为是，不要觉得自己了不起，一个抛弃集体利益与荣誉的人，一定会被集体所抛弃，迟早的事。

老葛的话让我想了很多，但最后，走的欲念还是战胜了其他一切想法，因为女朋友一天一个电话的追问让我实在无暇多顾。于是，瞬间的良心不安又变成了焦躁不安的等待，希望老葛找我谈这个事情。

终于，我和葛队长碰面了。他说："你的调令就在我的桌子上，你拿去吧，拿到就可以走了。"葛队长走了，剩下我一个人茫然若失。

很快，帐篷门口聚集的人越来越多，有人把我的被褥扔在了外面，他们喊道："要滚就快点滚吧，别他妈的在这里占名额！"

我无法形容自己那个时候的难过与窘迫，我的脸在发烧，在众人的目光炙烧之下，犹如一个偷了东西的贼被当场抓住而游街示众，只不过现在我不是偷，而是毫不犹豫地在损害这个集体的利益。而这个集体，是曾经和我一样，用一滴滴汗水不停累积着荣誉的战友们。但我还是走了，送我到大门口的，竟然是我一直极为排斥的庄炎民，还有稚气未脱的张志敏。庄炎民握握我的手：人各有志。我理解你，希望新的单位能完成你的梦想。

我要去报到的单位是某后勤船运大队。这让我非常兴奋，船运大队，胯下骑着军舰，那是多么威风的事，再不和这帮土包子一样了。

然而，后勤船运大队的情况完全不是我想象的那么简单。在这个绝对依靠技能而非依靠体能的地方，我几乎无用武之地。我干不了航海和机电专业，只能去枪帆部门，当了一名负责整理缆绳的大头兵。

在特种大队，我是40公里定向越野的种子选手，在这里沦落为打下手的角色。我心里不服，也无法平衡。我瞧不上别人，别人也瞧不上我，好像大家互相都很别扭。我觉得我的通感症突然间就严重了，不但进入了幻觉，而且茫然无序。

在漫长的航行中，我什么都不会干，也什么都不想干。我天天对着一群鱼说话，这群鱼就像我养的一样，每到吃饭的时候它们就游弋在登陆艇后甲板，我会把剩菜剩饭倒给她们，它们吃得无比欢快。我和它们可以交流，但别人未必相信，我从它们的摇头摆尾中读懂了它们的话语。这群海浮，一定是大海最漂亮最善解人意的精灵。

但是艇上开始弥漫着一种情绪，一种强烈的对我看不起的情绪，我开始和大家的冲突表面化了，谁也不会因为我曾经在军事上的突出而尊重我。

对于登陆艇触礁搁浅，指挥部进行了严肃处理。指挥员说我魔怔了，也没有追究我的责任。军务部门找我谈话，说考虑到专业带来的工作障碍，准备把我退回原单位，但是先征求我的意见。

那天，我一个人坐在码头，突然接到电话让我去门卫接见客人。在这里我还会有客人？我兴奋地想，难道是海浮？

八

我去会见的客人竟然是庄炎民。庄炎民说他来这个城市是参加张志敏的葬礼的，这让我惊愕得喘不过气来。庄炎民说，集训队要夺荣誉，压力大，任务重，40公里定向越野和渗透破袭这个科目是比武的压轴戏，我走之后，是张志敏接替的。但是，在比武前的最后一次演练中，张志敏在翻越一座山谷时不幸掉进山崖牺牲了。

我的脑袋轰的一声响起来了，无法相信，也无法面对。我几次张嘴，但久久说不出一句话，也不知说什么，眼泪哗啦一下涌了出来。最后我对庄炎民说，你和我一起去军务科，我想现在就回到集训队。

手续办理得很顺利，军务科长说：从野战部队调到这单位的人不少，但同意退回原单位又主动过来办手续的你可是第一个。我想我没必要和他们解释太多，他们永远也不会明白一名真正特战队员的内心与使命，还有那份视荣誉为生命的拼劲与韧性。在这条路上，我曾经迷失过，但所幸，我凭着一名特战队员的灵魂，还能原路返回……

办完了手续，我如释重负，回到艇上，庄炎民帮我一起整理完了个人物品，我和登陆艇做了彻底的告别。艇长组织全艇人员到甲板上列队送我，仿佛我不是一个犯过错误的人，而是获得了很多荣誉的英雄。是的，我曾经获得过荣誉，非常多的荣誉，但那都是在特种大队。而在这里，我做出了什么呢，什么都没做，唯一能让人记忆犹新的是，由于我的失误，让整个登陆艇差点报废，想想我都后怕。没有人埋怨我，也没有人遗弃我，战友们与我一一拥抱、一一握别。我的艇长，一位18年的老船艇，攥着我的手意味深长地说：不是你不优秀，而是你不适合，到能发挥自己的岗位上去，我们都支持看好你。或许将来，你比我们更出彩，但你永远要记住，兵，要有兵的职责，军人，要有军人的担当。

我眼睛湿润地离开了后勤船运大队，感谢他们善良淳朴的友谊，给了我更多的勇气和毅力。我提出要去张志敏的墓碑前看看，庄炎民想了想答应了。我们没有惊动张志敏的父母，假如见了怎么说呢，难道告诉那对悲伤的老人，他们儿子之所以牺牲，是因为顶替某个人执行任务，而那个人现在就站在他们面前，而且还有着强烈的通感症？

张志敏安葬在一片政府公墓里，沿着台阶，我们到了张志敏的墓碑前，我的眼泪哗啦一下无法止住，黑白的照片，是刚入集训队时我们一起去照相馆照的那张。英俊的脸庞似乎还留有一丝稚气，微微笑开的嘴角，还是那熟悉的模样。墓碑上的字很简单，刻着"烈士张志敏之墓"，当兵的牺牲了，能给父母留下什么，只有烈士二字，或许能给悲伤的心一些安慰。每个人都要死去，最重要的是生命的价值和意义。或许就像临行前艇长的那几句话：永远要记住，兵，要有兵的职责，军人，要有军人的担当。张志敏烈士，正是用兵的职责和军人的担当给国家，给军队，给父母，完成了一份富有分量而又饱含金子般价值的回答。

墓碑下面放着一束鲜花，一束红色玫瑰花，微风吹拂下，仿佛一团跳动的火焰。花束下面压着一张心形的信笺：志敏，今生无缘，来世再见，一路走好……

我的眼泪又一次涌出，我和庄炎民都知道，这就是那个小乔，那个在张志敏嘴里活蹦乱跳的小乔。可惜，她再也不能见到她爱的人了。而我呢，还在因为一个极具功利心的女朋友而置集体荣誉于不顾。但是现在，她不会再打扰我了，因为在知道我无法提干之后，她已经彻底离开我了。

和张志敏说些什么呢。张志敏的牺牲，我有责任，张志敏的悲剧，因我造成，我无法原谅自己。庄炎民将我拖起，说走吧，别让牺牲了的战友再受惊扰，如果要还回这个心愿，那就比武回来带着功勋章再来看他吧，那也是他的心愿，更是整个集训队的心愿。

回来的路上，我最担心的是别人怎么看我。庄炎民说兄弟们永远都没把你抛弃。庄炎民还说，他之所以去找我，并不只是他个人的意见，还有众多战友的想念和期盼，特别是老葛，训练中还是坚持把我当作标杆。我谢谢庄炎民，给了我这么好的理由，也谢谢老葛，还会宽宏大量地对待着我，但是我心里还是万分不安。特别想到张志敏，我就感觉像是做了一回窃贼，偷了东西被捉之后，又敲锣打鼓送到家里一样自卑。毕竟，我偷过自己的良心。

回到集训队后，我的种种担心都是多余的。根本没有人还有时间考虑我这些破事，大家就像看到我请假外出刚回来一样，骂我：王八蛋，出去了，回来不知道带点吃的，哪怕一块熟牛肉也行啊。我有点机械地点着头：好好，我下次带。大家哄堂大笑：带个屁，赶紧收拾东西，今晚就进入情况了。这么着急的节奏！难怪庄炎民死活不愿在外面吃饭，直接赶回来了。

九

终于，我们出发了，去迎接那场具有非凡意义的全军特种兵大比武。作为军区的特种兵尖子，我们使命重大。在汽车上，临近烟波浩渺、青云浮动的白马山，一种慷慨的斗志油然而生。

考核现场在一处侦察兵综合训练基地里，基地很大，前冲大海，背靠群山，真是英雄逐鹿的好场所。主席台前，各个军区的参赛队排成方队，个个精神抖擞。这里不仅是个人的荣辱榜，更是集体的荣辱榜。作为每名特战队员，经历许多的磨难之后，追求胜利的渴望会变得更加强烈，就像森林里一头饿狼对着血淋淋鲜肉的渴望。

各种车辆都被要求远远地停在距离作战区域遥远的一片平缓地上，被裹住了迷彩伪装网予以封存。作战区域边缘最高的一处山头上，考核组的作战指挥帐篷已经搭构完毕。

第一项比赛是综合战术利用，地点设在一处靠近群山冲沟的大海港湾处。我是一个背负良心重负的人，我是一名特战队员，那就用特战队员的方式来洗刷自己的耻辱吧。首战用我，经过我再三要求，集训队同意我除了挑头40公里定向越野和渗透破袭科目之外，同时参加综合战术比武。

综合战术比武主要是评判特战队员对水上、水下特战技能的使用及对滩头工事和防御之敌的战斗能力。面对严阵待发的各特战分队，身材高挑的现场考核指挥员下达着战斗任务："特战分队对滩头冒犯之敌进攻，可能得到步兵、炮兵、防空兵、电子对抗兵、工程兵、通信兵、防化兵、陆军航空兵等的配属，还可能得到航空兵的支援。通常进攻正面：6至12公里；纵深：1至2公里。

"特战队员待机地域距敌前沿：15至20公里；进攻出发阵地距滩头前沿：1至3公里。担任登陆战斗任务时，登陆正面：6至8公里，纵深：2至4公里。通常可以自行选择两三个登陆地段，每个登陆地段和正面和纵深各为2至4公里。陆上作战队员由冲击出发线距滩头2至5公里。

"战斗分界线从任务后沿起算，小组之间距离1至2公里。差时发放小组，其中，第二小组在第一小组发起进攻后3分钟跟进，为分辨清晰，两舟距离最短保持在二三米。展开线为30公里，从行进间发起攻击时，距前沿2至5公里。陆地战斗队可在此时直接支援海上分队的滩头主攻和侧后火力配置。"

车辆迅速调整，准备把陆上战斗人员运送到出发阵地。行动小组分为水上和陆上两个小分组，我和3名队员负责水上任务，庄炎民和另3名队员负责陆上任务。整个行动以协作精神为主。

远处的橡皮舟冲锋队正在集结，我和其他所有负责水上任务的特战队员们，全被冲锋舟送到了离岸边20公里处的一处孤岛上。我们每4人一艘橡皮艇，但是在到岸边的20公里的距离中，却漂浮着近百颗轻度杀伤水雷。

近处的特战队员正飞身跃下运兵车，他们都迅速到达自己的活动区域，隐蔽好后，像真正的猎手那样，等待捕杀猎物的最佳时机。

指挥所的信号灯在不停闪耀着，一双双眼睛在注视着平静的海湾。太阳隐去，雾气上来……两发红色信号弹打入上空。湖面的滩头阵地，机枪开始密集射击，橡皮舟冲锋队在隐约的水面上猛然闪动。陆上战斗队员猛然屈身，他们豹子一般跃离出发阵地，向两公里以外的战壕和掩体抢去。其余区域的敌情都无从估计，大批的假设敌人，在强烈的火力掩护下，拥有可以开枪的权利。

雾色当中，隐约出现橡皮艇的影子。空中的直升机再次巡飞过来，打出一梭子弹，从我面前的水面"啾啾"飞过。特战队员樊国庆举枪射击，但毫无用处。崔大建拼命划桨，后面的假设敌追赶而至，一艘橡皮舟直追上来。

"超过他！超过他！"我起身大吼。崔大建把桨划得飞快，"咚！"一声巨响，水雷炸开了，刚刚超过我们的那艘橡皮舟在大火中翻过去。尽管这种低度水雷不会带来伤亡，但人被掀翻在水里，好长时间的折腾才能重新启动。

又一艘橡皮舟飞驶而过，是西北特种兵组成的一个队，西北特种兵虽然水上科目不是强项，但特别能吃苦，不敢小觑。岸边壕沟里的假设敌机枪狂吼，子弹更加密集，但都在一定的高度之上，正常的行进高度可以避免。特战队员在机枪的扫射下巧妙绕过炸点并完成了规定战术动作，在陆上队员的火力掩护下向纵深的丛林挺进，消失了。

庄炎民匍匐在岸边灌木中注视前方。橡皮艇陆续接近岸边，我正把手榴弹的拉环盖打开翻身下水："快跟上，侧身前行！"樊国庆、陈荟杰、崔大建分别从各自就近的地点抢滩登陆。爆炸声此起彼伏，阵阵沙土飞扬，和浓郁的雾气混合在一起。

"摧毁滩头战壕！"庄炎民冲我一挥手，自己率先起身向自己小组登陆地的滩头战壕冲去。不摧垮战壕里的敌人，我们无法上岸，而按照规定，又必须在他们登陆瞬间摧毁。我甩手就是六颗捆绑一起的手榴弹：轰轰轰轰！一阵浓烟掀起。

庄炎民机枪掩护："快进树林！低腰前进！"我飞速奔跑，慌忙中被什么绊了一跤，一个缩头，再一个翻滚，人已在几米外站住。崔大建和陈荟杰边跑边还击，庄炎民则把机枪直对着战壕，"哒哒哒"一阵狂扫，那些假设敌早已钻入掩体，只激起一阵烟尘。

指挥所里，将军坐在大屏幕前观看进程，皱紧了眉头。没有亲身经历过这种比武的人，永远无法想象出穿插途中的窘迫之状。

一队假设敌蜂拥而至，我们被迫进入一处沟底，假设敌经过时胡乱地用空包弹对着沟底一阵扫射，子弹从庄炎民鼻子尖上飞过。幸好雾气太大，假设敌并没有发现我们。

这时，浓浓的雾气笼罩了整个岸边……天好像完全黑下去了，四周影影绰绰，我们其实都没什么方向了，就是要拼命蹿出密林。

天空，已经像看不到边、窥不见底的深潭，更增添了几分恐惧的寂静。凭着直觉，我起身绕到离战友很远的一处壕沟里，瞬间连往对面密林点射，然后迅速趴下。这时，密林深处潜伏的假设敌狙击手慌乱还击，一片激烈的枪声。庄炎民默数着敌火力点，对身后的队员说："总共7个火力点全在右边，我们从左边找出突击路线。"

狙击手射来的橡皮子弹蝗虫般在我们身边乱跳。每分钟内，我们都承受着十几次"中弹"的危险！我们分散开在密林左侧狂奔，40分钟后，小组8名队员全部汇合，完成第一通过带，我们的综合战术运用拿下第一板上钉钉了。单项比武都不用担心，丢分也没事。剩下最重要的，就是40公里定向越野和渗透破袭战了。

十

海浮把船开得飞快，发动机轰鸣中，她来回穿梭着，她的驾驶技术好，就像海风一样流畅。天气却不好，无人飞行器预报的，是未来十小时之内云层将会增厚，还会有大风和雨。就是现在，海面上已经在刮着强劲的风。海岸并不远，有一座高耸的山峰，被一片绿色覆盖着，海浮说，当地人叫这里死亡谷。

死亡谷的正面纵深，是巨大冲沟形成的一条便道。在密林似的地雷群和障碍物后面，俯瞰着茫茫海面的是假想敌的队伍，他们守候在被层层铁丝网包围的地堡、水泥掩体和交通堑壕里。

由于濒临沿海，气候不同，在内陆条件环境下最富经验最优秀的特种兵，一到这里也有点不适应。前期特战阶段，他们一整天猫在潮湿闷热阴暗的观察堡中不能活动，又要长时间进行枯燥乏味劳神的观察，直至把对方每一细小地形外貌及附近地物分布特征烂熟于心。

有人边发牢骚边嘲笑地说：搞个演练都演成真的了。司令部却说：从难从严从实战练兵，是中央军委传达的最高指示，再不能把演习当成演戏了。

海浮的小船上是我的队伍，7名化装特战队员。去找海浮之前，我受领了化装特战的任务，假想敌的指挥部在另一座岛屿上，我的任务是带领特战小分队实施40公里定向越野和渗透破袭任务，这是比武的最后一项。

距当地老渔民说，那座岛屿是典型的四无岛，无居民，无耕地，无淡水，无班船。常年少有人去，只有船只在海里遇到大风浪的时候才会到那里避风。而不久之后，海浮提供的情报更让我觉得困难重重，那座岛屿地形复杂，冲沟较多，形成接连不断的深谷，如果走上一个纵深，实际距离差不多为80公里。

去找海浮那天，是个下午，我和她谈了很久。她抹掉那滴眼泪之后又说，还有两个月她就必须嫁给那个马金才了。我们聊了很久，也聊了很晚。我见了她的父母，那对可怜的父母，他们攥紧我的手，久久不放，无声地哭了。但是在她们确信我要带走海浮作为执行任务的向导时，他们又很激动，使劲地点着头。我看了看海浮，她银铃般地笑了。

夜，静悄悄的。强劲的风息了，海水也悄悄地翻滚。远处的岛屿、大山隐没在蓝幽幽的雾霭之中，想必林中的金丝鸟儿早已沉睡。草叶正与露珠团圆，灌木在微风中轻轻漾动。这绝不是我犯了病，而是海浮给我带来的兴奋。

反复观察之后，根据实地情况，特战队员们以扫描的方式把对方阵地进行了详细的观察记录。虽不能知道具体，但也能知道一个大概，每一方都是这样的，但是我们都是向着一个前方目标进行，这造成行进在最前面的可能会同时产生多个对手，而行进在后面的可能一个对手都碰不到。很多对手会在自己指挥所很远的地方布设欺骗的篝火炊烟，以使人误以为那是指挥所而在那里埋锅造饭。战斗一旦打响，任何一方的指挥所都可以被攻击。

实践，是一部创造人类智慧的伟大机器。实战，把士兵的智商提升到了"战地学"专家教授的水准。

遍地生长的植物更多是一种矮小多节的灌木。这些灌木丛对于我们这些特战兵来说，是再好不过的荫蔽和栖身场所了。

死亡谷保持着原始的交通封闭，道路蜿蜒曲折，山地间大都是些羊肠小道，由于植被茂密，这些小道已被带着尖刺的植物侵占了很多，人员只能一个一个地通过，但这里的森林为徒步的特战兵提供了极好的隐蔽条件。无数狭窄的山谷、羊肠小道以及刀刃一样的山岭，能使处于被动地位的对手充满时刻被猎杀的恐惧。

十一

我放大后的眼球贴紧杯形橡皮眼罩，慢慢地转动潜望镜，在那层扭曲图形的闪光的水沫从镜头上消失之后，前面的蒙眬景象变得清晰了，假想敌的指挥部就出现在面前。而最让人担心的是，左右两边沙滩上摆满了抗登陆障碍工事。

雾气如乳白色的牛奶，带着清新的鲜草的味道，团团地裹住这片充满杀机的谷地，茂盛的丛林之间有一股强烈的穿透力，那是布谷鸟的声音如尖刀般插进每名队员的心里。海浮拨拉开跟前的一簇荆棘，青翠欲滴的枝叶让人无法和尖锐的针刺联系到一起，远处看不到边，半透明的空气中只有无数细密的小雨珠在树枝掩映下构成厚薄不均的幕布一般的屏障，却又随着山风的播曳左右摆动不已。我看着海浮，目光游离，向前走了一步，枝丫上晶莹的露珠立即就扑簌簌滚落下来，在裸露的皮肤上立即生起一片鸡皮疙瘩。

这样的早晨，本来应该是寂静的，不被打扰的，可是现在，大家的心中被一层比雾气更浓郁的东西所覆盖。

越过了与海滩相接的沙石地段，在冲沟里艰难行进一个小时的路程后，我们进行了简单的情况综合汇总分析：破袭渗透的路线只有一条山涧小道，道的右侧是丛林密布的原始森林，陡崖峭涧，就是半小时之前在海上隐约可见的死亡谷。

"如果这条道路是唯一通往破袭目标的通道，不可避免，他们会在山顶设置巡逻队和观察点。现在的关键是他们有没有估测这条道的可行性，如果根本不可行，那我们是最安全的，他们就不可能设置人员了。"一名经验老到的特战班长认为。

清脆的鸟啼回荡在幽静的山谷。海浮打头，我们紧紧跟在后面，在茂密的灌木丛里，鱼贯而过。天已经完全黑了，但在海浮的带领下，我们仍能够顺利前进。一阵响声传来，在前面远远的半山腰洞口，两盏马灯来回闪动，还有铁锹撞击石头的声音，这是设置在要道上的障碍。

海浮说背着的这些武器响声太大了，在夜里会传出很远。我们就把枪身拴牢，然后把特战器材都用雨衣和青草捆紧绑牢。在那处半山腰的垂直谷底，我们爬行通过。海浮说她对这种岛礁地形比较熟悉，说她在前面开路比较安全，我就和她一起在前面，轻轻地用手把草拨开，慢慢地用身体把草压平，将可能碰出响声的石头挪开，一步一步向前摸去。

通过这个地段，已经是凌晨两点钟。浓黑的云层里，挤出了一弯月亮，把惨淡的光辉洒在荒寂的大地上。我和特战队员们蒙着雨衣，打开电筒，用地图和现地对照着。已经连续行军5个多小时了，但是距离预定的潜伏地点还有20来公里，刚才敌情的变化，耽误了宝贵的时间，看来只有抄近路才能按时赶到目的地。海浮对近道不太认可，认为那可能走不通，但是由于时间紧迫，我们还是这样决定了。

凌晨4点，我们深入假想敌控制区腹地20多公里，在一处海湾没有了道路。而正对面的指挥所，隔水相望，就矗立在那里。我们进行了简短的商量，认为如果顺着岛的沿线绕过去，还得一天时间，如果返回去开船，又不太现实。

这样的地形根本无法靠近，我们都盯着海浮，看她还有什么办法。她转身看了看四周，说这里就是渔民避风的地方，正常情况下这地方会有一些破船。

我们分头找了一番，果然找到一条破船，虽然十分破，但是对我们已是最大的帮助了。

把船放下水后，我们顺利地到了指挥所下面。把船固定以后，我们登上岸边。确实没有路，但有些地方植被稀疏，海浮说：就沿着这些稀疏的植被走，容易些。

大约两个小时的光景，我们攀登到了距离山顶100米处，进行了简短的休息。再攀上一处陡峭的崖壁，一座大帐篷映入眼帘。帐篷右侧的一处大石头上坐着一个观察员，头耷拉在胸前，基本上是睡着了，这让我们放心多了。

太阳像用鲜血涂抹过一样，穿过浓厚的白雾，夹杂着一股难闻的苦腥味，映在假想敌指挥所的上端，看着手里寻获的假想敌军事部署图，我竟能闻到敌人尸体的味道。

十二

按照我们的情报，抢滩登陆的部队一路长驱直入。发起攻击的时刻，我们都匍匐在一片稠密的灌木丛中。闷热的空气像刚打开蒸笼的热蒸气一样扑面而来，身体湿漉漉的自不必说，内衣黏糊糊地贴在皮肤上异常难受。因为肌体水分的缺乏，嘴唇总是干得要命，连唾液也没得咽。灌木丛的生命力比人的生命力顽强得多，只有它们还绿油油的。迷彩服像是刚从水里捞出来一样，因为身体热量的蒸发，可以清楚地看见上面的汗一点点变成白色的汗碱。气压很低，心脏变得憋闷发慌，需要大口喘气，慌慌的跟揣了一只兔子一样在里面七端八蹬。

几发红色信号弹将傍晚的天空映得一片鲜红。我听得到清晰的口令：预备——放！上百门大炮速射出的炮弹从我们头顶呼啸而过，准确地落在由我们提供了准确情报的炸点上，激荡起一阵阵浑浊的烟雾，幽灵般漫布整个天空。一队队假想敌在浓烟过后离开阵地，按照演习规则，他们已经阵亡了。

坦克野马般冲出登陆艇前舱门，沙滩上的防御工事被涤荡干净，伴随着步兵流星般的步伐，整个山顶一片四起的杀声。

我看了看表，对着身后的队员们说：是时候了。我为每个人分配好了具体任务，樊国庆、陈荟杰从左路持燃烧弹进攻，崔大建带两名队员负责火力掩护；我负责发射催泪瓦斯和火力打击，要一举破坏假想敌基地设施和歼灭假想敌守护人员。

海浮坚决要跟着我们，她说打仗时要军民团结，何况她作为向导已经参与了这场演习，就必须参加到底。我没有好的理由推辞她，就点头同意了，但是只让她跟着，没有给她武器。

除了微弱的虫子叫声，周围是令人窒息的安静。片刻的寂静带来的恐惧像蛇一样钻入人的心灵，钻入密集的丛林深处。悄无声息，真正的悄无声息。

假想敌的指挥所就在300米处，一个担任警戒的哨兵突然发现了樊国庆，瞬间枪声大作。我一看不可能隐蔽接敌了，便迅速将催泪瓦斯喷入帐篷窗口上，随后拔出5颗发烟手榴弹也甩到帐篷里。

几个灵活的假想敌士兵已经蹿了出来，直扑过来。显然，这些人都训练有素。

又一轮燃烧弹接连地从樊国庆手中飞出去，散落在基地中央的宿营帐篷上。短暂的沉默之后，疯狂的尖叫开始了，那是被火烧到的叫声。

崔大建蹲在一处深坑里，把身上的火箭喷射器解下来，这是很老式的那种，但有绝对的威力。我挥手示意这个不必了，让他赶紧发射信号弹，告诉别的参赛队不用再考虑假想敌指挥所的事了：猎物已经是我们的了。

耀眼的亮光显现了猎物的狼狈：那些蒙着迷彩布的高低错落的钢盔，以及那钢盔下面涂抹着油彩的犹如原始部落战神的脸，还有那么可怜惊恐地举起来的双手……

站在指挥所里，可以俯瞰山下。看着队员们在摇曳的炮火中冲上山顶，我和海浮紧紧握住了手，这是我们共同经历的时刻。演习结束海浮就要回家了，但是她再也不会迷失了，更不会走离我的视线。海浮懂得我的内心，我也探视了她的整个情感世界。身后的特战队员们已是疲惫之极，他们偷空眯着眼休息片刻，这让我想起永不会醒来的张志敏。但是，直到今天我终于可以有一丝的内心欣慰，在张志敏付出生命代价而未竟的道路上，我们用毅力完成了余下的接力。

靠着准确的情报，在40公里定向越野和渗透破袭这项科目上，我们取得了第一名，比第二名高出整整30分。总部的一位考官说，这是10年来这个科目获得的最高分。

十三

比武回来不久以后，特种大队组织了盛大的颁奖仪式，听说军区主要首长也要赶来参加。仪式上，我作为40公里定向越野和渗透破袭科目比赛的第一名受到了特别的礼遇。40公里定向越野和渗透破袭科目是整个特种兵大比武中含金量最高的科目，在每名特种兵心中都有着特殊的地位和情结。仪式前，别人都在忙着搭建指挥台，我却被指令在后场休息，我的任务是作为比武队员代表，在仪式上发言。从我回来后，葛队长就没怎么搭理过我，但是这个难得的发言机会，他却定下了我，还给我报请了一等功。

我很感激，也很惭愧，内疚到无法自持。拿着宣传干事给我写的发言提纲，我看不下去，那根本不是我要说的话。站在指挥台后面，看着战友们在忙活，我无法说清自己的感受。老葛过来了，指着我说：妈的，这个发言给老子整好了，要是弄得掉链子，回去老子收拾你！谢谢葛队长，哪怕你这样骂了我，我也很开心，很幸福，这是对待一名真正特战队员的语言！

指挥台是用10多根竖着的木桩和石棉瓦临时构建的，非常简陋。正好是大风天气，漫天的尘土飞扬，强劲的风把指挥台上的石棉瓦吹打得怦怦直响，卷起的沙粒石子在特战兵的钢盔上又纷纷落下。

勤务兵又一次拂去指挥台桌子上厚厚的沙土，风沙如此肆虐，怕是只有这样恶劣的天气才配得上优秀的特种兵。而这样的天气也绝不适合太过矫情的言辞，我决定不用这份机关提供的发言提纲，我要自己说我想说出的话。

当我再一次抬头的时候，正看见缓缓驶进营区的车队。指挥台侧道上，特种大队的领导们起步向停车坪跑去。

车到。人到。

军区特种兵比武集训队队长、中校葛兆云向前踢了一步，敬礼报告："首长同志！全区特种兵比武集训队、军区特种大队全体官兵列队完毕，请您指示！"满头白发的首长神情庄重："部队很辛苦，稍息！"

葛兆云的喉咙一阵哽咽，其他的大队领导心头一阵发酸。从集训队成立到载誉归来，历经200多个日夜的磨炼，其中苦乐，恐怕也只有自知了。军区首长能说出部队辛苦，那是最大的褒奖与体谅了。

葛队长主持整个颁奖仪式。这位身经百战的特战老兵，绝对有资格在这种场合有一席之地。当连长时，他率队参加首届国际特战兵比武，斩获5项个人第一；当营长时，他进入委内瑞拉总统卫队指导反恐作战两年半，带回一身光环。而我，能作为他麾下的一名小卒，当兵生涯足矣。

在雄壮的军歌中，军区首长检阅了我们这支征战数日的特战队员。"请首长检视！"一声霹雳的吼声，整个方队的吼声，首长的身子微微一震，随即满意而激动地点点头，这是他的骄傲，因为这是他的部队，虎一样的部队！

一条横幅打开：陆地猛虎。将军知道这是武装侦察分队的官兵，他们擅长陆地作战！分队长庄须周曾赴土耳其特种部队留学，在有四个国家共78名队员、最终仅剩下18人的情况下，以优异成绩完成学业，获得北约特种部队"海峡雄鹰低空跳伞"荣誉勋章。回国后荣立了一等功，并提前晋衔。

"请首长检视！"声音向左侧蔓延。又一条横幅打开：水中蛟龙。

首长微笑：这是特种作战分队的官兵，他们擅长水下作战。

首长没来得及思索完，右侧又陡起一条横幅：空中雄鹰。

这是以跳伞空降为主的特种技能分队。分队长刘副旅是特种兵中的"全能猎手"，先后在委内瑞拉特种兵作战学校、陆军特种空降旅、海军基地等六个单位受训。他面对美国、意大利等八国队员的挑战，在队员从最初的66人减少到21人、全程淘汰率近7成的情况下，取得了第五届"国际特种兵班"总分第一名的优异成绩，并荣获"特种兵精神荣誉勋章"。他的头像被刻在委内瑞拉"猎人学校"荣誉墙上，留下了中国军人永恒的辉煌，归国后荣立一等功。

阅兵仪式完毕，我作为参赛队员代表发言，我的发言很短，但说的是我的心里话，我只有说出这些，才会心里好受。拿着话筒，往事历历在目："我当特种兵，已经有6年了，6年的时间不短也不长。虽然我的一生还有很长的以后，但如果有一天别人要问我最值得庆幸的是什么，我会回答，我庆幸我曾经是一名特种兵，一名真正的特战队员。

"特种兵名气大，荣耀非凡，但是这些成果不是别人给的，是我们用一滴滴汗水、血水堆积出来的，甚至付出了生命的代价。我的战友里，有活着的，有牺牲的，今天，在这个庄严而隆重的场合里，请允许我先向两个人鞠躬，一个是我们集训队的葛队长，谢谢你对我们的培养，不仅有体能，还有高贵的品质；另一个是已经牺牲的战友，张志敏，虽然他未能参加最后的比武，但这个沉甸甸的军功章里，有他鲜血的一抹红。"

主席台上的领导们纷纷站了起来，掌声雷动。我的眼泪又开始打转了。军区首长举手敬礼，然后走下指挥台，拉起我的手，对着全体队员："同志们，你们辛苦了！我代表军区党委向280天来辛苦奉献在全军特种兵大比武一线的军区特种兵比武队官兵们表示崇高的敬意。"我相信，首长的话，张志敏一定会听得见……

仪式过后不久，我专程去了一趟张志敏的老家，看望了他的父母。我也去了渔村，看望了海浮。

特战往事五题

追悼会

我去报到那天，狗日的营区里死气沉沉，我说不出啥味道，反正压抑得喘不过气来。在门岗没怎么耽搁功夫，哨兵很利索，出乎我的意料。我以为大名鼎鼎的特种兵大队会像电视里那样盘东问西的呢，原来都是糊弄人玩的。我就说刚毕业的军校队员过来报到，哨兵一摆手说：直走，最后一排楼最西边那个楼梯口，门口有哨兵，问一下就行了。甚至都没要求看我证件。

我拖着行李，走了有200米的路程，沿途皆大树，显示着这个院子有些年头了。树上挂着巨幅宣传画，不是这个雄鹰就是那个蛟龙的，摆姿势，看着很威武。迎对面走过来一个人吓我一跳，光着膀子，穿着八一大裤衩，膘肥体壮，脚上一双拖鞋，边缘都磨破了，头发老长，肌肉发达，一边走一边嘴里咕咕叽叽的念念有词。堂堂的特种兵大队，进了大门第一眼竟然碰到这么一个活物，我有点心里杂乱了。这个疯子一样的人，走路东倒西斜，几乎和我擦肩而过，我看到他穿的八一大裤衩上面污秽斑驳，不知多少天没洗了。他甚至没有看我一眼，自顾言语着走开了。我眼皮突突跳了几下，继续往前走，这时候迎面走来两个步伐整齐的纠察，大热天带着厚厚的白帽子、白手套，好像刚办完丧事一样。我站住没敢走，向纠察行注目礼。一个纠察斜着眼看了我一下，没吭声过去了。当然，他斜眼不是带有蔑视，而是为了保持头部姿势正直向前，与另一名保持一致。我目光追着两名纠察过去了，我看看他们怎么对待那个疯疯癫癫的人。奇怪，纠察好像没看见，直直地走了过去。

作风过硬的特种大队，居然是这样的疯子都可以穿着污秽不堪的八一大裤衩来回蹿跑的，看来，这作风也就是个狗屁了。

我到了最后一排房的最西头楼梯口，一个新兵在站岗。冲我敬了个礼，说干什么的？我说刚毕业的，过来报到。新兵说，二楼正对楼梯口房间，找李副营长报到。我托着包正要上楼，哨兵说，你费的那个劲！先上去报到，看你分到几班后再来取包裹，放这里就行了。我局促地笑笑，心想，这个新兵怎么脾气这么坏。

在二楼正对楼梯口的房间，正对门坐着一名瘦瘦的上尉，头发有点卷曲，目光深邃。明明看着我一步步走向他，只抬了一下眼皮，就低头抠指甲去了。我敬了个礼，他还是没抬头，但是出声了：哪学校毕业的？陆军学院。什么专业？后勤指挥。家是哪儿的？安徽淮北。了解特种大队吗？听说一些。

啪的一声扔掉指甲刀，上尉抬起头，目光直直地瞪着我：你是个傻逼啊！怎么来这个单位？！这单位是人待的吗？！我不给你说了，你赶紧找关系，趁着档案还没到，赶紧调走。不走就是个死！这里每年都死人，我自己都够够的，明天，就明天，你也得去，参加追悼会，一个新兵，海训活活淹死的，不会游，用船拉到深海里，扔下船就回来，淹死了。每年都这样，新兵，新毕业干部是重点。去吧，一楼大厅凉快，在那休息一会吧，好好想想，快找关系！

上尉一摆手，我双腿灌铅地走下了楼，眼泪直在眼眶里打转。我想，我怎么办呢，一个农民的孩子，我找谁调走呢？不走就得死，我要死了家人怎么办呢。在我们村，我可是第一个上大学当军官的人，要是死了，会有很多人看笑话，家人怎么能支撑得了……

在楼梯转弯处。我一屁股坐在地上，眼泪终于出来了。痛快淋漓地、满怀沮丧和恐惧。这是怎么了啊？我毕业时，因为分到特种兵大队，很多人都冲我竖起大拇指，怎么到了这里竟然是这样。我又想到进门时碰到的那个穿八一裤衩的疯子，再想想上尉副营长的一番话，真是死的心都有了，不知所措。

终于，我冷静下来，走到一楼大厅，强装平静地收拾了一下包裹。新兵站岗无聊，走过来和我聊天。大体问了几句，和副营长问的差不多。我紧接着反问一句：这地方每年都死人吗？新兵突然精神抖擞，肯定地说：每年都死，每年都放很多鞭炮，没有用，照样死。1996年一下子死了16个，一个副连长为了救战士，自己被铁棍砸伤大脑，至今疯疯癫癫的，以后你会经常看到这个人。我立马说：我看到了，穿个大裤衩，又黑又肥，往大门去了。新兵说：就是他。谁都不敢招惹他，他也没病，谁惹他他打谁。哦，我算是明白了，为啥纠察见了他谁都不敢吭声，原来他打人呢。我又问：听说明天开追悼会？新兵说：对，明天，一个新兵，连队的通信员，非常优秀，就是不会游泳，拖到深海里，淹死了。

新兵讲得眉飞色舞，我听得胆战心惊。我说你不怕吗？新兵沾沾自喜：我装病，躲掉了，明年再想办法躲下，然后赶紧退伍走人，这狗日的地方，不走迟早会被整死。新兵看了看我：我就一年多了，你是刚毕业的，还早呢。

我的脑袋嗡的一声又响起来了，新兵接下来说的什么我再没听进去。

我在一楼靠右的房间里住了下来。新兵说，这房间住了三个老兵，都出去训练了，要到晚上才回来。我把包提进房间，没有心思铺床叠被，直挺挺地躺在床板上，目光呆滞地盯着天花板，我真不知道何去何从了。

新兵喊我去吃晚饭，我没心思，没去吃。晚上老兵们几点回来的我不知道，早晨几点走的我也不知道，醒来后，我还是一个人躺在木板上，可能是夜里胃部受凉，一摊黏糊糊的口水顺着嘴角，将床板洇湿了很大一片。

依然是那个新兵在站岗，我说你假装的是什么病？居然没人让你参加训练。他说是假装癫痫，说着说着口吐白沫就倒下了。我吓出一身汗，赶紧去扶他，他自己笑着起来了，问我：像不像？我说太像了，你是怎么装这么像的。说实话，当时我心里就想赶紧学会。他笑了笑说：这个得苦练才行，三天两日别想学会。我说你练了多久？他说从新兵连就开始练了，前不久才成功，连团部军医都信了。唉，我太羡慕他了，有能力就是好！

新兵说：一会你们就集合了。我说干啥啊？新兵说：干啥？参加追悼会啊。人手不够，你得过去凑数。我说干吗要凑数。新兵说：淹死的这个被批准为烈士，场面需要隆重些，部队都在外地训练赶不回来，你们都得去出公差。新兵又说：这几天忙，没人管你，到了明天没事了，就开始抓你训练了。不过，你不要开始就训得很猛，那样他们知道你素质好了，你就完蛋了，天天就让你跑步训练，直到残废为止。我说为什么这样训练？新兵说整天都是集训比武，挑身体素质好的。新兵打量了我一下：你应该没问题。我说怎么了？新兵说：一看你就是素质不行的，挑不着你。我气得想骂这个狗日的，但一想，这是好事啊，便冲他笑了笑，心里轻松起来，原来我一看就是素质很差的啊，真是太感人了。

过了不久，一辆车停在楼西侧，一个人伸着头在驾驶室里大喊：

有个刚毕业的排长，出来，快点，戴帽子扎腰带。我早已准备好，但没想到这样出场，呼呼地就跑过去。伸着的那个头，也看不出军衔，破口大骂：妈的比，不知道什么场合吗？！这么隆重还穿个迷彩服，迷糊！赶紧换常服去！我的心情简直沮丧到了极点，仿佛即将去参加的不是战友的追悼会，而是我自己的追悼会。我心情复杂地穿好了衣服，仿佛是给自己穿好了寿衣，缓缓地飘出了大门，咕咚一声倒在车旁。醒来时，一个黑黑的上尉盯着我：怎么你？有病？我马上反应过来，脱口而出：恩，有病，美尼尔氏综合征。上尉吓了一跳，说：什么玩意？美尼尔氏？那是啥病？我说不知道，就是从小就有这病，治不出根，去了北京上海，都看了。上尉狐疑地盯着我：那咋办？我说不能接受过重的劳累。上尉马上一跳半尺高：去你妈的，你就是个废物，我给你说，你这样的干部，得退，按照士兵退伍，要你干什么？还不能过重的劳累，你以为特种大队是养老院啊。啊？！

我被一顿臭骂骂得头都发晕。我愿意为能一下踏上快车道，和那名站岗的新兵一样，就此解决生命的危机，谁知还会这样，还要按照义务兵退伍。我心里顿时紧张起来，好在我确实没有病，我晕是因为几顿饭没吃有点血糖偏低，中学时就经常这样。至于美尼尔氏综合征，并不是我随口说出来的，而是高中时一个同桌得过的病。病是啥情况我不知道，我只是看过他的病例，觉得这个名字很美，就记住了，没想到在特种大队，还能出这么一个风头。

我坐在颠簸的卡车后面，陆续上来了很多人，干部战士都有，拥挤得要命，全是汗臭味。汽车在弹跳的土路上开到了殡仪馆，确实有点偏僻，庄严肃穆。我们正在整队呢，一阵鬼哭狼嚎的声音就从身后过来了，浑身顿时凉森森的。旁边一个老兵回头看了一下，对另一个说：烈士的母亲，两个医生架着进去了，哭得站不起来了。

不知啥原因，那个老兵说完这一句后，我的眼泪就窜出来了。真他妈丢人，自从来到特大，我好像眼泪就没干过，悲戚戚的，比小寡妇还苦三分。

带车的那个上尉跳下来站到队伍前，夹着一个蓝色的纸夹，说：一会进入殡仪馆，所有人保持肃静，按照先后顺序，不得插队，不准交头接耳，不准嬉笑打闹。如果发现，一律关禁闭3天。面对遗体，静默3分钟，能流泪的，提出表扬。

我觉得这个上尉简直就是个二逼，这种场合还用强调"不准嬉笑打闹"么？真是嘴跑风跑习惯了。

在缓慢的哀乐中，我们按照顺序进入殡仪馆大厅，中间一口水晶棺材。看不清平躺着的人，只看见一面鲜艳的军旗，顶端一顶军用棉帽。顺着方位慢慢移动，我看到了遗体的脸部，乌黑乌黑的，烈士的母亲瘫倒在地上，时而清醒时而晕厥，医生不停地掐人中，上嘴唇都掐得出血了，通红一片。一旦醒来，那位母亲就一阵长腔一阵短调地哭，然后再背过气去。我也在哭，虽然没有声音，但我的悲哀程度不比那个悲伤的母亲差，我不是在参加战友的追悼会，我是在参加自己的，也许未来，躺在那里被不停地掐人中的就是我的母亲。

3分钟，觉得太短，我还是随着队伍走出了殡仪馆。走出来后，那个上尉大喊大叫：你们谁会用录像机？

我举了手。上尉把一个录像机交给我，说：恩，你有病，也有才！好好拍，留点资料。上尉带我进去把我交给一个军医，说：让他跟着你。上尉交代完准备出去，像是想起什么，折回身，指着我对军医说：他有个什么病不能训练？美尼尔氏啥的？我赶紧说：美尼尔氏综合征。

军医犹豫地看了我一下，又冲着上尉声音一扬：净扯淡！美尼尔氏综合征是季节过敏，和训练有屁关系！

我一下懵了。上尉指着我说：行啊，小子，蒙我，你等着！我说：……上尉一指我：妈的，你先把录像录好，回去再说！

我跟着军医，军医一直用好奇的眼光盯着我，带着狡黠的笑容。军医带了我去执行伟大的任务，拍摄烈士遗体火化过程。原来是烈士的父亲在医院做心脏手术，不敢让他知道，一旦激动又是一条人命。部队考虑得周到，为家人留下一份完整资料。

在火化炉跟前，有一个透明的方洞，我将镜头对准拍摄了里面平躺的烈士。我才明白为什么烈士头戴棉帽，因为整个脸部已经在炎热的夏天腐烂，头皮脱落。泪水打湿了护镜，火化炉内由浅红变得鲜红，终于一团火球升起，烈士遗体成了一具透明的水晶体。仅仅10秒左右，炉温下降，透明的遗体变为灰暗，扑通一声坍塌下来。工作人员动作敏捷地抽出炉屉，好像炊事班抽出的一笼馒头，热气腾腾，如同烧烤摊子上的香气一样四处溢开。

稍微凉了一下，烈士的两个叔叔和部队带着白手套的纠察一起和工作人员将骨灰装进盒子里。其实根本装不了，还剩下至少二分之一，烈士的两个叔叔说这怎么办？工作人员说：起来，让让。说完拿起一根扫把，呼啦呼啦几下就把剩下的骨灰扫到旁边一个骨灰堆里去了，我初步估算一下，那个骨灰堆，至少是三四百人的。我在想，这个是特殊情况，家人可以全程看到。对于那些没有条件烧单个炉子的，悲伤的家人拿回去一些骨灰，谁知道是谁的呢。

我们出来时，烈士的母亲如同呆傻一般坐在台阶上，一边一个军医看护着。村干部和家里亲人都围在身后，个个低着头。部队的副政委走上前，将一纸烈士证明交付给烈士老家的村长，母亲甚至没有抬动一下眼皮，她在想什么呢？而我，在完成今天的追悼会任务后，明天又会有什么迎接我呢？

地包天

参加完追悼会回来的第二天，还没有来得及调整心理上的某种状态，我就被再次移交了，到了另外一个营的营部报到。据过来带我的一个三级士官告诉我，那天那个姓李的副营长连续3年负责管理刚毕业队员的训练工作，但是就在上个月，因外出喝酒打架刚被处理，年底就要转业了，整天牢骚怪话比较多，考虑到你们刚毕业，对特种大队的认识一片空白，别受他胡扯八道的影响，把你们放到一个比较上进的副营长那里去。

哦，原来是这样。虽然我心头稍有释然，但这种释然还是转瞬即逝，因为我即将面对的现实让我彻底打消了一切侥幸的想法。

三级士官是个话痨，不停地叨叨，渐渐地就不知道他在说什么了，语无伦次。这让我想起那天刚进大院时那个光着脊梁穿着八一大裤衩的疯子，难道特种大队净是这号人？

到了营部，三级士官说副营长去训练场了，中午才能回来，让我和他一起在俱乐部等着。俱乐部的电视在播放一个什么宫廷剧，三级士官坐下来就看得咯咯地笑，笑得让我产生反感：笑点也太低了，看这种东西也太没有品位了。

为了表达反感，我坐到最后一排去。他还在那咯咯地笑，不时地回头看我，意思让我跟他一起笑，我才不拍这样的马屁呢，没那功能，也没那俗气。他自己笑了一会之后，不知啥时从抽屉里摸出一根棍子来，照着自己的脑袋怦怦地敲起来，甚至没有缓冲的过程，上来就是狠的，非常用劲，我都听得见敲出的响声。我直接被惊呆了，然后就听得咔嚓一声，木棍断成两节。他依旧回头笑笑，对我说：一看这就是个杨树棍子，中看不中用，一点不结实。说完了起身到墙角摸起一根拖把，看了看，把拖把头踩在脚下，抓住拖把杆猛地一提，拖把头掉下来了。他重新坐在那里，得意地看着我说：这个是槐树的，结实。说完就拿起拖把杆照着脑袋死命地砸，一边砸一边惬意地笑。

我心里怦怦地跳得厉害，仿佛心脏要冲破肚皮直接蹿出来逃出这个恐怖的俱乐部。那木棍子哪是敲在他的脑袋上，简直比敲在我自己的脑袋上还难受，不知不觉地我嘴唇都干了，下意识地咽下了一口唾沫。班长还在那敲着，仿佛很享受，我有点坚持不住了，又不想表现出太脆弱，伸头佯装看了一下窗外的风景，紧接着就逃出了俱乐部。我宁愿坐在太阳底下暴晒自己的身体，也不愿坐在那里煎熬自己的心灵。我突然暴跌了所有的希望，眼睛直直地等着下一步的命运裁决。

中午营部来了不少战士，也没有人搭理我，一个一级士官口吻和我很熟一样地招呼道：走吧，吃饭去吧。我就跟着去了饭堂，吃完饭跟着他到了宿舍，找了个空铺。他说睡会吧，下午副营长就回来了。

经历了上午的心灵折磨，我很疲劳，尽管依旧是床板，但我睡得很香。下午醒来，宿舍里人都走了，只剩下我一个人。我正漫无目的地寻思着呢，突然楼下值班员大声喊我：新来的排长，快点下来。

我匆匆穿戴整齐下了楼。一个黑黑的很壮的家伙站在那里，板寸发型，穿着一身体能作训服，蓝色运动鞋，手里拎着一根哨子，下嘴唇很长，传说中的地包天，牙齿也向外翻着。值班员介绍：这是张连长。我赶忙敬礼。张连长表情蔑视地看我一下，语气阴阳怪调：你穿这么整齐去开会啊？！我不知咋回答，就看着他。他怪模怪样地笑了一下：看我干什么？我能造出个会场让你坐那发表演讲啊？回去换体能训练服去，3分钟，开始计时。

这是他妈的什么套路啊！我操他个奶奶，他就没拿老子当人对待。我一溜烟跑回去，一把兜翻内囊，迅速脱掉迷彩服，穿上体能训练服，又是一溜烟跑了下来，站好，笔直地，一动不动，但浑身的汗液却瞬间喷涌而出，从每一个毛孔向外喷射着，眼睛都模糊了。

张连长看看秒表，嗯了一声。说：走吧，上跑道。腿如灌铅，像是戴着脚镣一样地挪到了跑道的5公里测试起始点。要知道之前我可是从没正儿八经跑过3公里以上的训练啊，突然这么正规地来个5公里测试，而且是一对一的测试，没有任何偷懒的可能（我有很多偷懒的手段和技巧，到了这里看来都要失灵了），我真是死的心都有了。到了现在，我也没啥想说的，只想骂一句：队长，你个驴日的！

我是得罪了队员队长才被分配到特种大队的。在我们那批300多毕业人员里，我是唯一一名分配到这里的，作为后勤专业的队员，分到特种大队当特战排长，前无古人是确定了的，对于这个学校来说，也一定是后无来者了，因为我们这届毕业之后，学校作为裁撤单位，连营房都要移交了。我太他妈的幸运了，幸运得整天眼泪涟涟。

在队员队里，我是团支部副书记，由于性格原因，我的群众基础比较牢固。但由于先天性犯上，我被队长所不容。军校第二年入党的事情，也彻底使我俩的关系破裂。那一年，入党名额不多，只有4个，但想入党的太多，十几个。三个主要的队员队骨干肯定没问题，剩下的就是几个差不多的，似乎够条件，又似乎不过硬的，我是其中一个。最终，非常有争议的一个名额横跨在我和一个副班长之间。这个副班长工作干得还算行，但和战友们关系处得比较紧张，他有一个特长，就是送礼、拍马屁，兼职做间谍。我们但凡有点事，队长坐在家里都能很快知道。所以大家比较痛恨他。但是队长力挺他，毕竟他是队长的小棉袄，即便算不上小棉袄，也算个八一大裤衩子，未必贴心，但一定贴身！

队长找我，让我退出竞争，说下一批一定报我。我坚决不从，队长火了：全队投票，如果你能超出100票，就算你有资格参与竞争！

没有啥疑问，全队148人投票，我得了112票，队长气得脸色发青，恶狠狠地看了一眼组织投票的几名骨干转身走了。接下来就很顺了，我打败队长的狗腿子直接晋级四强，而且没有淘汰赛。但从此后，队长看我的眼神就变了，时而发绿，时而发红，时而射出寒光，时而毒辣如骄阳。管他妈的，我都是党员了还会怕他？从此铁了心硬着头皮和他对着干。这其实是我的不对，不会拍马屁也就算了，但也不能再拿棍子捅马的屁眼，那不是找踢吗？更重要的是我不懂低调，牛逼哄哄，这让队长实在忍无可忍，终于被他抓到把柄，毕业前一个月，我半夜翻墙头出去喝酒，自以为天衣无缝，滑着床单下去的，但凌晨返回时，队长正端坐在窗户下等我。

我被关了禁闭18天。队长亲自看管，就关在他宿舍对面的仓库，真是暗无天日啊！连拉屎他都跟着。18天犹如18年，出来后我人胖了一圈，白白的。18天不活动是一方面，小伙伴们从窗户缝里偷着往仓库里塞劣质火腿肠也是重要的一方面。队长看看"出狱"后的我，评价说：你他妈这不是关禁闭，是享清福！

终于，队长在毕业时报了仇。我们的分配去向是队员队拿初步意见的。队长在计划上把我分配到特种大队，还对分管的领导汇报说：这家伙素质过硬，强烈要求去顶尖的野战部队锤炼自己！我就这样中招了。宣布命令那天，读到我的去向后，我浑身颤了一下，好几人都去扶我，大家开着玩笑，向我竖起大拇指。这群王八蛋！

现在，竖在我面前的是这个死丑死丑的连长，长得跟个鬼一样，后来，我才知道他的外号就叫地包天，嘴巴喳喳叫，站在他对面听他说话，你得准备一条毛巾，他说话时喜欢往外喷射口水。这家伙，太厉害了，功能齐全！

地包天摁下秒表，我迈开双腿丈量大地。一圈1080米，真是漫漫长路远啊！

当我半天才绕过无数建筑物出现在地包天视线里时，我远远地就能看到他焦躁不安地在踱着步子。他打死也没想到我会慢到这种程度，到了跟前，示意我停下来。他站在我对面，开始喷水，好像我对着的是他的老二一样。只顾着满脸口水的难受，别的我记不清了，最后几句我记住了，眼神失落、语气悲凉：你怎么这么慢？不是故意调戏我的吧？你要真这速度，我没法测你，简直对不起这只秒表，你自己去吧，这个月我都不会测你了，也不见你，下个月，这个时间这个地点，再见，如果你还这个速度，你就准备去死吧！

地包天说完就走了，他走路的姿势很凄惨很悲伤，有点跟跄，好像家里出了突发重大事故死了不少人一样。这我理解，他是应该心情很难过，他一个堂堂的特种部队特战一连连长，精神抖擞地拎着秒表测试我这样的一个废物下属，这种打击太大了！他不应该让我死，是他自己应该已有死的心了，实在无法承受！

看着地包天怅然的身形，不是越来越高大，而是越来越虚弱，我突然同情他了，出来混，靠素质立身，都不容易，珍重自己……

打纠察

基层部队里，当兵的和低级军官最恨的就是纠察。当然，纠察也只能从这些人身上找点尊严，对待职务高的和机关的，他们也乖得和小狗一样，从不敢龇牙。在连队，当兵的和纠察的关系，就像老鼠和猫、警察和贼之间的关系。但是，偶尔也有暴动的情形。

到连队当排长不久的一天中午，太阳热得让人发烧。门前的连值日员是个素质不错的二年兵，连值日站得一般化，他不停地看太阳，好像能用目光把太阳的辐射逼停一样。他一点也不安分，先是在树底下，后来转移到房檐下的阴影里，还是受不了，小脸红扑扑的，张着大嘴直喘。我是刚毕业的排长，也不敢说他，最后直勾勾地看着他把凳子搬进一楼大厅的过道里。

连值日倒骑在椅子上，双手搭在靠背上，领口的扣子也解开了，腰里的橡皮棍挂得歪歪斜斜。我拎着哨子在大厅里踱来踱去，很困，但不敢睡觉。我第一次值班，很紧张，生怕睡过了点。二年兵很瞧不起地盯着我：你是穷紧张，紧张个屁啊，该睡觉睡觉去。我笑笑说：不困。连值日说：不困，扯淡吧你，两只眼红得跟兔子眼一样，还不困？没事的，到那个点你不吹哨子隔壁连队的也会吹哨子，大家就醒了。我还是坚持说不困。他也不理我了，把头放在手背上，眼皮一起一合，最后索性闭上了，再过了一会，眼睛睁开，又解开一颗扣子，然后趴在椅子背上，放心大胆地睡起来，并且很快地打起呼噜。

我是连值班员不假，可是我真不敢说他或者叫醒他。这个二年兵的脾气很暴躁，经常打架，被关过禁闭，我刚来连队就了解了。有一次他告诉我说：你们这些刚毕业的排长不错，没啥架子，我们的排长是三年老排长了，毛病不少，我想揍他一顿。我觉得他不是说他排长的，主要说给我听的。我从那以后就基本上避着这个二年兵。

管不了，看着又生气。我就在走廊里来回踱步，又怕惊了他睡觉，他会发火，我就去了水房里。水房的水龙头总是滴滴答答响着滴水声，这让我在心理上就很凉快。

我刚走到水房，窗外两个身影一闪过去，我心里咯噔一下：坏了！赶紧往大厅跑，已经晚了。两个纠察热得跟水里捞的一样，一个刚把二年兵提溜起来，一个翻开文件架子开始问姓名登记。我不知咋办，有点傻眼，毕竟没经过事。那个二年兵呢，号称自己的排长都敢揍，见了纠察浑身都瘫了，有点哆嗦，腿直发颤，说也说不清楚。看我过来了，两个纠察很有礼貌地给我敬礼，说：不按规定地点执勤，仪容不整，执勤期间睡觉。我说哦，知道了。纠察登记完就走了，二年兵也不牛逼了，老老实实把凳子搬到固定位置的暴晒阳光下，也不敢坐了，站得笔直，像一根葱一样。

纠察向别的连队走去，别的连队的连值日都站得规规矩矩，纠察转了一圈，也就在我们连发现了问题，而且问题很严重，这是我当时的感觉。我是连值班员，肯定有责任。连长休假了，指导员中午喝了酒还在大醉大睡中，我有点忐忑不安。

大约过了半个小时，厕所里一阵动静，我跑过去一看，指导员在撒尿，迷迷糊糊的眼睛都睁不开，闷声闷气地问我：王排长，刚才大厅里有人说话吵我睡觉，都是干啥的？我就势说：是纠察过来了。指导员嗯了一声。我接着说：抓了连值日，仪容不整，没在规定位置。指导员好像一下子醒酒了，穿着裤衩子拖鞋巴拉巴拉走到大厅里，指着连值日：你在大厅值班他们抓你？连值日反应很快：是的，我在大厅站着，纠察看我眼睛睁开得小，就说我睡觉，我根本没睡，不信你问王排长。

这王八蛋，真能白活，明明都打呼噜了，硬说成自己眼睛睁开小，还让我做证明。我没吭声，指导员发飙了：他妈的，这不是欺负人吗！

骂完走到门口看了看太阳，继续骂：这么大太阳，不在大厅在哪站，晒死人算谁的，能批烈士么？连值日你不用管，给我搬到大厅里站。

指导员骂完就回去睡觉了，我肯定不会说啥的，连值日得意地把桌椅一块搬进了大厅里，哼着小曲跷起二郎腿。我又去了水房。真是不可思议，相同的事情又发生了一次，两个纠察不知啥时候又冒出来了，再次给连值日登记上，并看着他把桌椅搬到太阳底下。连值日分辩说是指导员安排的，纠察说：指导员算什么，我们是按照条令条例来的！

纠察刚走，连值日趿溜跑进指导员房间，这个善于表演的家伙，马上挤出几滴眼泪：指导员，纠察又来了，又登记一次，我说是你安排的，他们说你算个啥，不好使。

指导员气得呼一下坐起来，一边穿衣服一边大喊：王排长、王排长，全连集合！我慌得跑过来又跑过去，站在大厅里死命吹哨子。指导员在房间里大骂：你他妈的不会小点声，别的连队还没起床呢！果然不假，马上就有隔壁连队的连值日过来提醒我：排长，还没到点啊。

连队不知发生什么事了，一个个睡眼惺忪，带着不满，都在大厅集合了。指导员背着手做动员：同志们，咱们连队被狗日的纠察欺负了，连值日站在外面纠察抓可以，进了大厅是我们连队的地盘，他们还进来抓人，这不是欺负人吗！今天没完，咱们这就去打纠察！

全连都以为听错了，睁着大眼看着还没醒酒的指导员。指导员一挥手：怎么啦？怂了？不敢了？！连队一片欢呼：好！好！！

指导员往队伍全面一站：王排长，带队，大门岗纠察班，走！

我们全连浩浩荡荡地开往纠察班。每个人都带着一股子杀气，亢奋和激动，有的已经急不可待。到了地方，门口两个站岗的疑惑地看着我们。指导员转到队伍前面说：干部打干部，战士打战士，别弄混了。

噼里啪啦一阵响，先把门踹开了，先看到两个巡查回来的纠察，这是重点对象，进去后摁在床上就打，白帽子都打扁了，其余的见势不妙，有想逃跑的，哪能跑？全连七八十人把大门岗围得死死的，见谁打谁，一阵鬼哭狼嚎后，指导员摆摆手：好了，别打出事。转身就要往外走，看见我站在门口，眉毛一扬指着我就骂：王八蛋，你敢不动手？过来，这个是警卫排长，你踢他一脚。我不敢不踢，上去照着胸膛就是一脚，警卫排长噢的一声叫，指导员说：行了，打架的事是个集体行动，你一个人不打算什么！说完，让我整理队伍带回去。一边走指导员一边大声说话，发音都很潇洒：王排长，你不是会写点东西吗？回去先帮我把检查写了，妈的，觉没睡好，回去接着睡。

队伍在亢奋中回到了连队，大家躺在床上，但是哪能睡得着，都在激烈讨论可能发生的后果，进而又说自己怎么怎么打得过瘾，直拳、摆拳、边腿，直打得纠察班鬼哭狼嚎。兴奋劲过了，大家又困了，不知不觉睡了过去。

我也蹲在水房里睡得很香，带着一丝未定的惊恐，甚至梦见了刚刚发生的场景。

我们的厄运很快就来了，速度快得让人无法反应。

我们是下午2点40起床，2点20的时候，营部的号声响了，我们都听得明白，是紧急拉动。全营乱套了，先是各连主官跑出来看情况，再是折回身吹小喇叭，边开会边搬运物资，一直折腾到3点半，所有人员物资集合完毕。我当时浑身上下都湿透了，到处泛着汗碱，脸上也是一层盐沫子。穿着军警靴，头顶着钢盔，身背着手枪和水壶，看着挺威武，其实真受罪啊。

这个时候，主角出场了。参谋长身后带着一帮参谋一堆堆检查器材装备。不停地和营里干部交流着。营长教导员也是浑身背满了东西，跟着跑来跑去。教导员是个小胖子，身上背了一圈物资，和电影里的猪头小队长很相似。

检查完物资，检查人员装备。走到我们连的时候，我偷偷看了一眼指导员，头上的汗一溜溜往下淌，我想他是彻底醒酒了。参谋长没有太过注意我们连，仿佛他就是过来例行拉动的。还专门看了看我们指导员的背囊，说：嗯，很标准，连长休假，你一个人比较辛苦。我看到参谋长说完这句话，指导员的汗珠子变得更大了。

检查完人员，一个参谋一挥手，过来3辆卡车，停稳后。参谋长说：带到高速路口吧，5公里奔袭，检查一下战斗力。

指导员很自觉，给我使了个眼色，让我把哨子递给他，也不要连值班员，他直接指挥连队，嗷嗷叫地喊着口令指挥人员上车。我跟着他们坐在卡车的帆布后厢里，心里忐忑不安，全连也没有了之前的亢奋，全都耷拉着脑袋，好像去上断头台一样。

到了高速路口，我看到是一条废弃的高速路，但有一段路面很好。我们所有人都下来密密麻麻地排开，参谋人员象征性地检查了几个人的水壶是否灌满了，然后举起发令枪，一声枪响，万箭齐飞一般，向着公路的另一方向射去。参谋长骑着一辆三轮摩托，不紧不慢地跟着。

连队的另一名排长是3年的老排长了，就是连值日想揍的那位。我一直跟在他后面，心想，我就是新毕业排长，跟着老排长不掉队就行。指导员表现神勇，早已在一名班长的协助下，遥遥领先地向着终点跑去。我们在后面跟着队伍，就这么跑着。突然参谋长的摩托车嘟嘟地开到了我们俩面前，摆摆手让我们停下，到他跟前，看了看我，还挂着红牌，看看老排长，满脸沧桑的中尉。参谋长说：走近些。老排长上前一步，参谋长抬腿照前胸踢去：妈的比，跑步不行，打架挺行。老排长一扭头，哇地吐出一口血来。

我魂都吓掉了，哇哇大叫，不知是哭还是咋的，受了惊吓，像一匹脱缰的野马一样，疯了般向着前面队伍冲去，并迅速超过很多人。我大脑空白，只知道拼命地冲，脸上全是眼泪和鼻涕，混合在一起。

距离终点还有10多米远是一个下坡，我实在无力抬腿了，往地上一滚，咕噜噜滚到了终点。排里先到的两个老兵把我扶起来，赶紧让我不停地走，说不能停，心脏受不了。我哪里还能走，几乎晕了过去，像一摊烂泥一样。

我的全副武装5公里越野成绩是19分4秒，这是到目前为止整个当兵历程中最快的一次，不亚于死了一次，但却给我留下了一生难忘的回忆。

我们教导员像个肉球一样，在3员大将的保护下，30分钟后才翻着白眼姗姗到来。人员全部到齐之后，3个连队站在那里等待参谋长讲评。参谋长在队伍前走了两趟，开始骂娘：这就是你们的水平吗？不是精力充沛吗？！我告诉你，那个一连的熊鸡巴排长，今天我踢你一脚是轻的，要是在战场上我直接毙了你！年轻轻的，不好好跑，在后面颠，当大爷呢！

参谋长扫视了一眼各连主官，我们的指导员，脖子缩得跟乌龟一样，喘气声都没了，幸亏他有先见之明拼命跑了个全连第7。

参谋长接着训话：你们可以看看你们指导员，看看人家，多有能耐，头上都秃得没毛了，照样跑在前面，你还能不如他！

参谋长这几句话实在是太狠毒了，我们指导员头上生了病，有几块斑秃，居然被参谋长发挥得如此淋漓尽致。真是杀人不用刀，骂人没脏字啊。

指导员的脖子缩得更紧了，眼色发红、发紫、发黑，来回变换着眼色。参谋长骂完就骑着摩托车返回营区了，让各连自行总结。我们哪还有心思总结自己，教导员和营长带着恨地瞪了一眼我们的指导员：真有能耐，砸纠察。你怎么不把参谋长办公室也砸了！

我们回去不久，连长回来，指导员接着休假了，休假回来就赶上年底总结，再过了不久，指导员就强烈要求转业回家了。

逃兵

有时候我会想，如果在我15年的军旅生涯里没有那段往事和经历，我的生活是否会像现在这样有条不紊、我的性格是否会像现在这样坚毅刚强。在特种大队拼搏的那几年，是我一生不会忘记的时光，以至于后来我历经更多的基层部队或者机关，谈起这段往事仍然津津乐道滔滔不绝。这么多年，很多人走过去了，很多事翻过去了，很多情景也不再。但我仍然能做的一件事，可以分毫不差地做到的就是：一板一眼地回忆一些那个时候发生在我们身上的平凡的事情。

在特种大队里，最炫目的一项训练就是跳伞训练。我们不是空军，在陆军里能跳伞的也只有特种兵了。但是，别人却无法知道，最初的跳伞却带给了我们巨大的心灵伤害。很多人在初次跳伞之后或者断腿，或者找特殊的理由开了小差，我也做了相应的措施，花了八百元钱买了四条泰山烟，送到88医院某位医生那里，开具了一纸心脏病证明，拿回来给大队长看，但是大队长瞥了一眼就接过来哗啦啦撕碎了，骂骂咧咧地说：你心脏病？我还老年痴呆呢？大家都不跳了？！心脏病是小病，没事，给家里先写好遗书再去跳。

我脸红脖子粗地离开了大队长办公室，这个不光彩的事谁也不敢提起，一直压到今天才能心平气和地说出来。但是当时，我心里却很是不安。因为，之前的地面动作训练中，我告诉教练我有心脏病，教练批准了我不参加跳伞，所以我没有丝毫地面的训练基础，所有动作都不会。现在好了，刀子放到脖子上了，必须得跳。可是我的确不懂伞啊。我不敢去问教练，找了几个参加训练的战士问，战士告诉我，双膝收起，尽量向前收，如果能碰到下巴最好。我问为什么，战士说，保持背上的伞打开时不会绕颈，一旦发生绕颈，脖子立马就会被开伞的巨大张力割断。这句话简直把我吓坏了，我记住了这个恐怖的动作要领。战士接着告诉我，其次就是出机舱之后，啥也别管，一定保持双脚并齐，这是保证落地时受力面积最大化，以减小对身体的冲撞压力，最实用的，不会发生骨折。还有一点，就是那么多的伞绳里面，有两根黄色的绳头，千万不能碰它，一旦拉动就会飞伞。我问啥是飞伞，战士说就是人伞分离。这个比绕颈还可怕！我暗暗牢记了这几个要领。背着伞开始登机了，真希望是登基啊，可惜当时也太没登基的心情了。

　　说实话，这是我第一次坐飞机，也是第一次近距离接触飞机。巨大的螺旋桨在空中怦怦地扇动着，扇起地面的青草拼命摇摆着枝干。我们站在登机地域，教练进行最后一次登机前检查，查看每个人伞包上的插销是否牢固和合理，一旦插销出了问题，跳出飞机的队员将无法开伞，那就和从飞机上扔下一块砖头没啥区别。

　　螺旋桨扇起的青草带着浓浓的腥味，被扇起的碎了的枝蔓敲打在伞盔上发出噼里啪啦的声音。直升机舱门距离地面也就50厘米高，我却紧张得两腿发抖登不上去。教练一把托在我的伞包上，我忽地一下趴在机舱里，狼狈得满脸发烧，心里只恨自己为啥50厘米高的舱门登不上去，真是太丢人了。好像阿Q临死前，强烈要把圆圈画得规范一样。

教练最后一个登机，舱门缓缓关闭，教练通过玻璃窗对着驾驶室的飞行员做了个大拇指竖起的姿势，飞机抖动一下，平稳起飞了。开始起飞得很慢，我伸头就看得到地面，10米之内我都心情尚好，突然飞机加速，蹿起几十米高，我心里一凉，这下完了，太高了，掉下来就会摔死的。直升机倾斜着身体向着一个方向飞去，大约半个小时，开始盘旋，教练说这是高度够了，大约1200米，现在寻找投放地域。我们全都板着脸，比参加追悼会还严肃，除了飞机的动静，我们甚至连喘气的声音都没有。突然，教练走到一名班长跟前，严肃地说：你怎么光着屁股就来了。班长一下急了，马上站起来摸自己的屁股，然后反应强烈地对教练说：我穿了，我穿了。机舱里一阵爆笑，班长也笑了，大家情绪稍微缓和了一下。教练趁机下达口令，全体起立，在投放口处依次排好队，并把自己伞包插销的另一端挂在机舱中间的钢丝绳上，一旦队员跳出机舱，挂着的绳索拉开伞包的插销，整个伞就会像一朵祥云缓缓打开。

我啥也不想，心中默念，生死有命富贵在天。飞机好像静止了，后舱门闪出一条缝隙，缓缓打开。教练下达第一名做好准备的口令，然后一拍第一名的后背：跳！

如同撒出去的一张白床单，带着凌厉的呼啸声，巨大的伞花绽开在蓝天白云之间。紧接着，呼啦啦，一阵阵白云飘过，终于轮到我了。我当时已经不知道啥为害怕了，大脑一片空白，麻木。教练拍了我一下：跳。我真不是跳出去的，双膝一软，跪着就掉下去了。出机舱瞬间我是失去知觉的，形同昏迷，等我醒来时，我大吃一惊：别人都在飞速向着地面落去，只有我直蹿着向上飞。我真是紧张得快要尿裤子了，我想要是飞到月球上怎么办？能不能碰到宇航员？就算能碰到，我的英语不行，怎么和外国宇航员（那时候中国还没有宇航员上天）交流，表达让他们把我带回去的意思？如果近期他们不回去，带的东西够我一个人吃的吗？而如果不是飞到月球，而是飞到其他星球上，那又怎么办？我就一个人在那生活吗？学文科出身，丝毫没有科学素养的我，实在把这个事想得太浪漫了。

就在我惊慌之际，突然一声叫骂惊醒了我：你他妈的，赶紧让开让开！要不咱俩都完蛋了！声音好像从脚底下传来的，我这才低头一看，我竟如孙悟空一样脚踏一片祥云：我踩到别人的伞顶了！我才意识到，我没有向上飞。我站在别人的伞顶上，脚下软绵绵的，但心里发怵，我踩在别人的伞上，会引起别人的伞失效，我自己也会因为下降受阻而伞幅收缩，那就有两人的伞交织在一起相互失效的可能！我想到这里吓出一头汗。我大声喊我怎么办怎么办？下面的声音传来：你个傻逼，向左移动啊！我大声问怎么移动。下面大喊，拉右侧两根黄色绳子。喊完之后，下面紧接着又补充一句，别拉腰间那根黄绳，会飞伞的。

我忐忑不安地拉下了右侧两根黄绳，果然有效，我随着整个伞忽地飞到左侧，大致和下面的伞兵平齐了。下面的伞兵是个老兵，可能看到我是个干部，骂了我几句有点不好意思，大声问我：你不会操作啊？我说不会。他说除了腰间的黄绳别动之外，其余有八根黄绳都可以自由拉动，用来调节前后左右的方向和下降速度。看我有点迷茫，伞兵稳稳地操作着伞绳给我讲解：8根黄绳分4组，代表4个方向，每根黄绳顶端都是一块活动的可以拉开的伞布，一旦伞布被拉开，开始灌风，就会使伞体受到风力向另一方移动。如果在相对的方向同时拉下黄绳，那不会产生偏移，就是加速下降。伞兵讲完了，纳闷地又说了一句：你真胆子大，不会操纵就敢跳！我胆子大？我都快尿裤子了！我敢跳？不是被逼的吗？！

我算是弄明白了：不是我向上飞，是别人都在往下加速猛冲，我却凭着自然速度匀速下降，参照物的偏移速度太快，导致了我的错觉。既然明白了，我有点惬意起来，低头一看却大吃一惊，我居然距离地面很近很近了，因为我看到农田里的老头在打着眼罩拼命瞅我。没啥说的，保持双脚平齐，就算万事大吉了。突然又是一阵声响，我侧着往下一看，是一辆迷彩车，上面驾着10多个大喇叭正在对空广播：那个熊排长，你是往哪去的？过黄河！过黄河！

　　我这才想起来，这次跳伞的任务是过黄河。我双腿伸直，眼睛光线顺着脚尖延长线一看，吓了一跳：我应该正好落在黄河正中间。如果拉下后面黄绳加速，我心里没有底能否过去。但是如果拉下前面黄绳拼命后退，我是绝对安全的。去他奶奶的对空广播，不管了，我果断地拽下前面两根黄绳，伞向后飘逸。大喇叭继续大叫：过黄河过黄河，你怎么往后跑？！我去你奶奶的，老子才不过呢。那天风高浪急，黄河里正汹涌大浪。

　　临近地面50米，我才感受到自己落下来的速度是如此之快，就像折翅的飞禽一样，一下就砸到了地上，然后弹起，扑倒，头插进泥土里，连续打滚，掉进一个大棚里，全是西红柿和黄瓜。

　　我好不容易爬起来，惊魂未定地整理伞。一个老头过来了，指着我，非常气愤：你一个当兵的，压塌了我的大棚，我吃什么？！我保住了命，啥也不怕了，我说大爷你别急，我能活着下来，很不错了，多少钱我赔你，没事。我这样一说，大爷反倒不好意思了，他蹲在那里看着我收伞，说：你们也不容易啊，以后我不会让我孩子当兵的。我收完了伞，大爷也唠叨完了，摘下两个黄瓜给我说你解解渴吧，嘴唇干焦的。我也没客气就咔嚓咔嚓吃了。我问他怎么过黄河，他说那麻烦了，过黄河得过桥，最近个桥也得五公里。我一听晕了，大爷说不要紧，我送你。推过来一辆摩托车，猛地发动起来，一摆手：走！

摩托车嘟嘟嘟过了黄河大桥，经过一片高高的杨树林，突然听到有人喊我，抬头一看，我乐了：我认识的一个班长，带着他们班全体人员，伞顶罩在杨树顶上，齐刷刷挂在半空中，上不去，下不来。那大爷也乐了，也很热情，骑着摩托找来一根竹竿，一个个把他们挑了下来。我问班长咋回事，班长没吭声，一名战士对我说：出了飞机在空中时，班长喊了一句大家跟我来！嗯，带头作用，效果不错。

班长说这下完蛋了，不仅耽误了任务，这些伞也都损坏了。我也不知道咋办，就有一句每一句地安慰他。我们捣鼓了大约一小时，才全部弄完，我们很奇怪，居然没有人来找我们，至少对空大喇叭会呼喊我们的。等到我们忐忑不安地到达集合点，才知道出大事了。一名落进黄河的新兵被大浪卷走，在下游3公里处的河心刚刚找到尸体。我第一个反应就是庆幸，如果我听了那对空广播里的傻逼，我也就跳进了黄河的大浪里，那会怎么样，会死，毫无疑问。大家都在议论，如果小伙及时飞伞，未必会死，但是巨浪冲击着张开的伞布，包裹着身体，那就必死无疑了。

有这样的大事故，谁还会注意我们没过黄河和挂在树上的。一名参谋悄悄对我伸了大拇指：你没过黄河是对的，要不……

是的，我靠着违抗军令获得了一次生命。

当天晚上，跳伞暂停，开始开会研究下一步怎么跳。特种大队有死亡名额，这个不算事故，所有正常训练不会中断的。但是这时候气氛已经不乐观，大家都开始寻找各自理由不愿再跳了。

当晚，我肚子疼去了野外的简易厕所，刚刚蹲下，大队长进来了，他偏偏蹲在挨着我的位置。开始几分钟没说话，他突然扭过头看了看我，说："你这不是没死吗？活得好好的！"我受不了这样的变态问话，匆匆拉了一半，擦屁股走人。

由于跳伞暂停几天，给了大家找理由不跳伞充分的时间。大学生的反应果然很快，几个刚毕业的大学生排长立马弄来了一堆病例，不行，那就看实际情况，有把自己脚脖子用棍子敲得发紫肿胀的，说是跳伞扭到了脚，这个可以，免跳；有的提着一包卫生巾，说痔疮犯了，肛瘘，满裤衩是屎花，这个也可以，免跳。还有几个，无计可施，就是不跳，大队长命令要给处分，随便，还是不跳。最后，这些幸运的人们被一辆卫生车运回了营区。

我是没办法，继续跳，但是所有人的压力都比较大。我的副连长，一个头顶秃得没几根毛的老兵，开始躲在墙角悄悄给老婆孩子写遗书。我受他感染，也用手机把银行卡密码和电脑密码发给家人，一旦意外，大家都少些麻烦，我卡里还有点小钱。

跳伞最终没有完全按照计划，中途取消了。这是因为一名新兵出现了严重的状况。

那天没有风，正是跳伞的好时机，大队几个副职都去应付死去的那个新兵的家人去了。那个新兵的爷爷是打过莱芜战役的，90多岁了，听说拄着拐杖，到了营区见人就敲。大队长和政委吓得不敢回去，派了两个副职前去进行调解工作。

大队长和政委坐在伞降场里，靠着椅子背，吸着小烟，喝着小茶，滋润地看着天空盛开出一朵朵花瓣。突然大队长和政委齐刷刷站了起来：一个小黑点闪出机舱一路直飞地面，这是未开伞！又是一条生命！

距离地面200米的时候，奇迹出现了，伞花忽地打开，伞兵一个跟趔趄倒在地。大队长政委一起跑过去，问他怎么了，小伙说不清，支支吾吾，脸色苍白，教练一旁说，他应该是出舱时动作不对，把引导伞夹在两腿之间了。最后200米时他是无意识蹬了一下腿，伞又打开了。教练最后建议：大家压力太大了，缓缓比较好！

回去的路上，这个新兵突然筛糠一样地哆嗦起来，他嘴里不停嘟囔着：我没死，我没死，我没死，我活着……

参加完那年的春季跳伞之后，我也彻底告别了跳伞。此后，每每想到飞机这个名词时我都会浑身打冷战，一股恐惧由心底升起。朋友们出差坐飞机这样的事也会莫名其妙地刺激我，让我莫名地产生愤怒。直到前年，一群人在那吹牛要去韩国旅游从某地坐飞机时，我才心理上许可地参与了讨论，我说我是没那经济条件坐飞机。突然一人诧异地问：你不是跳过伞吗？我说我是跳过，而且跳过很多次，但我既没从机场登机，也没从机场着陆，都是从半空中跳下来的，每次起飞都有赴死的心情，根本没有享受过民航的待遇。朋友们说我是身在福中不知福，他们非常羡慕能跳一次伞。我只能说，你们是没经历过死的那个感觉啊。

跳伞，已经离开我的生活多年了，但阴影却存在了数年，以至于做梦跳伞都能吓醒，惊出一身冷汗。直到2011年我才开始尝试着坐飞机。但是现在每每回想起来我的第一次跳伞，我都掩饰不住它给我带来的一份感情复杂的回味。毕竟，我经历过……

裸奔

参加实战跳伞的前几天，老葛将我们从海南训练基地带回泰山营区。返回时，老葛给我们全部买了卧铺，我们也就等于包下了一节车厢。拿着卧铺票，我们高兴得以为可以大睡一觉，但是却不知卧铺也能成为老葛的练兵场。

老葛手拿一根藤条棍，我们全部趴下，在卧铺上练习俯卧撑和仰卧起坐，这估计是侦察兵训练的又一拓展。虽然车厢里全是我们的人，但是来来往往过的人却很多。没有不对我们咂嘴的，说这帮小伙子真是精力太旺盛了，买了卧铺也不睡觉。老葛还对深感兴趣前来观看的乘务员说：我们的战士都很自觉，给他们买了卧铺也舍不得休息，都在加班加点训练呢。

那一次，除了必要的休息，我们的俯卧撑和仰卧起坐从海南岛做到济南。下火车的时候，整个人都是发飘的，肚皮和膀子疼了半个多月。

这个极具传奇的老葛就是我们侦察兵集训队的队长。他虽然训练残酷，脾气火爆，但在我们侦察兵的心目中却威望极高。我们集训队里的小杨是唯一的义务兵，在集训队里不仅是训练队员，还兼顾集训队通信员的工作。上半年训练期间，小杨母亲突发脑溢血住进医院，接到家里电话后，小杨无心训练，老葛就让小杨请三天事假回家看看。小杨报假后，军务部门迟迟不批假，说是情况无法证实。老葛发怒了，一脚踹开军务科的大门说：你们只会当官僚老爷吗！你们知道侦察兵们的训练有多辛苦吗！我看你们都需要跟着练上几天了！军务科当晚放行。

一头板寸的老葛就是这样讲义气，当然，最重要的是，侦察兵们都服他。早晨训练，老葛带头跑步，别人结束了，他还能骑着山地自行车冲一趟山头，回来后再踢上100脚沙袋，肌肉健硕得像一头雄牛。老葛不但在侦察兵中有威望，在驻地也有极强的威慑力。老葛当连长时，野外驻训时和一帮小混混发生冲突，老葛一人放倒6个，至今这些人提及老葛都不敢吭声。

老葛擅长组织集训比武，每每都能拿到靠前的名次。针对不同的科目，老葛的手段方法也不同，但总能起到意想不到的效果。临近实战跳伞那几天，老葛说，参加实战演习，经常不能按时吃饭，所以你们必须体验忍饥挨饿的感觉。当然，训练一样不能少，否则没有实战的意义。早晨照旧是15公里，虽然对我们来说已是家常便饭，但疲劳总是有的。白天的时间老葛安排的是射击训练，开始我们以为会很轻松，因为早饭没得吃，如果白天训练强度太大势必受不了，但是老葛公布了射击训练注意事项后，我们全都蒙了。靶壕里报靶人员比射击人员提前到位，与射击人员不见面，杜绝了作弊的可能。射击队员每人每天200发子弹，射击距离两百米。采取不限时射击，也不限单发或者点射。但，最关键的一条是，每脱靶一发，就要围绕训练场跑一圈。那个训练场出奇地大，一圈下来至少1700米。老葛这一招太狠了，大家拎着子弹箱，真觉得有万斤之重。

那天的射击，我们发挥得比以往任何一次都差，战战兢兢的不敢开枪，开了枪就可能是脱靶。没到中午，我们的小腿都跑肿了，加上饥饿，实在不堪忍受。老葛说，如果你脱靶太多跑不了，可以。这有本子，记上账，明天早晨补上。中午是没有饭吃的，而我们的体能已几乎耗尽。到了太阳偏西，老葛说进行今天的最后一项训练，然后就可以大碗喝酒大块吃肉了。这最后一项训练是30公里定向越野。我们背着背囊，按照地图前进，双腿麻木般前行。我们常常觉得自己无法忍受某些事情或情况，但其实一旦发生了，又有无限潜能。30公里的定向越野没有让我们任何一人趴下，下午5点半的时候，我们终于走到了终点。在集结点，老葛开恩地让我们把背囊都放进一辆侦察车里，然后一脸坏笑地对我们说：你们饿了一天，那感觉我知道，最想喝点啤酒吃点烤肉。老葛的话一出口，我们的口水都要冒出来了。老葛这人我们都了解，对兵训练狠，但也无比好，而且绝不克扣军饷。既然提出了喝酒吃肉，那绝对是会落实的。果然，老葛说：你们一天没吃饭，但属于你们的伙食费不能放我这，那我就是犯错误了，今晚这顿饭就交给你们。现在，我们的方位距离市区最近一家自助烤肉店还有3公里，我们奔袭过去，里面见。

老葛坐在侦察车里一冒烟走了，我们在筋疲力尽后又找到了力量，一口气冲到这家烤肉店。烤肉店老板哪见过这场面，一看来了这么多顾客，高兴得不得了。但很快，他就转变了态度。几乎所有的烤肉箱跟前都站着我们的队员，烤熟一只羊就吃掉一只羊，烤熟一根牛腿就吃掉一根牛腿。至于鸡腿之类的零部件，则是一口一个，每人都吃了几十个，骨头摆满了桌面，然后就是喝酒，饮料，打嗝，吵嚷着碰杯。有几个地方顾客等了半小时也没等到烤肉，只吃了些蔬菜就和店员大吵着退了钱走了。那一天，足足吃了个天昏地暗；那一晚，足足睡了个天翻地覆。

第二天，如是进行。老板却不愿意了，跑过来找到老葛，满脸堆笑着递上香烟，说我们就是个小生意，赚点养家钱，你们是顾客，来了我们理应欢迎，但是，这么个吃法，估计我后天就要关门了。老葛二话不说，手一摆：放心，吃完这顿，再不过来。老板这才松了口气，还专门给队员们烧了一桶羊汤带回。

老葛常说，部队是打仗的，军人需要点血性。都像小绵羊一样，到了战场能干什么。部队饮酒是违纪，在集训队里老葛却时常组织喝酒。每逢高危科目训练，更是必喝没商量。实战跳伞前的最后一天，我们这些首次参加的新兵们来说紧张的心情无法释放。老葛说：喝酒。就让司务长去超市买了一车啤酒，又让到村里买了一头牛牵回来，他亲自操刀杀了，然后架着大锅，从山上弄来干木柴炖烧，直到晚上10点，老葛拿着大砍刀一个个给我们分肉。老葛规定，吃肉喝汤随个人能力，能解决多少就解决多少，剩下的第二天早上凉拌。啤酒每人不低于4瓶，喝完睡觉，任何人不准外出。那一个晚上，我们疯了一样，觉得老葛太敞亮了，敢于顶风违纪公开组织酗酒。我偷了懒，喝了两瓶就只顾着吃肉去了。到了后半夜，我肚子疼，起夜时溜达到了大门口，只见铁门紧锁，有个亮光一闪一闪，俨然坐着一人，我走近一看是老葛，瞪着大眼问我干什么。我忙说起夜肚子疼，反问他在这干什么。老葛张嘴便是粗话：妈的，你们这帮孙子，喝了酒，不看着你们能行，那不得飞啊！我问既然怕我们闹事还让我们喝酒干什么？老葛叹口气说，你不知道，去年的那批新队员，因为实战跳伞思想压力大，天天晚上睡不着，早晨眼珠子发红，有好几个得了抑郁症，写了遗书。后来，我就琢磨着让他们喝点酒。你想想吧，咱们喝醉酒的人啥都敢干，杀人放火都不怕，还能怕跳伞？！压力大，喝点酒就能睡着，第二天醒来就上飞机了，想害怕都来不及。要不，我会赔着钱让你们这样作践我的训练费啊！老哥一席话让我顿然清醒，老葛粗人，但粗中有细啊。至少，他是一个真正懂兵懂部队的人。而我们的部队，越来越多的国防生大学生干部充实进来，却常常因为不能真正知兵爱兵而产生种种苦恼和矛盾，实在应该学学老葛。

当然，心细的老葛也有失手的时候。那年实战跳伞回来，已是冬天，接近元旦。接连飘了几场雪之后，温度极低，加上是执行任务刚回来需要休整，老葛就说别冻坏了你们的手脚，训练暂停几天，但是所有人都在室内搞点活动，任何人不许私自外出和酗酒。

但是元旦是个狂欢夜啊，我们精力充沛又休息多时的侦察兵们如何能安静得下来。元旦夜里，我们派出侦察兵侦察老葛动向，发现他居然没有回家陪老婆，而是在一楼值班室坐着。他坐着，我们就等着。就这样耗到凌晨12点，我们实在等不下去了，心想，他只是在一楼坐着守住出口，又不上来清查人员，那我们不从大门走就是了。至于从哪儿出去，这是难不倒侦察兵的。我们30多个人靠着一条旧床单，从二楼卫生间窗户鱼贯而出，一路奔向外面的小酒馆。那天晚上我们喝得开心，聊得也开心，谁也没想到会有什么情况发生。我们是6点起床，直到早晨5点钟的时候，我们才恋恋不舍地返回。

回来就没必要从窗户爬了，大门洞开，但奇怪的是居然没有哨兵。我们忐忑地上了二楼，楼梯口处，一人坐在椅子上正往烟灰缸里塞着烟头。老葛抬头看看我们，仿佛什么都没发生，停了一会才说：楼前集合。到了楼前，老葛又说：除了内裤全部脱光，包括鞋袜。然后他让通信员把三轮摩托推过来，扑哧一脚发动起来，一边大声说：目的地泰山广场，方式徒手越野，开始。

我们那个心啊，比脚下寒冰都凉，但谁也不敢有怨言。我们一路狂奔，老葛在后面嘟嘟开着摩托。我突然想起一首歌的歌词来：头上顶着风，脚下踩着冰，心中含着泪，生活不轻松。是的，真是不轻松啊，但是怨不得别人，如果要有怨言的话，我确实有点，那一天，我是唯一的穿着红花内裤的人，在整个行进过程中，除了忍受寒冷，还要忍受路边行人大笑着拍手：快瞧，这群彪子，还有一个穿花内裤的呢！屈辱，真是从头至尾的屈辱，至今我还在梦中见过那些场景。

深山伞兵

那天，到济南军区某团拜访老同学庄须周，他在这里当营长。没聊儿句，他就说："你不是要找点创作的素材吗？带你去看看我们营里的一个老兵，叫张龙生，没准能找点灵感。"他还特别补充说："张龙生不是兵，是个干部，但性子有点怪，不喜欢别人喊他职务，就乐意听别人喊他'老兵'。"我自忖，这有点道道啊，那可真得去看看。

循着绵延的山路，走近一片营院，一条大黄狗立即过来冲着我们汪汪直叫。不一会儿，两个穿着体能作训服的军人出来了。模样年轻的是个新兵，年龄大些的那个就是张龙生。张龙生伸腿踢了黄狗，一本正经地说："滚蛋，营长来了我都不敢吭声，你还敢嚷嚷！"黄狗不叫了，跑到一边蹲着。张龙生这才嬉笑着说："营长您老人家怎么来了？"营长说："少给我拍马屁，我来看你们两个小子还活着吗？"张龙生嘿嘿笑着，说："这不都好好站在您面前吗？"

进到院子，一阵寒暄，不知不觉快到中午了，张龙生很是热情，提出在这里吃饭，指指院里的青菜地说："咱这里啥都有，再出去给你们打点野生鱼。这几天天气炎热，鱼都浮在水面吸氧呢！"

上山的路上，我发现张龙生的腿有点瘸。

一路上有很多山枣，张龙生摘了一些放口袋里说："山枣是七月十五红屁眼，八月十五红全身，是中药，大补呢，现在还不太好吃，但是煮粥可以。"营长批评他讲话太粗鲁。张龙生说这是谚语，又冲我笑笑。

走了不远，是一个小水库。张龙生说这里面的野生鱼很多。营长问他："赤手空拳怎么逮鱼？"他说："用石头砸。"就围着小水库边沿走来走去，找适合的石块。我心想，这人太能胡扯了，还能用石头砸鱼？我就和庄营长站在一边闲聊，没往前靠。

庄营长看着张龙生的背影，突然叹口气说："唉，这小子当兵当傻了。张龙生是这个部队里资格很老的伞降教练，国家二级跳伞运动员，在部队也是个人物。自1994年部队组建以来，张龙生一直担任伞降教练，可以这么说，这个部队大部分的跳伞队员都是他或者他的徒弟教出来的，包括我自己。这人没啥别的毛病，就是嘴损。"顿了一下，庄营长若有所思地说："其实，他是心里堵得慌！"

这时，听得扑通一声水响，我们一看，竟是条一筷子长的青鲤鱼，尽管还摇晃着，但分明受了重伤，头被砸扁了，漂浮在水面上。

接下来不到半小时，张龙生噼里啪啦扔了一阵石块，居然砸上来5条青鲤鱼。他蹲在那，一边用自带的刀具给鱼开膛破肚，一边说："这些足够中午吃的了，其余的先在这养着，早晚给它们全吃掉。"庄营长说："你小子，逮鱼摸虾的，还真行！"张龙生笑笑说："咱啥不行？啥时候给你掉过链子？只要营长您老人家发话，咱就往前冲！"

庄营长往旁边走了几步，自豪地对着我说："别看他吊儿郎当，可有两下子。他参加过很多全军的大比武，拿过不少靠前的名次，获得过不少荣誉，为了部队那是拼了命的。但是后来在一次执行高空跳伞任务时，不幸受伤，一条腿摔成3截，大腿骨折，小腿骨折，落地时脚后跟都扭到前面去了，只剩白筋连着。"

营长接着告诉我，张龙生是为了在空中救护一个未开伞的新兵而摔残的。

2005年，部队参加重大演习多。为了把基础课目练扎实，训练强度非常大，团里要求新毕业排长和全体新兵都参加跳伞。彝族新兵阿西木呷从未跳过伞，内心害怕，就千方百计地装病。张龙生毫不客气地对那个新兵说，少给我装孬种，你有病没事，写了遗书再跳。

那天跳伞，在直升机上，张龙生特意和阿西木呷坐在一起。阿西木呷有些紧张，面色铁青。飞机开始盘旋找投放点时，他有点两眼发直。

张龙生突然严肃地对阿西木呷说："你怎么没穿裤子就来了。"阿西木呷吓得赶紧往屁股上摸，说穿着呢穿着呢。机舱内队员们一阵哄笑，阿西木呷不好意思地笑了，紧张感消除了一些。张龙生说："你紧张个屁，圆伞是自动打开的，别说吊着你这么个人，就是拴头猪在上面，落下来都不耽误撒欢跑，记住动作要领就行了，一会你先跳，我背着翼伞随后跳下来跟着你。你要是装孬种，我就把你扔到空中去。"

伞兵最信任的一是科学，二是教练。等到直升机轰鸣着平稳盘旋时，阿西木呷终于狠了狠劲跳了出去，但是他在出舱时动作失误，出现翻滚，双腿夹住了引导伞，主伞无法打开，整个人像块石头一样飞速坠落。张龙生一看情况不好，迅速跳出舱门向阿西木呷靠近。等他帮助阿西木呷顺利打开备份伞，再去开自己的伞，已经有些时间不够了。仓促间他一条腿斜着触地，只觉眼前一黑便什么都不知道了。

张龙生醒来发现自己躺在医院病床上，听医生说自己左腿断成3截。阿西木呷早已泣不成声，一直守在医院里陪护张龙生。张龙生对他说："你这个孬种，不要在这耗着，赶紧训练去，把你的胆子练大点，不要像个老鼠胆一样。"而现在，这个当年的"孬种"，已经是团里几次赴外参加国际侦察兵比武的主力干将了。这对张龙生来说，内心多少感到欣慰。

走回小院的路上，张龙生的目光似乎被什么锁住了，把鱼递给庄营长，从腰间摸出一把小剪刀来。原来是一株含羞草，他要把它挖出来。我很纳闷，说你要这干什么？他说："我挖来送给女儿的。我在外面执行任务多，女儿见到我很少，每次见了都怕得不敢看我。我女儿就是含羞草托生的。"

我问他女儿在哪呢？他的眼神中荡漾着幸福，说："孩子在老家，后天过生日，到时候老婆带着孩子过来。"庄营长问了几句孩子的情况，张龙生的面色一下沉重起来："孩子免疫力太差，只要发烧感冒病情就会反复，肚子疼的时候满地打滚，浑身起斑、尿血。"

可能觉得自己说得太严重了，好像是安慰我们，也是安慰自己，他又笑着说："现在医学发达，要相信科学相信医学。"他晃了晃剪刀，说含羞草根茎非常脆弱，必须连着泥土一起挖起来才行。看着他小心翼翼地挖起含羞草，营长和我都没有说话，眼眶却潮了，心想这铁打的汉子身上背负着怎样的沉重？

我们回到院子，张龙生让手下那新兵赶紧生火做饭，自己则捧着含羞草去了房后。我和庄营长跟了过去，房后是一块整整齐齐的花圃，里面密密麻麻全是含羞草。张龙生悉心地把这株含羞草按顺序栽到花圃里，对我们说，女儿马上过8岁生日了，他希望这些含羞草能给女儿带来好运。

我问他，打算怎么给女儿过生日？他爽朗地笑着说，还能怎么过，送她这些草啊，如果是在家里，会给她买个生日蛋糕，在这里没法下山，到时候做个大点的甜馒头就行了。

听到这里，我觉得自己应该为他女儿做点什么，等孩子后天过生日，给她买点小礼物。我就对张龙生说："那后天我来看看孩子。"张龙生说："那怎么行？"说完，他看着庄营长，寻摸营长的意思。庄营长明白我的话，拍拍我的肩膀说："这老兵不会说客套话，我替他感谢你，后天我陪你来。"

两天后的上午，我们如约而至。刚到山路口，我和庄营长就愣住了，路口的枣树下，张龙生左手边立着一个婆娘，婆娘的左手边是一个皮肤白皙身穿黄裙子的小姑娘。庄营长说："这是他们一家3口在这迎接咱们来了。"

看到我们拎着东西走过来，张龙生牵着婆娘的手就迎上来，激动得不知说啥好，一个劲地冲着他老婆说："这回你信了吧，信了吧！"

庄营长问怎么了？他滔滔不绝地说，自从他老婆孩子来部队后，他就说了好多次我们今天过来，他老婆说他嘴不靠谱，有点不信。他的老婆虽说有点不信，但还是精心收拾了一番在这里等着。

到了营院子中，庄营长非要露两手厨艺，让张龙生的老婆和新兵给他打下手。张龙生想去和孩子亲热，孩子马上跑到厨房找妈妈去了，张龙生冲我笑了笑说，真是的，这娃连亲爹都不稀罕。他拿起小锹说，咱们到后院去。

库房的后墙上挂着他10多年来穿过的所有伞靴，他穿着它们从新兵到提干，从蓝天回到大地。

在后院的花圃里，张龙生一边松土，一边满嘴"怨气"地打开了话匣子，说别看我现在窝囊，18年前我可是一条好汉。我说你现在也是条好汉，我听营长说了，你是老牌的伞降教练。他笑笑说："老皇历了。"想了想又说，"你别看他职务高，可我当兵都20年了，我风光的时候他还没入伍呢。他能知道多少？"我来了兴趣，就说那你给我讲讲吧？他说好，今天心情高兴就和你唠唠。

张龙生仿佛是为跳伞而生。跳伞，是张龙生从小的梦想，他对此有着近乎疯狂的爱好。张龙生的老家在偏僻山村。看了几次电影，战斗机飞行员从空中飞降的镜头对他的诱惑很大，为了找点刺激，他居然从村头的崖坡上举着雨伞往下跳，差点送了命。

1993年，部队到他家乡招收跳伞员，张龙生第一个报了名，并以考核总分第一名的成绩被优先录取。新兵集训3个月后，张龙生迎来了伞降兵生涯里的首跳。那天，风有些大，但部队还是开展了实跳训练。由于是新兵首次实跳，团长、政委亲自督战，全部在一线指挥。

张龙生强烈要求参加首批实跳。首批实跳是为其他实跳的新兵做示范，这本是老兵的事，但由于张龙生是地面动作考核中最好的，为了在新兵中形成良好的参训氛围，上级批准了他的请求。

飞机在800米高度盘旋，找准投放点以后，运输机侧舱门缓缓打开，张龙生在教练员拍打自己的那一瞬间，腾空而出。

出舱后的张龙生还是有点紧张，他闭着眼睛不敢睁开，但大脑清醒。他记得教练说的"出舱后默数5个数，如果没有明显的张力把自己拉回去就是出问题了"。可是他已经数到8了，还在飞速下降，他睁开眼，竟然可以看见田间干活的农民清晰的身影。

这是人在绝境中求生的本能，加上超强的心理素质，还有快如闪电的反应能力。在不到200米的空中，他以闪电的速度拉开了备份伞，安全着陆，毫发未伤。

闭上眼睛的团长、政委听到的是一阵惊呼的喝彩声，扭头一看，新兵张龙生正站在地上向指挥部敬礼，这是每个着陆的伞兵落地后需要完成的最后一个动作。掩饰不住内心兴奋的团长当场宣布：新兵张龙生以超常的发挥和应变，避免了一场重大伤亡事故，报请三等功。

此后，新兵张龙生在跳伞的生涯上一路惊险一路辉煌，他先是被选到团里的伞降示范队，后被师里的特种跳伞队挖走，在参加了多机型、多伞型、多种开伞方式、多种离机方式的跳伞近千次后，终于成长为部队的专业跳伞教练。当兵第十年时，他被破格提干，成为全师伞降兵的一张名片。

张龙生说，每当部队有重大任务时，他总是背着降落伞去搏击蓝天。他说他一辈子最迷恋的就是翱翔高空俯瞰大地的感觉。他说那个时候他就是一只鹰，想怎么飞就怎么飞，心旷神怡。

后来他的腿摔残了，不能跳伞了，就住在营里，天天有人伺候着，组织上也很照顾他，但他自己受不了，每当看着战友穿着伞靴、背着伞包从训练场谈笑风生地回来时，他的心如刀剜一样难受。他提出转业，领导说他的伤还未痊愈，还是养好伤再说。

他再也承受不住这些关爱，一个空降兵没有了蓝天，也就失去了阵地。他不愿就这样在营里躺着，更不忍跳伞归来的战友对他嘘寒问暖。他坚决提出要进山看守营房，从此进入深山。他不愿别人再喊他张教练，只让别人喊他老兵，他说，这更符合他现在的角色。

说着说着，新兵过来喊吃饭了，张龙生扔下小锹，打开了旁边一个小库房，他进到里面一边翻箱倒柜一边说："还记得你前天说要和我喝几杯吗？今天把好酒拿出来。"倒腾了一会，他果然翻出一瓶蝎子酒出来，他说这是他去年在山上捉的蝎子，再加上这些红枣一泡，就是中药补酒，他腿伤疼痛的时候喝几口就有疗效。

就要关门的时候，我发现库房的后墙上隐约挂着一堆黄澄澄的东西。张龙生犹豫了一下，指着说那是他的伞靴，他10多年来穿过的所有伞靴，他穿着它们从新兵到提干，从蓝天回到大地，又从好腿变成残疾。我走近些去看，那是一双双虽然破旧但却擦拭得干干净净的靴子。老兵走进了深山，它们被挂在墙上。风雨年轮中，他们是一个分不开的整体，平静岁月中，他们又好似共同归隐的兄弟。

午饭后，我和张龙生到院子里转悠。谈到孩子的病情带来的困扰，他略有沉思地说，主要是家属，有时候大吵大闹不讲道理。他说他理解都是因为孩子，但有一次她竟然满嘴胡来，说你为部队腿断三截，耽误了孩子的病，部队给了你什么，你这样卖命？！你整天跳那个破伞就跳出这么个结果来？

他一巴掌扇了过去……

女人被打蒙了，张龙生更是后悔。说实话，打女人的男人不是个真爷们，但张龙生又认死理：你可以骂我这个人，但不能指责部队，更不能指责伞兵。经过那一次，妻子再没拿这个和他闹过。当然，张龙生也承认，孩子的病情确实是耽搁出来的，自己有责任。2008年春节，家属因为春节期间在单位值班，张龙生带着孩子先行回江西老家，腊月廿六一早，张龙生接到去云南曲靖参加演练任务。他什么也没说，把孩子留在家里就去了云南。后来，孩子就出事了。

大年三十晚上，孩子吃了很多东西后说肚子疼，家里人都以为是水土不服，就去村里的赤脚医生家里看了看，当成肠胃病拿了些药。

一周后，妻子赶到了，看到孩子浑身上下都是紫斑，顿时就蒙了。妻子意识到孩子可能病情很麻烦，赶紧给张龙生打电话，电话却打不通。在演练期间，为避免干扰，每名官兵都是关机的。第二天一早，妻子带着孩子几次转车到了江西省儿童医院，结果诊断为：晚期过敏性紫癜。

医生说这个病在早期很容易控制，但送到医院时已经晚了，再加上孩子体质不好，当时已经发展成紫癜性肾炎，出现了严重的便血现象，就算病情暂时控制住，即便一场感冒发烧，只要引起病发，孩子是说没就没的。

他见我听得心情沉重，忙把话题转到跳伞上。他笑着说："什么都得看开点，就说我吧，吃这碗饭的，三分靠运气，七分看技术，训练场上咱不怕，咱就是一个为打仗而生的老兵。"

他说起跳伞来神情迷醉，也没有了粗话。我看得出他对跳伞生涯的留恋，那是从骨子里的爱。但是，他又叹口气说："现在白搭了，我就窝在这山沟里吧，除了每年给新兵讲授地面动作，其他时间我不出山。我知道领导都关心我，我不要。军人嘛，就得像个军人的样子，行就是行，不行就干脆脱军装滚蛋。"

接着，他叹口气说："我一生最爱的事业不能继续了，女儿得了这样的大病……"

他想说下去，但转了话题："大家都尽力了，部队向上级申请了大病救助，每年都给孩子一些治疗经费，还帮着协调医院找最好的专家，就冲着部队这么关心我，关心我的孩子，我值了。"

顿了顿嗓子，像是回味，他最后才憋出一句话："虽然不能跳伞了，但咱还得是个正儿八经的伞兵！其他的，都是扯淡。"

谈了一会，张龙生说他得出去一下，然后进了厨房，拎着一个鼓鼓囊囊的黑塑料袋匆匆地走出大门。我转身回宿舍时，正碰到张龙生的妻子在给孩子准备草药汁。她说她常常看到张龙生一个人去库房里拿着伞靴发呆，她知道他的那点破心思。她随后很自豪地说："他虽然残了，还是个爷们，一个能顶得住风风雨雨的爷们，女人过日子，不就是要个这样的男人吗？"

说话间，黄狗汪汪地叫起来，一个老汉手里拿着几株带着新鲜泥土的含羞草，呼哧呼哧喘着气站在院子里，一把拉住新兵问"老兵"呢，说他老伴在山上帮"老兵"挖含羞草，不小心摔倒了，来找"老兵"送医院。新兵说"老兵"去给养老院送鱼去了，你们大概走岔了道。老汉一把将含羞草塞给新兵，转身就往另一条道上去追。

看着我们纳闷，新兵就说，本来张教练是不让说的，但是你们都知道了，那我就告诉你们吧。

原来，就在这山后不远，有个不大的村子，村子靠山吃饭，很穷，有几户孤寡老人日子过得凄苦。张龙生去过几次，一直救济他们。后来一户老人的房子坍塌了，压折了腿，张龙生建议那几户老人都搬出老房子，和村里交涉后，帮着他们修建了3间砖瓦房做养老院，把那几个孤寡老人都接到了里面。除了政府的救助外，张龙生自己贴了不少钱，没事经常打鱼摘山枣送过去。碰到生病的，张龙生还会送些鸡鸭鱼肉，平时担负起他们的救助与对外联络。

我突然明白，自己面对的是怎样一个"老兵"了。张龙生，这个山中看守仓库的伤残"老兵"，给了我某种新的启发。

那天，我从新兵手里接过老汉送来的含羞草，悉心地把它栽在后面的花圃里，我希望自己栽下去的不仅仅是一株株含羞草，更是一个个可以实现的美好愿望，祝福可敬的"老兵"张龙生，但愿他女儿的病痛早日康复。

登陆艇搁浅之夜

登陆艇驶出威海卫军港不久，就遇上了台风，船体颠簸得如一只跳跃的蔚蓝的球，剧烈的眩晕连老鼠都扛不住了，纷纷跑到甲板上不要命地往海里跳。水兵们全都焉了，吐净了一天来肚子里的食物，抱着栏杆不敢走进住舱。

傍晚，大海短浪换长波，船体不再跳跃，而是如秋千般荡起，发出一阵阵断裂般的声响。令人惊悚的事情发生了，巨浪横跨20米长的前甲板直扑到驾驶室玻璃上，雷达一片浑浊。我们不得不向着一处岛礁停靠，几年前，经常路过的水兵们在这里修了个简易码头。

五大三粗的枪帆兵快速抛下五根缆绳固定船体，登陆艇获得了暂时的平静。机枪手负责值锚更，其余的水病都横七竖八地躺在住舱内，谁也没有理会那个干部二人舱里的"新兵蛋子"大学生干部，在我们真正的水兵眼里，那不过是艇上的一个"奇葩"。

一

一周前，船上来了一个新毕业干部。当时指导员派我去干部股领人，我怕行李太多，就带了一个班长一同去机关。到了政治处，干部干事说，就这位，李二五同志，你把他领回去吧，你们艇上新来的航海长。

啥？他是新来的航海长？那我呢？！我一听就有点不高兴，我是一直在艇上负责航海的老班长，这个部门就是我说了算。现在弄个航海长过来，不是硬生生给我安上个太上皇吗？但是当着干部股干事的面我没好吭声。

这个时候我才看清楚人，站在墙角的一个毛头小伙子，嘴巴上毛都没长几根，头发倒乱得可以。穿着一件制式短袖，不知道多少日子没洗了，泛着绿莹莹的光泽。我不禁一乐：你是武警？李二五着急解释：我不是武警，我是陆军。干部股干事也诧异地看着我，想不出我怎么会问出这么个问题。哦，我笑着解释，我看他的服装颜色以为是武警呢。李二五没明白过来，干事明白了，半笑着说：滚蛋，别胡扯，领走吧。

走在路上，李二五好像没明白，还在问我：你怎么看我像武警呢？我这正规解放军服装啊。我一笑差点喷出来：没事没事，说着玩的，你真是个李二五！

李二五红着脸跟我来到船上。指导员和他简单聊完几句，说安排航海长住干部二人舱，我就把他带到宿舍。他也不收拾，一屁股坐在床板上。我本打算走的，看来还不能走了，作为一名资深老航海兵，我得给他交代一下"行内规矩"。

我问他哪个学校毕业的？他说大连海事学院。地方生入伍？他说是。也没去军校"过过炉膛"？他反问啥意思？我说你没去正规军校再学习一下？他说没有，说毕业了正准备去越南那边打工，学校来了几个当兵的招船艇航海专业的军官，没多想跟着就来了。

我一听乐了：咋想着去越南？去那边找媳妇？越南新娘在中国比较多？他呵呵一笑：是跑越南那边的货船，工资待遇比较高。

哦，那你会不会三大步法叠被子？他说知道一点点。

我得整点干货震震他：航海这东西只懂书本没用，关键还在于实践，我也是船艇学院航海专业毕业的，在船上摸索了10多年，是老航海了。他突然很兴奋：那你以后多指点我，我实践真不是太多。

这就对路了。干部怎么了？来了就得听咱的，咱是老航海，过来人。我说，我给你讲讲咱这艘艇。

他高兴地说好，支着耳朵听。

咱这艘艇是我当第三年兵时候接过来的，第三年的时候，你想想，那很早了，8年前呐！那时候我班长正面临退伍，我班长当了10多年兵，一直待在一艘破登陆艇上，是最老式的067级，好不容易熬到换代了，而且一换就是最新的271Ⅲ级，能舍得走吗？能甘心吗？那是哭得鼻涕一把泪一把的不想走，想去接新船，说哪怕接了船待一天都行，但是没办法呀，等不到那一天，只能回去了。走的时候信誓旦旦说一定还要回来看看。

李二五关心地问：后来回来了吗？

回来个屁！回家不久就结婚生孩子，火力太猛，一下子生了三胞胎，天天在家洗尿片，家又远在四川，哪有工夫来看船了。

李二五说真可惜。

这时，门缝闪过一个人影。怎么是他？令人生厌！一股子怒火冲上我脑门子，我咣叽一脚把门踢上。李二五有点诧异地看着我：怎么了？我说没事，以后你就知道了，这艇上有个神经病。

二

章光业是我在艇上这么多年来带的最失败的一个航海兵，作为航海班长，我有责任。不用说别的，就看他那副德行吧，满脸胡子拉碴的从来没光溜过，眼角总是有眼屎，衣服好像从来没洗过，用火柴在前襟上一哗啦，绝对能燃出火花来。我就不埋汰他了，因为只要你见了一眼，就会觉得我所有的形容都是多余的。

但是不用我收拾他，他自己就会送上门的。

那个周末，艇上大部分人员都到码头俱乐部去了，只有艇长和章光业在，按道理章光业也要上去参加集体活动，可是这小子非得说肚子疼，艇长就让他留下打扫甲板。

艇长在驾驶舱旁边的单人宿舍，稍微伸头就能看到甲板上。艇长在看小说，看完一章伸头看看，章光业在那呢，再看完一章再伸头看看，章光业仍在。看完两章再伸头，章光业不在了。这小子，溜滑溜滑的，当然也有可能去厕所闹肚子去了。艇长接着看小说，大周末的，懒得搭理他。

正看到精彩处，艇长被忽然当的一声轰响镇住。定了定神，没动静了，艇长想可能是风把哪根杆子刮掉了。他连喊两声章光业，但没应声，便坐下来继续翻小说。突然又是当的一声。艇长放下小说，走出来，看看甲板没人，航海室没人，二层宿舍都没人，他叫了几声章光业，更没动静。正当他打算回房间的时候，突然一阵急促的当当声从底舱传来。六七声过后，声音骤停。

艇长惊出一身汗：机电兵一个不在，咋从发电机房出来这大动静？！他悄悄打开底舱门，一片黑咕隆咚，他啪地打开壁灯，走下旋梯，被眼前的一幕惊呆了：章光业双手是油，满脸乌黑，拿着一只大扳手正在撬输油管子。

早几年船艇出航的时候，碰到渔民，机电兵会打开输油管子放出柴油和渔民换海鲜。后来上级进行了专项整治，给油罐都增加了测油器，这种现象基本杜绝了，没有人敢碰这根纪律红线。

现在，偏偏是章光业，在这里拿着扳手撬油管子，艇长有点发蒙。章光业擦擦脸上的机油，对着艇长说：我……艇长摆摆手：你不用说了，等着开军人大会。

三

在干部二人舱里，我对李二五说，你命真好，来艇上就能跟着这么老的班长干，省心！

李二五笑了笑，没回应我的话，让我有点不悦。他问我：咱们艇出过什么状况？发动机怎么样？多长时间中修一次？

我说咱这艇参加的演习无数，状况还真没出过，发动机那是机电部门的，不要多管闲事，咱们的任务是航海。至于中修的问题，至今没有被提上日程。

他不紧不慢地说：看这成色，给我的感觉，估计该中修了。

我说你净会做好梦，想这好事，等着吧。我当兵10多年就参加过一次中修，8个月，那日子过得爽啊，都快能飞上天了。

他说中修就能这么爽？我说是啊，军艇中修和地方船中修，那是两码事，你想，单独在外执行任务，天天没啥事就看着工人修船，相对于在营区大院的严格管理来说，那是神仙日子啊！

他笑了笑，不置可否。

又聊了一会，我感觉这李二五还确实懂得不少。我起身拍拍他：好好休息一下吧，没事，放心，有我在，啥不懂都没事，全方位的！对了，就是你这个名字怎么起成这样？

他乐呵一笑：我爹起的名，我哥叫大五，我叫二五。

此后的几周，李二五在登陆艇上跑上跑下，窜来窜去，特别是到底舱比较多，竟然和那个无赖机电兵章光业混到了一起，两人经常在底舱弄点零食，喝瓶啤酒，李二五一边和章光业吹牛，一边还往随身带着的小本本上不时记着东西，像是个情报员一样。我偷摸去看了几次，他的小本本都锁在抽屉里，好像记着重大秘密一样。我把这个情况反馈给艇长，艇长说他也是个干部，咱也不知道他要干啥，这个不要干涉。艇长又说，如果再发现他在下面饮酒，我就对他不客气了。

我说话也不是没谱的，那机电兵章光业简直就是个无赖，好吃懒做，爱喝酒惹事，和艇上差不多的同年兵都干过仗，打赢了啥事没有，打输了往地上一躺。除了这个，还在服务社和外面商店到处欠账，见人就借钱，大家都躲他远远的。偏偏这个李二五会和这么个人走在一起，不仅是我，全艇的人都对李二五有了看法。

看法归看法，但是李二五的嘴还是挺灵验的。李二五到艇上第二个月，我们接到了去青岛中修的通知，一周后出发，时间半年。

这下艇上炸了锅。通知有明确要求，中修期间只有5个人在那负责，其余留在营区。艇上可是20多号人呐，谁能挣到那五分之一的名额，就看自己的本事了。

这时我也才明白，这个李二五可不像他说的那么简单，迷迷糊糊就来部队了，绝对有很硬的关系，要不怎么会来到这个船上，而且到了船上就说很快会去中修。好啊，这是抢我饭碗来了。要知道，如果他不来，我是百分之百的五分之一名额，一个船没有航海兵那不可想象，我带的徒弟是没有一个有竞争力的。这个李二五可就难说了，他是干部，明确的航海长，从身份上我没有和他竞争的实力。

他妈的！白眼狼。我心里愤愤地骂了半天。亏了刚来时我对他那么好，又是过去拎包，又是和他聊天。不行，我得想办法才行！

四

风浪越来越大，大家心里开始打鼓了，艇长扶着栏杆绕艇走了一圈，看看天气，恨恨地骂：狗日的天气预报，报的什么狗屁天气！指导员满脸愁容：这是遇上台风了！艇长摁下应急铃：全体前甲板集合，抗台！

前甲板上，全部人员到位，但是李二五不在。艇长怒吼：李二五呢？！喊李二五出来！

李二五是我部门的人，我只好摇摇晃晃地抓着船体护栏进舱找李二五，迎头发现他从底舱爬上来。我一怔：你跑那地方干什么？

李二五支支吾吾说：我……

我说你赶紧吧！现在是抗台，要命的时候！

李二五到了前甲板，艇长指导员都不看他。艇长手扶护栏半弓着腰布置任务：机电班长去底舱，看好机房，一旦岩石撞破底舱进水，立即返回甲板报告；航海班长坐镇驾驶室，看住仪器以防摔坏。其余所有人员全部留在甲板。枪帆班长亲自抛缆，继续加重缆！

风浪一起一伏中，船体像挣脱的野马，先前抛下的五根缆绳在暴风浪的作用下犹如橡皮筋一样伸缩弹跳，瞬间断了两根。如果另外3根也断掉，面临的就是船毁人亡。

所有水兵们都瞪大了眼睛，不敢有一丝懈怠。枪帆班长手拎缆绳，在船体随浪头磕向岸边石墙的时候飞快撒出缆绳，缆绳挽出的绳圈精准地套住岸边的缆桩，抛出一根缆绳就是一份希望，我们其他的人都在后面听指挥，枪帆班长在浪涛转向瞬间发着"收""松"的口令，双手飞快地缠缆、盘缆。很快，第一根加固的重缆稳定了，但是船体并没有丝毫稳定，继续在浪涛中荡着，每次撞向岸边石墙，都发出耀眼的火光。

刚刚加固的缆绳断了，继续抛下第二根。艇长急得眼珠子都出来了：这次台风太大了，我没有别的要求。今晚不惜一切代价，一定要把船保下来

风暴潮在后半夜一度消减，我们抛出了艇上全部20根备用缆绳，登陆艇虽然暂时保住了，但被风浪扯得远远离开了岸边。这种情况相当危险，一旦大风暴再次来临，缆绳非常容易被扯断。

当务之急就是要把登陆艇靠岸，紧紧贴住石墙。但是机电班长打开机器后听了听说：声音不对，发动机出故障了。艇长蹲下来听了听，说：好像螺旋桨缠住东西了。在海里，螺旋桨缠住渔网是常事，艇长说这次缠住的应该是断掉的缆绳，比较麻烦。

这边正想着对策，那边风浪突然来了一个袭击，我们全在剧烈地摇晃中摔在地上，滚在一起。底舱里的机电班长听到一阵咯噔咯噔的剧烈响声震动着船体底部，有点手忙脚乱。浪头不停地越过前甲板，覆盖到二层会议室的玻璃上，发出沉闷的声音。

艇长下达命令：抢时间，尽力往岸边贴靠！我说我去航海室试试，刚走到航海室门口，情况突变，轰的一声巨响从航海室传来，我一把没抓住把手，被浪头打倒在地。劲浪越过前甲板震碎了挡风玻璃，震落了整个航海指挥仪器平台。

这下可完了！我心里一凉，看到上百根线路齐刷刷地断掉，铰拧在一起。

五

军人大会没开成，章光业成了"英雄"，尽管艇长这么认为，当然，他的认为里有几分无奈。章光业确实拿着机关的王高工来压艇长，这事只能不了了之。但是对我来说，最容忍不了的，是这个王八犊子吃里爬外，明明是跟我学航海的，不知啥时候自己转行"研究"机电去了，到处发表机电方面的言论，对于他撬油管子这事，他的解释是要给输油管道开洞加空气，可把那机电班长厌恶得不行。

厌恶也不行，这小子糊里糊涂就调到机电部门去了。机电班长不干了，和艇长大闹，艇长也没办法，说章光业关系挺硬的，机关有领导打电话过来让他去机电部门，这是铁定了的，你要是真不干，我就得让他当机电长。这可把机电班长治草鸡了，气得躺铺上3天没吃饭。那也得干呐，气话归气话，和那小子憋劲，得不偿失。

章光业没别的能耐，整天鼓吹给输油管道加空气的理论，时不时跑到底舱摆弄一堆零件，弄得满脸是油。后来有传言出来，章光业是想提干，这就不足为奇了，大家都知道，他的关系是机关的王高工，因为王高工好几次越过中队打电话给章光业，谁也不知道他们嘀咕了啥，但肯定和提干有关。每次电话后，章光业便容光焕发，所以，大家心里明白，他弄出这么一个话题来，就是为了想立功。简直是笑话，你想怎么就怎么？对不起，我们会在关键时候揭穿的。

去掉艇长、指导员两个固定名额，航海、机电、枪帆每个部门只有一个名额，别的部门我管不着，我部门我的徒弟们我不用考虑，我要集中一切精力对付新来的"眼中钉肉中刺"李二五。

在艇上，我和艇长、指导员3人都是同年兵，他俩是提干的，有能力没学历，我知道他们的心病，学历低，站在高学历的干部面前，他们心里发虚。从李二五刚到艇上他们的态度我就明白了，艇长直接没见他，指导员礼节性地和他聊了两句。我绝对相信我的判断，就分别去了他俩宿舍，给他俩提了点意见：弄这么个新兵蛋子过来，学历虽高，未必好使，麻烦多得是，军事上等于零，技术上也是纸上谈兵，总之啥也指望不上，就能给艇上添份伙食费。艇长眼珠转了转，说那你就抓紧把自己的航海兵都带出师，别老留后手。我说那你放心，等到了中修地点，有的是功夫给这帮小子们补课。指导员和艇长对了个眼神，啥也没说，摆摆手示意知道了。我回到宿舍好久，心情都还是忐忑的。

李二五自己不争气，让艇长终于忍不住了。在一次李二五和章光业躲在二人舱喝酒的时候，艇长推门进去，对着李二五劈头就是一顿狠批，并责令李二五对于艇上的饮酒问题写出深刻检查。从此之后，李二五几乎销声匿迹了一样，没有事的时候基本不出房间。我曾经悄悄从门缝里看过，他背对着门一直在看书，这样的人，估计也看不了什么好书，但不管如何，我在艇长指导员那里的话起到作用了。

六

机关王高工打电话让李二五和章光业去办公室。在办公室，王高工拿出上级单位关于"对船艇输油管道增加氧气助燃"研究的批示，认为可行，大力支持。

李二五和章光业鬼混到一起是到了艇上不久的事。

章光业蹲在底舱的发动机输油管道旁，跟前是一堆工具。章光业很认真，根本没注意到李二五站在他跟前。

章光业看到李二五的时候，李二五显然看出了章光业摆弄那些东西的奥秘，他是不由自主蹲下来凑过去的。章光业看到李二五蹲下来，不自然地站起来。李二五摆摆手让他蹲下来，拿起一个铁块看了看文字说明后，指着一个地方说，这个泵的功率不够。

章光业认为差不多，拿出之前计算的数据给李二五看，李二五看着数据，大脑飞快地计算。最后还是指出，这个泵不足以起作用，必须增大功率，以确保氧气能充足地打入输油管道，使之充分燃烧，达到节约燃油的目的。

王高工非常赞同这个方案，说：这是咱们的一项革新成果，我已汇报给相关领导，咱们要秘密点，给他们一个惊喜。李二五问什么惊喜，王高工说：我已申报全军创新研究成果鉴定，如果评审通过，这不是给单位的大惊喜吗！

一切都是场大玩笑，临走前一天，新的通知下来了：全体水兵全部参加中修。尽管是个好消息，但也把我气得够呛。对于李二五，我还是坚持那个态度，在我的航海领域，他别想成为"太上皇"。

出航那天早晨，李二五起床起晚了，误了备航的时间点，被艇长指导员狠狠批评了一顿。我觉得李二五挺配合我的，我才说过他不行，他立马就出岔子。

中午吃饭李二五晕船晕得没有参加。过了中午就大吐不止，小脸蜡黄蜡黄的，然后躲在宿舍里再也没出来。我心想，就这样，还打算去越南？云南你都到不了就趴下了。

没想到，这场大台风让我们全体都差点趴下了。那个夜晚，考验了我们这个集体。不能不说，这是一个奇迹。

七

我们在会议室研究问题的时候，谁也没注意机电班长出了舱门。大家讨论的重点是如何接通航海驾驶台的线路和清理螺旋桨里面的杂物。第一个问题当然离不了我，我拍着胸脯说这个问题可以跳过，直接讨论第二个就行了。

下到海里清理螺旋桨面显然不现实，危险性太大，一旦被风暴潮卷走，后果不堪设想。艇长让大家多发言，这时才发现不见了机电班长。艇长怕出意外，让赶紧出去找找。我们刚走到前甲板就惊呆了，机电班长用绳子绑住身体，半截身子探出船体，用粗长的铁丝弯成钩子，陆续从螺旋桨外围拉出成截的断缆绳。

但是海浪的冲劲很容易使被拨开的断绳再次聚拢到螺旋桨下面，机电班长回头喊章光业给他送一根长点的竹竿过来，准备把断绳全部挑上来。

章光业答应了一声就进住舱了，和也回身进舱的李二五撞在一起，章光业问李二五进舱干啥，李二五说回房间找点资料。章光业说，找什么资料，你没看他们都排挤你吗？让他们弄去，一个个牛皮哄哄的。李二五没说别的就进了自己的住舱。章光业看自己说的话不起作用，也跟着进来了，和李二五说船上的人特别是干部骨干是如何看待他的，李二五说管好自己就行了，管那么多干吗，两个人就聊了一会。

船头上，大家在轮流用铁丝钩断缆绳，机电班长趴在船沿上等了半天也没等到章光业，气得回住舱去找，刚进会议室看到章光业从干部二人舱下来，就上去推搡了一下。章光业就势躺倒在地，大叫心口疼。机电班长知道章光业是个什么兵，也不管那么多了，上去一顿揍，艇长赶过来问发生什么事了，机电班长说我让他找竹竿，他跑去航海长那里吹牛去了。艇长狠狠盯了一眼从干部二人舱走出来的李二五：都什么时候了，你跑去住舱干什么？！

解决完螺旋桨的问题，就剩下驾驶台的线路了。艇长看着我，镇定地说：不要着急，慢慢来，一定接准了。我们拉着安全绳全部站在前窗挡水，你抓紧时间维修。说完又征询地小声问我：要不要李二五做帮手？我说拉倒吧，越帮越乱，我有数。

李二五往前凑了凑，看艇长指导员都没吱声，又老老实实地退回到前甲板上挡水去了。

到了凌晨三点多，我实在是修不好了，艇长和水兵们也冷得不行，艇长只得宣布暂时回住舱，所有人都要把救生衣穿好系牢，以防万一。至于登陆艇，也只能放弃了。

我们无法躺下，都蜷缩在会议室里，晃动中，极度的疲劳让大家很快入睡了。谁也没注意，这个时候，一个黑影溜了出去。

一觉醒来天还没亮，风浪也没有丝毫减弱，我摇晃着先去了住舱。出远航的人，一般有3样通病：多吃，便秘，胡须长得快。我的习惯是每天必须先刮胡须才能干别的，艇长说我这是强迫症。

刮了胡须，我还是惦记着航海平台那些线路，但是远远的我就看到航海室里有灯光，两个身影站在那里，一个艇长，一个指导员，手里拿着工具，一个人蹲在那里双手熟练地接着线路，动作熟练至极，根本不用测量电向，我仔细辨认了一下，确实是他——李二五。

早晨起床的电铃响了，机电班长也清理完了螺旋桨，趁着第二波大风浪还没到来，全船人员紧急集合，驾驶船只靠码头。

我心里闷闷不乐，站在那里斜眼看着队伍前面的艇长指导员。指导员说：昨天晚上，航海班长再次起来完成了航海平台的线路连接工作，现在我们终于可以把艇靠近码头了，航海班长功不可没。

我怀疑我是听错了，更怀疑指导员是在玩什么花招，也相信这个李二五已经成了二百五了。但我没有作声，而大家对我的敬意，我则全盘照收。

登陆艇停靠安全之后，我去了会议室，艇长和指导员都在那，我刚想张口问个明白，艇长拦住我，举了举一份文件让我看，是一份李二五对船艇现状做出的检查报告，重点是发动机部分。艇长说，李二五在校时，曾经是机电、航海两项技能比武的一等奖获得者，上级机关是看到他这个报告后才决定中修的。这次完好地接好线路，我和指导员都亲眼看到人家的技术了，就是厉害。航海长很大度，照顾到你是老班长的面子，让说是你修好的。

我有点惊愕，实在无法相信。指导员拍拍我的肩，叹口气说：不仅是登陆艇，而是我们，都搁浅了……

狼来了

那些在海岛上守了十几年的老兵常说：在岛上生活久了，人的性欲就会下降。我不相信这个说法，一没科学根据，二没临床实践。但是那个外号叫"小灵通"的老兵却犟得很，甚至拿一个胡须茂密眼睛近视的中士当了例子：就说他吧，你瞧，爷们的架势虽在，但眼神都不犀利了，像被骗了的公鹿。

我说即便下降也是疲劳性下降，一旦休假回家见老婆，就瞬间满血复活恢复战斗力了。"小灵通"晃动着瘦小的脑袋，嘴巴一撇说：你不知道回家那滋味，孩子生疏得像见了外星人，一会儿喊叔叔一会儿喊舅舅，就是不喊爹。大胡子中士更有感触：兔崽子胡踢乱踹，死活不让老子上床，俺想和老婆亲个嘴，都得等小东西睡踏实了才行。

看我皱着眉头，"小灵通"马上转换口气说：也不都是坏事，在咱这岛上，也有好运。我说啥好运？"小灵通"说：咱们岛上有一头神鹿，要是在岛上能遇见它，肯定会有好运！

我来岛上虽然说不上时光漫长，但也算有些日子了。说实话，谁愿意苦守这里？那些老兵说的是，半年见一次老婆孩子的日子实在是难熬。他们提到会有好运气，我当然心跳剧烈，像是得了心脏类急症一样，有点心梗的感觉。

那一年我的确面临提职，"小灵通"和一帮老兵把这个关于"好运"的话题便说了又说。大家热烈讨论，让整个小岛充满了躁动。我一边批评老兵们的封建迷信思想，一边还是心里有些希冀。说得含蓄一点吧，我虽说不信什么神鹿，但从内心来说，我还是希望看到它。

但是，我不知道我是幸运的还是不幸的。见到神鹿的那一刻，它正伫立在悬崖之巅含泪与鹿群告别，它那跳崖前绝望的眼神一直让我记忆犹新，现在还会时时想起它，心理感受万般复杂。

我见到神鹿的那一天，是岛上淡水断绝的第五十八天。那一天正好是阴历腊月二十九，第二天就是年三十。作为营长，作为驻扎在这座远离祖国大陆偏远小岛上的最高军事长官，我不仅要担负起国家赋予我的神圣使命，更不能让这全营300多人民子弟兵因为断水断粮在我手里遭遇不测。

我们所驻扎的岛叫大竺山岛，面积不算太大，我所在的营，有着海防第一哨的美称。但美称只能是美称，在关键时刻，美称不能当粮食吃，也不能生出哪怕一滴饮用水来。大竺山岛是典型的四无岛，岛内无耕地，无居民，无航班，无淡水，一切补给全靠补给船艇不定期运送。当然，能不能及时运送到位，那还得看天老爷的心情如何。

初上大竺山岛，我是个"生把式"。到了营部，见条件虽然简陋，但也整洁干净，通信员小张把我的住处布置得井然有序，这让我很满意。我到的时候是上11点钟，因为是夏季，我满身是汗，衬衫贴在肉皮上，很是不舒服。吃饭前得洗漱一下吧？小张就打来一盆水放在房间然后张罗打饭去了。门口有连队训练回来，队伍一边走一边唱着"日落西山红霞飞"，士气不错。我带着满意，三下五除二，把脸洗了个痛快。我换上塑料拖鞋，端着水站在门口青石板上，看了看队伍里战士们湿透的衣衫，然后一盆水冲在脚上，算是暂时凉快了许多。但是，不成想我这一举动，差点在岛上引起一场地震。

没过多久，小张就气喘吁吁地跑回来。他一只手指着我，急得说不出话来：你……你！我心想，这家伙也太大胆了，敢这样和营长说话。我一屁股坐在门前马扎上，故意拿着腔问他：有屁快放，你小子乱指什么？小张憋了几下，终于发出一句完整的话来：你，你这人太官僚了，你不会在这待多久的，你很快就得走！

我坐不住了，腾地站了起来。虽然我不知道他何出此言，但肯定发生什么事了，只是他那么针对我，我还真有点蒙了。我很快冷静了一下，心想肯定自己哪里出问题了。虽是营长，但毕竟刚到第一天，我态度缓和下来问他：别急别急，你说怎么了？

小张指着一地的水对我说：这是你冲脚的？我说是，怎么了？小张说：谁让你冲脚了？我说我自己，我这么大个人冲脚还要别人教会？小张又急了，直跺脚：你瞧你这态度，吊儿郎当，你就不是来当营长的，你是来当老爷的！我被小张骂晕头了，哑口看着他。小张眼睛睁得圆圆的说：你就意识不到你的错！你不能这么败坏水！在这岛上，水比血还值钱！

哦，我算知道怎么回事了！一年前，我还在机关的时候，曾经有一个副团职干事到大竺山蹲点。第一天，通信员给他打了一盆水，这位干事老爷比我还厉害，洗完哗啦泼出去了。然后，紧接着一个路过的列兵看见了，啪的一个敬礼说：领导，您不能这么用水。那位干事觉得这个列兵很可爱，嬉皮笑脸地问：请问班长该怎么用水呢？那位列兵回答：在大竺山岛，不分官兵，每人每天只有一盆淡水，早晨刷牙一杯，或者半杯；洗脸再用一杯浇湿毛巾擦洗；上午训练回来，再用一杯打湿毛巾擦洗；晚上，一杯刷牙后，其余的则先擦洗身体，然后洗脚，洗脚后再拿去浇菜地。这个干事有点不以为然，找茬说：你们不是"四无"岛吗，哪来的菜地？列兵说：我们的菜地很小，是每次老兵或干部探亲出岛返回时捎带回来的土壤，几十年了，才圈出那么一块菜园子，我们种了不是用来自己吃，是怕您这样的蹲点干部上岛不适应，偶尔给您改善生活的。

干事惭愧到了极点。在蹲点的半个月里，他每天除了正常工作，都要去帮着收集淡水。在岛上，收集淡水是个非常重要的事。那个干事后来说，那真是个壮观的场面。在岛上，淡水分为三类，一类淡水是通过登陆艇运送过来的食用水和收集的山崖渗透泉水，这些水都要直接输入储存池。二类淡水和三类淡水都是直接雨水，这要靠现场收集。每逢下雨，大家都拿着锅碗瓢盆来接雨，然后再倒进蓄水桶里。二类淡水可以简易过滤后直接食用。等雨停了，又是另一番忙碌，大家拿着各种可以舀水的工具，在山道坑洼处拉网式收集。碰到大面积而水层又比较薄的水面，战士们就通过撮箕等工具将水铲起，这样的水会倒入一个单独的蓄水池，这是三类淡水，沉淀后可供洗菜、洗漱之用。

干事说，在岛上干这样的活时，大家都热火朝天，自觉性特高，不会有谁偷懒。存亡与共，这是大家都要面对的。他离开海岛的那天，干事还特地给岸上的人打电话，通过补给船给岛内送来了几麻袋新鲜的优质土壤。

想想这位干事的事，今天的我，不正是重蹈那个干事的覆辙吗？小张骂得好，我心服口服。不但服了，还要给全营官兵真诚道歉。

洗脸水风波处理得还算得当，我以实际行动为大家补了一份安慰，并在当天再未多用一滴水。尽管小张当晚又给我打来一盆水，说是司务长"特批"的，但我还是坚持到了第二天早上才开始用水，并严格按照岛上的一盆水用水步骤。虽然我能够及时改正，但是洗脸水事件还是带来了一些负面影响，在一些老兵特别是"小灵通"之类比较资深的"人士"口中，更加剧了我只是来"镀金"的说法。

一种想法一旦在人的内心扎了根，想轻易抹除也是比较困难的。因为一些人对我存有"过来镀金"的看法，所以他们在对待我的意识上就会有误差，因此，就会做出一些不可避免的错误举动，我也是在这次洗脸水风波之后，狠狠修理了岛内资深人士"小灵通"的。

在岛上，生活环境相对狭隘，大家彼此之间也就非常熟悉。虽然上岛时间不长，但我能约莫感觉出"小灵通"之流在官兵中的威望，或者叫势力，也或者叫群众基础。对于海岛来说，我是一个新兵，但我之前有过10年野战部队的生涯，是一个地道的老兵，所以，对于"小灵通"这样的兵油子，我也深知他的多样性和双刃剑作用。通过刚进岛时"小灵通"和我唠嗑时的恣意，我看得出，这家伙不是个省油的灯。虽然表面上是在调侃，其实他是摸着石头过河试探我的底线，好在官兵面前展示他的实力。我发觉的时间晚了点，行动上晚了些，第一个回合我算打了败仗。但是，我也清晰地预感，我和"小灵通"还会有一次遭遇的。

没想到，遭遇来得那么快。我进岛一个月后，教导员要到军事院校参加中级军官培训，出岛去了北京。在岛上，我虽是营长，但对于海防工作方面我比较欠缺。好在我在野战部队时曾经干过八年作训参谋，触类旁通，想要迅速掌握海防要识，估计也不是什么难事。但是，官兵眼里并不这么看，"小灵通"的眼里更不会这么看。

海岛兵要学会应对敌人的侦察渗透，因此，捕俘与反捕俘训练是一个重点。不可否认，"小灵通"有他的长处，在捕俘与反捕俘训练中确实出类拔萃。但是，一个小时训练下来，我看出了问题："小灵通"俨然以教官自居，这可能是之前的惯例，我倒是不好断然否定。但是，在我提了很多建议之后，"小灵通"仍然坚持自己的训练方法，对我的意见充耳不闻，甚至引起了战士们的一阵阵哂笑。

我指令值班员收拢人员，整理队伍。列队完毕后，我对全营官兵说："捕俘与反捕俘训练讲究方法多变，因为在实战中，我们会面临不同的实际情况。现在，我们只会练习由后捕俘，而且是双腿叉开式的，但在实战中如果敌人双腿并立，那如何找到下手位置呢？"

全营官兵皆不语，"小灵通"仍冷眼瞧我。我接着说：我来做示范，请全营最好的捕俘手出来配合我。可以想到，大家一致推荐"小灵通"出来。按照"小灵通"的灵通大脑，此刻应已知我意，但他既然把自己架在火上，那我也只好多添柴了。

"小灵通"远远并腿站定，双手持枪站立，目视前方。我以蛇形步弯腰快进，在至"小灵通"身后五六米时开始加速跑动。由于"小灵通"是并腿站立，我无法将一只脚直插他的裆部以使其上体快速前移进行锁喉，只能选择下手时用重力使其瞬间仆倒。因此，待我弓腰急速抵达"小灵通"身体左侧平行时，我的右手一个环绕动作，跨过他的右腿抓住他的左小腿处，狠狠地一把提起。我速度之快，精度之准，力度之大，虽没有使用锁喉动作，但已使"小灵通"失去任何防备能力，犹如一根木杆"啪"地落地，直面黄土，满脸花开。

可以说，一次捕俘训练，便彻底打掉了"小灵通"长久以来在官兵中的张狂。这个"小灵通"在这座大山中，也彻底没了信号。接下来的日子算是按部就班了，我也慢慢融入这个大环境了。当然，时间一久，心里的那份焦躁也就慢慢熄灭了。其实，不熄灭又能如何呢？能不能出岛不是自己说了算，不是上级说了算，一切都要看老天。既然这样，既来之则安之，我也就心里彻底平静了。

和大家打成一片，大家也就愿意和我聊话题了。老兵们虽然时不时还是和我开些玩笑，但已经懂得了分寸。"小灵通"则改变策略，开始温顺地当起了我训练场上的好助手。虽然他是"鬼"了些，但人无完人，还是要看到长处，在很多事情上，他的眼光看法还是非常老到的。

当然，这种颇具见风使舵能力的人也不太会记仇，这不，好了伤疤忘了疼，一次当着众人的面，"小灵通"又问我：营长你真不是"镀金"，是要在这扎根？我说，绝非"镀金"，我挺喜欢这个岛，在这要扎根，而且还要扎深了！另一个比较稳重的老兵叹口气说，扎得再深也就三四年。大胡子中士说，三四年足够了，但是你一定要把这大竺山岛走个遍，这岛不但景美养人，最重要的是碰碰运气，看看能不能撞见那头神鹿。

虽然不可否认岛上或许有鹿，但我还是觉得他们有点过于玄乎了，非得带个"神"字。大胡子中士看出我的不屑，马上就说：营长你不要不信，我也不是迷信，慢慢你就知道了，没有神鹿，咱们这些人不知死多少回了！我斜着眼看着这个嘴角翻沫的大胡子中士：你讲讲，怎么死又没死的？大胡子中士急于要验证他的话，就滔滔不绝地讲开了。

神鹿就是一头普通梅花鹿。什么时候来的，那是有点年头了。据说，岛上刚刚驻扎官兵的时候，上级首长来慰问，曾经带过来一些猪牛羊鹿之类的活物，希望它们在遍地丛林的大竺山上能够存活并繁衍生息，为这四无岛增添一点生命的气息。但是几十年下来，猪牛羊都相继死亡灭绝了，即便少部分运气好存活的，也都被那些经年驻守岛上的老兵们忍不住嘴馋给吃了。而由于生存环境过于恶劣，后来陆续引进多种生物都无法存活，而唯独这头梅花鹿一直活得很好！

老兵们相继补充说，最开始是有好几头梅花鹿，官兵们先是圈养它们，虽然上级机关明令禁止屠杀食用，但是常年生活在这里的官兵实在没有什么改善生活，特别是每到风浪天气无法通航的情况下，什么都得拿来吃，以保障守岛任务顺利进行。因此，梅花鹿也不可避免地被下了刀。当然，守岛官兵懂得细水长流的道理，绝不会把这些梅花鹿全部塞进肚子里，他们根据鹿的繁衍情况，一直让它们保持着一定的数量。

自然环境的恶劣，加上饲料匮乏，很快，圈养着的梅花鹿开始出现瘟疫。先是死了两头，再后来看情况不妙，官兵们杀了几头。剩下两头恰好一雄一雌，老兵们说，放了它们吧，留点种子，要不以后没得鹿肉吃了。于是，这两头梅花鹿幸运地进入山林，20年过去了，两头鹿依然坚强地活着，而且繁衍着。那些忍不住嘴的老兵们，孤独闲暇之余自然忘不了以战术名义对梅花鹿实施持续追杀，而且美其名曰：猎鹿行动。

大约五六年前，部队开始管控老兵们的猎鹿行为，虽然有一定的作用，但效果甚微。在这座远离大陆的小岛上，老兵们虽然性欲下降了不少，野性却与日俱增。老兵们说，根据被吃掉的数量，这岛上应该只剩下一只鹿了，而且老兵们断定，这应该就是最开始的那头雄鹿。老兵们嘴头上的能耐，我着实佩服。

忘了交代一下，在这座四无岛上，除了长期驻扎的官兵，还有一类不速之客：搞养殖的渔民。这些驾驶着渔船的渔民居无定所，风口浪尖来回穿梭，他们或者来一下就走，或者带着食品在岛上驻扎数日。我以为他们很逍遥自在又浪漫，老兵们马上纠正了我的观点，说这样的渔民算是高危行业。

老兵讲了一个他们亲眼看见的惨剧：一次，一家人驾驶着渔船在大竺山岛北侧的一处悬崖下打捞海参……我打断了他，说为啥要去悬崖那里呢？老兵不满我对大海常识的无知，只得停下来先给我解释这段：只有在岛的背面，也就是北面，海水是相对静止的，也只有在这种静止的海水中，海参鲍鱼等珍贵海产才能够稳稳吸附在岩石上生长。同时由于岛的背面没有阳光照射，海水更凉，海产生长周期就长，因此，海鲜的味道就好，营养价值就高。我说这个不用再解释了，我去过很多次南方，现在算是明白北方的海鲜为什么要比南方的海鲜贵很多的原因了。

接着刚才的话题，大胡子中士继续说：那天，那家渔民到了悬崖下面，正好赶着退潮，裸露出了一片礁石，渔民不知咋想的，就自己跑到礁石上站着。渔民的老婆驾驶着小船，上面坐着渔民的儿子和媳妇以及刚刚18岁的女儿，往悬崖边的一处碎石滩靠拢，他们打算在那里停船下来，然后拣拾搁浅的海珍。在岛的背面虽然不至于起风浪，但谁也不敢保证没有暗涌。

"小灵通"显然不甘寂寞，也要卖弄一下他的见识，马上岔开话题补充道：在海上吃食的人，大风大浪不可怕，最可怕的是暗涌。在大海里，浪只是大海的表象，再大的浪也不可怕，但前提是你得迎风破浪，而不能避让。比如你要是驾驶着船只，有巨浪袭来，你迎着浪冲去，浪也就破了。如果选择避开，则船体侧面暴露了出来，被掀翻便是常事。而大浪之下的涌，其实就是巨大的漩涡，世界上比较出名的百慕大，其实就是无比巨大的涌。

大胡子中士说行了行了，都不要插嘴了，我得接着给营长讲故事呢，那天，其实并没有什么风，渔民站在礁石上，低头看了一眼脚下，再抬头时，就只能看见自己的渔船还剩下桅杆，正在摇晃着沉没。非常不幸，渔船恰好碰到了涌，沉没了，船上4个人也都没了，连个尸体也见不到。我说那怎么办？大胡子中士说能怎么办，别说渔民没法，就是皇帝老子也没法，只能眼睁睁看着，大海就是这样。

老兵们总结说，正因为这样，这里渔民们的作风显得比军人还剽悍。也正因为这样，同在一个岛上生存的人类结成了伟大的朋友，在最不得已的时候，渔船也是岛上官兵的一种希望。这些从生活里得到的友谊真知，是上级机关大楼里看书读报的人所不能体会的。因此，当渔民们发现了岛上的梅花鹿并开始猎杀时，军队并没有阻止。当然，他们不违法，岛屿是国家的，军队不是某种保护协会，也没有阻止他们的理由和权力。

持续的追捕，让梅花鹿越来越少，再后来，想见到都难了。而对于鹿来说，这片丛林茂密的岛上，即便没有完全可靠的藏身之处，但也足以让围猎者费尽周折。当双方都成为高明的对手之后，长久的对峙就开始了，而正是在这种漫长的战术对峙中，梅花鹿成了大家口口相传的神鹿。神鹿到底有多神，我没见过，但战士们说的故事，那真是精彩绝伦。那一次，是多日未曾下雨，而海上风浪较大，岛上又用水告急。指挥部无奈，便派出一艘大型登陆艇前来送水，顺便把教导员的新婚不久的妻子也送上来。

大竺山岛从地形构造上就比较恶劣。凡是背风的地点都有暗礁，凡是便于登陆的地点都是风口。不过，考虑到人船安全问题，航海人往往宁可选择风口也不会选择暗礁。而岛上官兵能做的，就是在不同地点多修建几座简易码头。每次登陆艇到来，可以根据风向不同，选择合适的登陆地点。

这次登陆，登陆艇选择的是东面的一处简易码头。但是，在登陆艇驶近码头10多米的时候，几次登陆均未成功。海浪的张扬让船的动力不值一提，船体一次次被卷向远方。经验丰富的老兵心里都清楚，这样的天气，靠岸是不可能了。但是，教导员的妻子还在船上，一年来这么一次，很不容易。大家都眼巴巴地对望着，希望能想个办法出来。考虑再三，艇长出了个主意，说船不能靠岸就不能靠岸吧，先看看能不能把人弄下去。

艇长亲自驾驶，利用浪涛停息的瞬间，一次次将船体硬着向岸边撞去，岸边的官兵则寄希望于船体与码头接触瞬间将教导员妻子拉上岸。但是，最理想的一次也只是教导员与妻子手指相触了一下。筋疲力尽的登陆艇被撞得遍体鳞伤，像是泄了气的皮球，随波逐向深海。直到登陆艇消失成一个黑点，教导员还在岸边久久招手。

教导员的妻子是专门请假过来进岛看望的，这也是她第一次进岛。当全岛官兵都以为她的这次上岛之行可能就此泡汤的时候，她却在第二天上午坐着一只小渔船漂洋过海地又来了。登陆艇停靠的码头有点太高了，渔船无法靠岸，只能选择一处天然石滩处停靠。停靠地是渔民们自己挖沙修建的一个水洼，风力不大时能够比较顺利靠进去，但是像这样的大风天气，就很难说了。

驾驶这艘渔船的是一位上了年纪的经验丰富的老汉，小船接近岸边时，他一次次把绳子扔向岸边，希望绳子的套圈可以套在岸边设置的木桩上。在没有风的季节里，对于渔民来说，这如儿戏。但是对于这样的大风天气来说，就比登天还难了。渔船和前一天的登陆艇一样，几次靠岸均未成功。

就在这时，一群鹿突然出现了。鹿群似乎是来寻找吃的，一路走到这里，走到渔民停船的水洼。平时鹿群见到人就会拼命狂奔逃散，但这次看到渔船，却一反常态地停了下来。渔民也是突发奇想，一甩手将绳圈撒了出去，恰好套在一头鹿的鹿角上。受惊吓的鹿群掉头就跑，渔船被嗖地拉进了简易码头的水洼里。

大家口口相传的这个故事，我只能当作一个美丽的传说来听听了。我每次探寻这个故事的真伪时，大家也当然笑而不答。不管如何，教导员的妻子确实坐渔船进岛了。当她了解了岛上的艰苦生活后，再也没有因为分居和教导员吵架。而对于这段关于神鹿的故事，这段颇具传奇色彩的真情故事，我也权当是真的了。

登陆艇不能送来淡水，但岛上的日子还得过下去。根据以往的生存经验，每到这个时候，官兵就要全体出动寻找水源。延续以往寻找水源的责任区分，各连分工明确，一连官兵主要搜寻岩石低凹处存积的天然水；二连官兵主要负责搜寻岩石壁缝的渗水点，在大竺山岛复杂的地下防空洞体系中，这样的取水点不计其数，只不过每一处都水量有限；营里的新兵都放在营部新兵排，考虑到新兵对岛上还不太熟悉，由三连带着营部人员行动，负责搜寻丛林中可食用的植物叶茎。布置完任务后，我和通信员小张每人带着一把战备锹去了码头，运气好的话，在码头的石头缝隙里，能够找到一些拇指大小的海蛎子。

码头上的风力更显得大，海浪像炸弹一样砸向码头的石块。我对小张说，这样的风浪，咱们至少要距离岸边10米以内行走。让我们欣喜的是，在水汪汪的石头缝隙中间，很多拳头大小的海螺被海水从深海卷来。小张把迷彩服外套脱了下来，将两只袖口系死，对我说：营长，咱们把这个上衣装满，然后我再扛回去喊人手来。我说好，把这片海螺捡完，全营一顿晚餐绰绰有余了。

我和小张忙得不亦乐乎，一会儿就捡了40多个，将迷彩服的两只袖筒撑得满满的。小张正要扛着送回连队，我腰里的对讲机传来了值班员的呼叫。我一听，出事了，两个来自大凉山彝族自治州的新兵在山林间失踪了。丢失了两个少数民族新兵，这可不是小事。我让小张背着海螺慢慢往回走，自己赶忙向山里奔去。

大家找到深夜也不见两个失踪战士的影子。夜晚，我安排新兵回营休息，老兵们留下来继续寻找。地形复杂的大竺山岛，白天走起来都比较费劲，更何况晚上搜寻？大竺山岛上没有水，更没有电，官兵日常办公用的，就靠着一台汽油机发电。汽油机功率并不大，发电的功率也仅够照明使用，如果是给手机充电，要比家庭用电多用4倍的时间，因此，在岛上，能用上手机的人寥寥无几。因为用电困难，各种电源灯的备电也就很难满足。很快，大家的手电筒就只剩下一丝暗红的光了。

找到下半夜时，"小灵通"过来提醒我，问是不是要到沿岛的岸边寻找一下。"小灵通"的提醒让我心里咯噔一下，我坚决地说不用，就在山上找。我相信两个新兵还活着，反过来说，即便他们是掉进了山下，滚落海里，在这巨浪滔天的夜里，也早已被大浪卷走，去岸边找又有什么用呢。不过，我也不得不防备万一，提前做好各种预案。在和几名营党委委员沟通之后，我说，以早上8点为限，如果还找不到，就上报团里。

大家疲惫了一夜。就在天将黎明之时，小张一阵飞奔过来，大叫着说木乃呷和扎可杜回来了。我气呼呼转身就往回赶，心想见到人了非得先踹他们两脚再说。等到见到两人，我有点傻眼了，他们脸色发白，衣衫破烂，筋疲力尽地喘息着，不停地重复着一句话：岛上有狼！岛上有狼！狼来了！

木乃呷和扎可杜，都是大山里的孩子，属于体力超凡的那种。听了他们的讲述，我认为他们是身上附了某种魔力。但他们的喋喋不休，也基本还原了一个故事的全貌。

木乃呷和扎可杜一开始跟着班长在林中寻找野菜，途中遇到几棵枯树，班长说这是好东西，就让他俩把这些枯枝收拾了送回炊事班去。在大竺山，尽管驻防营区的各种生活设施都能配备到位，但由于后续维护保修不能够及时跟进，一些设备也就只能作为展示和摆设。而对于长时间生活在这个岛屿上的老兵来说，某些方面原始的方法更受官兵的喜爱。比如一日三餐，大家更喜爱埋锅造饭的传统，相比陆地营区的先进的大食堂炊事设备，更为省时省力，方便速效。

大竺山岛驻扎了一个营，连队的大锅可以同时供应100余人的饮食需要。由于地处偏僻，几十年来，岛上全靠木柴烧火做饭。上级机关多次为驻防部队的后勤保障问题研究讨论过，并提出木柴换煤炭的方案。但由于大竺山岛的地理位置处于大风口地带，一年中有一半以上时间登陆艇是无法靠岸的，木柴换煤炭的方案也只得一次次搁浅。而对于植被茂密的大竺山岛来说，只要不恣意砍伐，正常的炊事烧用是不会破坏生态环境的。

木乃呷和扎可杜是在打理木柴时发现神鹿的，随后便一路狂追。其实，我对神鹿这个称呼不太感冒，鹿就是鹿，干么非得说什么神鹿呢？但是，为了照顾大家的情绪，姑且这么叫吧。而无论是两个战士还是神鹿，此刻都已经筋疲力尽。

神鹿与两名战士飞奔数公里，辗转于丛林之中的3个活物都累出了淋漓大汗。按照时间推算，那鹿再怎么神，也近20年高龄了，能有多大体力？木乃呷和扎可杜虽说年轻，又是大凉山彝族里脚力好的，但又怎能与4只脚的动物比体力？所以，神鹿在前，木乃呷和扎可杜在后，他们若隐若现地起伏于丛林之中，互相谁也不服输。两个兵累了，脚步慢了，神鹿也就自然停下了步子。木乃呷和扎可杜鼓了鼓劲，神鹿也就放开步子撒开丫子。

追到傍晚，出事了。

木乃呷和扎可杜异口同声地形容，当时，他们紧跟神鹿身后到了一处断崖。准确地说，那是一处悬崖，是大竺山唯一一处悬崖。神鹿比人更熟悉岛上的地形，它为什么要把两个战士带到这个地方，我有点不能理解。

神鹿站在那里，眼神凄迷而悲伤，它一步一回头地打量着战士，也打量着茫茫山林，似乎在做最后的诀别。其实，作为一头体重200多斤的鹿，不可能害怕两个体重百余斤的战士。如果神鹿猛冲过来，两个战士根本无法抵挡。偏偏两个战士又得寸进尺地逼着它，一直把神鹿逼到悬崖的最边缘。

神鹿已无法再退，木乃呷和扎可杜也已经抓住了它的犄角。对于两名战士来说，这是个危险的举动，而在悬崖之上做这个危险的动作，无异于自杀。只要神鹿稍一用力摆头，木乃呷和扎可杜自然就飞到悬崖底下去了。但神鹿似乎已毫无力气，任凭战士怎么拉扯，始终不上前一步。木乃呷和扎可杜岂肯放过这个抓住神鹿的机会，百般拉扯着要把它拉到下面的一处平坦地上。

神鹿显然也看出了木乃呷和扎可杜的意图。可是，就在两个战士以为可以生擒神鹿的时候，一只狼突然出现了！

木乃呷和扎可杜讲述到这里时，所有人都吓了一跳，因为这个岛上一直没有过狼的传说。

木乃呷和扎可杜继续描述着这个关键时刻的剧情转变：眼看着狼一步步逼向他们，他们这时早已吓傻了。木乃呷和扎可杜都认为这次完蛋了。这时神鹿却从悬崖上下来了。神鹿突然加速奔跑，将两只长长的鹿角直冲着狼插去！

狼吓坏了战士，神鹿也吓坏了狼！在神鹿迅猛的攻击下，恶狼落荒而逃。这时，木乃呷和扎可杜才回过神来，冲着狼一阵狂喊乱叫。等到狼跑远了，再一回头，神鹿也没有了。两个战士坚持说，在他们绕道后山时，远远地看到了神鹿的尸体漂浮在海面上。他们肯定地说，神鹿是跳崖死的。跳崖这个说法我不能接受，如果换成坠崖那倒可以理解。但两名战士一直坚持神鹿是跳下去的，否则不可能会摔下悬崖。不过，无论怎么争执，神鹿的死已经不是这个故事的重点了。

大竺山发现了狼，这可不是小事。一大早，我就召开了营党委会进行防狼任务部署：第一，暂停一切打柴工作，即刻起，任何人不允许进入岛上丛林腹地；第二，加强岗哨值班，特别是夜哨值班，并由单人执勤增至双人执勤，昼夜还要有巡逻队。巡逻队5人一组，执勤人员除了配备必要的棍棒铁锹等，还要在哨位放置上营连的锣鼓队家什，一旦发现狼的踪影便猛敲喊人；第三，将这一情况迅速上报团值班室，请上级机关保卫部门介入，并希望地方相关动物专家介入。

请示上报后，立即得到了回复：大竺山发现狼的事情已于午饭前上报到军机关。据说，分管安全管理的副军长一边大骂太扯淡，一边狠狠作了批示：军队保卫部门协同地方野生动物保护部门全力出动，以确保祖国海防线的安全！

副军长将一只狼的事上升到海防安危的高度，地方政府岂敢怠慢，立即指派特警、动物专家等相关力量准备开进大竺山岛！同时，市里的报社、电视台以及3家网站都派出了得力干将，准备将大竺山的这只狼做一个案情大起底。

万事俱备东风不停。发现狼的第二天起，风却更大了，一切行动也只能是个方案，要等风停了再继续。但是，这只狼带来的动静却丝毫不会受风的影响。副军长的郑重批示在当天下午就漂洋过海传遍了大竺山岛的每一寸土地。那只狼听没听到风声我不知道，几个大胆的渔民反正都不敢再去深山了。渔民们猫在距离营区不远处的一个小水泥房里，啃着干粮，坐等官方的行动。

由于执勤力量突然成倍增加，在尽可能保持训练秩序的情况下，战士们有点疲惫不堪。最原始的恐惧感和新鲜感过去之后，大家开始埋怨和牢骚起来，甚至有人大骂两个战士发现狼的说法纯属放屁，扰乱军心，该拉出去枪毙！

枪毙不枪毙那不是一句话的事，但木乃呷和扎可杜大病了一场是摆在眼前的麻烦。自从事件发生以后，两人不仅持续萎靡不振，还反复发烧。"小灵通"耸人听闻地说，神鹿已有灵性，木乃呷和扎可杜把神鹿逼到悬崖是触犯了神灵。但是也有人说，神鹿不可能怪罪于两个战士，否则也不会去救战士了。让我说：都是屁话！

　　作为营长，我必须及时纠正这些不科学的迷信说法，但是，两名战士的病情却让我焦心。营里只有简易的卫生所，小病可以，一旦情况严重，就要出岛治疗。但持续的大风天气就摆在这里，无法通航是肯定的，怎么办？

　　在这断断续续的大风中，上级机关也断断续续地打来电话询问关于狼的事情。上级机关领导认为，持续的大风天气，再加上深冬的萧瑟带来的食物匮乏，可能是狼频繁活动的因素。但对于一直没再发现狼的踪迹，各级领导都表现出深深的失望。这让我每次接电话时面对领导的询问，都犹如接受法庭审判回答法官的提问，心情无比忐忑。

　　一个多月过去了，两名战士的病情有了好转，但关于狼的消息却连半点都没有。我着急，领导更急，我有预感，领导快要发飙了，而领导发飙的后果，可能就是我所有好运的终结。如果天气允许，我真想立马出岛去买一只狼回来。

　　关键时候还是老兵们给我点亮了思路。那个吹嘘在岛上久了性欲也会下降的老兵"小灵通"，袖筒里插着双手进了我的房间，开门见山地说：营长，你不能再给上级汇报岛上见不到狼的事，你得说见到了，但是狼跑得太快追不上。或者说偶尔能见到，被官兵们敲锣打鼓吓得不敢出来了。

　　我问为什么，"小灵通"慢条斯理，一副军师的模样：上级那么多领导关注着狼，你不能提供任何一丁点有价值的信息，显得你太失职了，有点对不起组织信任；从另一个角度来说，大竺山岛上有狼，这是个稀奇的事，领导最需要的是他们好奇心的满足，天天在办公室多乏味啊！

不得不说，对于我这个做"官"的人来说，"小灵通"说得太有道理了。这不仅仅是有没有狼的事，可能还会是我能不能继续当这个营长的事。

想想上岛后的一波三折，我和"小灵通"也算冤家聚首，心有灵犀了。第二天一早，正如我所期盼的，全营疯传"小灵通"去树林里大便时发现了狼。通信员特地跑进我宿舍向我转达了"小灵通"的描述：狼的眼睛发着蓝光，狠狠地龇了龇牙，然后被"小灵通"一阵石头甩出去后，跑掉了。我立即吩咐通信员：将这一情况传真发报上级作战值班室。我还专门逐一拨通了领导们办公室的电话……

狼又出现了，紧张的情绪再次弥漫。"小灵通"现在是我亲密的战友，大家敢怒不敢言，但对木乃呷和扎可杜的唾骂声却日益高涨。为了警惕狼的入侵，大量的公差勤务已将大部分官兵拖得筋疲力尽，我可以理解，所以也就当听不见吧。但是，正当烦恼于频繁执勤的战士们认为也许根本就没有狼时，又有两个战士亲眼见到了狼与神鹿的对决。

木乃呷和扎可杜终于完全康复了，天气还是没有好转。他们之后谈论最多的就是神鹿跳崖，警告大家千万别到丛林里面去。他们还说，经常梦中见到神鹿，而且常常在半夜时分听到神鹿的叫声。木乃呷和扎可杜甚至怀疑这是神鹿的魂灵。

有些事可以被证实是真的，因为，我也开始听到了鹿的叫声。这次我不再批评战士们的疑神疑鬼，因为这叫声非常真切。渐渐地有人说，在林子里又见到那头神鹿了，这让木乃呷和扎可杜关于狼与鹿的决斗故事受到了公开的质疑。

我无法解释这种现象，也无法回答大家的疑问。奇异的事情越来越多，"小灵通"说，我们碰到了至少20年来的第一次50天不通航纪录。说实话，这50天里，从最初的"狼来了"，到现在的神鹿再次出现，里面的话题风波太多了。我应该庆幸这50天大风，是这50天大风让诸多好奇心浓郁的领导从热情高涨到归于平静，在持续的亢奋之后，他们对于狼的期望强烈度已经消融了太多。我也压力渐轻，并尝试着相信关于狼的另一种说法。同时决定去山里走一趟，给大家一个可靠的回答。

断航的50多天是艰难和漫长的，但现实中的困难，远比传说中的报应更为残酷。水是最为可贵的，全营300多兄弟一直干着嘴。看着他们满嘴是泡像小猫一样蜷缩在防空洞里排队接石缝里的水滴解渴，我真不好说他们能不能挺得住！这个生死之际，狼的传说也已像被遗忘了。上级机关已经开始联系驻地海军，寻求新的给水方案。

该了断的还是要有个了断，最起码，在大风停下来之前，我要给自己一个答案。断航第五十八天时，是阴历腊月二十九，我决定不等了。一大早，我把3个连队主官叫到营部会议室，我说今天不是提要求，而是我提请求，现在到了山穷水尽之际，谁也不能置身事外，最重要的是要对兄弟们的生命负责。我说，明天就是年三十，登陆艇能不能来不知道。但是，我们的团圆饭必须要吃，而且要吃饱。现在，无论哪个连队，谁有什么东西、宝贝，都不要掖着藏着，今天我把话撂在这里，私藏的，抓住就处分，主动拿出来的，算是我借的，等天气好了给养进来，我加倍偿还。

几个连主官听我说完这样的话，啥也没吭，都红着眼出去了。不大会儿，营部门口送过来两袋大米，30斤挂面，一袋土豆，一袋萝卜，40个鸡蛋，一扇快风干的猪排。全营300多号弟兄的年三十团圆饭，就这些了。我问司务长这些菜怎么布置，司务长苦思冥想好久，才安排出尽量不重复的食谱：午餐是蒸米饭土豆块萝卜丝，晚餐是清汤面萝卜块土豆丝……

我不想告诉战士们我去找神鹿了。给副营长简单交代了几句，我抓起一把战备锹就出发了。虽然大竺山岛我也摸得差不多熟悉了，但真正走起来，寻找便道还是有一定难度。不过，对于深谙军事地形学的我来说，这一切也不会过于困难。

凭着直觉，今天有点反常。出发不久，我就隐约间听到鹿叫声。浑身一阵兴奋，我拔腿向着声音追赶过去。跑着跑着，我觉得我花了眼，眼前出现了一群鹿。大的小的，老的幼的，它们的步伐并不快，在我面前时隐时现牵引着我的脚步，一步步走向密林的最深处。

忽而，鹿群一阵狂奔进入林子深处，超出了我的视线，但我听得出脚步向着两个方向奔去。正当我判断着去哪个方向更近便时，那头神鹿一头扎到我的面前，然后又掉头跑去。神鹿似乎不想完全甩开我，在我能够保持住速度的情况下，我紧跟着神鹿狂奔不止。

又是木乃呷和扎可杜提到的那个山头，又是那处悬崖，在大竺山这个地形奇特的荒岛上，也唯独这个悬崖是官兵们不轻易来的。神鹿跑到这个地方，就是抱着拼死一搏的态度，看追捕者敢不敢走向悬崖。

我不敢走近神鹿，因为它稍不注意就会把我拱下悬崖，我没有那两名战士那么大的勇气。但是，我有韧性，我选择了守株待兔。神鹿面向我，屁股冲着悬崖边际，我则蹲坐在平坦处的石洞旁边，就这样相互对望着。坚持了大约一个小时，太阳快到晌午了。我已饥肠辘辘，相信神鹿此刻也饿肚子了。但是，我决定不放弃，一直等着。

就像两个战士之前描述的一样，没有任何征兆，我看到神鹿流下了眼泪。然后，神鹿一步步向着悬崖顶部走去，伫立在那里，不停地向着远方发出一阵阵悲鸣。

我找了一处平坦处的石洞口，我决定坐在这等它下来。过了很久，神鹿还在不停地悲鸣。许久以后，悲鸣有了回音，我听到遥远处，竟有一阵阵悲鸣在回应。是神鹿和它的子女家人在做最后的交流？被发现即意味着被杀戮，人类已让它们如此恐惧？还是神鹿和我们人类一样，在遇到灾难时互相含泪地告慰诀别？

突然的心有灵犀让我心头一震，我迅速起身离开。

回到宿舍，暖洋洋的室温让我迅速找回了家的感觉。想到这严冬中，年三十万家团圆之际，回想那神鹿与家人的长久哀鸣，我的眼角湿润了。

泪滴缓缓流下，我知道这不是软弱，不是矫情，而像是擦拭我心灵的圣洁哈达。这哈达应献给神鹿，献给木乃呷和扎可杜，当然，也要献给那条我至今不愿承认是真确存在的狼。因为膜拜，因为释然，我突然间心怀悲悯。我有一万个理由相信：大竺山岛，狼来了……

特战导读

The 评论

Introduction of the
Special Operations

一匹"狼"的温柔嗥叫

廖建斌

《狼来了》是出自《伊索寓言》的一则经典寓言故事。2016年元旦，我看到王昆新写的短篇小说《狼来了》，当然此《狼来了》非彼《狼来了》，可以说在内容上和彼《狼来了》没有一点关系，但在精神上或是寓言性上，我还是感觉到王昆对彼《狼来了》的某种借鉴，感受到当代青年军旅作家的新视野、新情怀，颇感欣慰，仿佛看到在北京逐渐浓重的雾霾中透出一束清亮的阳光。

一个远离祖国大陆的小岛，驻扎着一个营的守卫部队，有着海防第一哨的美称，还流传着一个美丽的传说：岛上有一头神鹿，谁要是能遇见它，肯定会有好运。然而，在这无耕地、无居民、无航班、无淡水的典型四无岛上，发生的事件并不美妙，几乎之前军营所有的痼疾在这个地方都有投射。

新上任的最高军事长官嘴里信誓旦旦并非下岛镀金，实际上满心期盼提拔，早日离岛，所以一边批评讲神鹿传说的老兵们封建迷信，一边心里希冀看到神鹿。不想没看到神鹿，却碰上了建哨20多年来前所未有的恶劣天气，致使小岛创纪录地58天断航，一切补给全都送不上来，全岛面临断水断炊的危险。然而，在这特殊的时刻，两个一夜未归的新战士报告：发现了神鹿，在追赶神鹿的过程中还发现了一只狼。狼来了！围绕这只"狼"，以营长为枢纽，上至副军长，下至岛上列兵，演绎了一出令人啼笑皆非的故事。营长明知岛上无狼，却在老兵"小灵通"的"意志绑架"下，拿起了上级领导的电话，报告"狼来了"。分管安全管理工作的副军长一边大骂扯淡，一边指示军地协同全力对付这个不速之客，以确保海防线官兵的安全。无奈天公不作美，补给都送不上来，灭狼大军又焉能上岛？荒诞感来了。

老兵"小灵通"深谙军营中某些"游戏规则"，在他看来：真相并不重要，重要的是领导怎么看。这样的"小灵通"在军营中其实为数不少。虽然每一个个体的存在对部队整体来说可能无关紧要，但聚合在一起就是不折不扣的"毒瘤"！也许有读者对"小灵通"们还抱有同情，但我认为，作者对"小灵通"们的批判是深刻的。而发现"狼来了"的两个新兵是来自大山深处的彝族小伙，保持着本真的他们怀着对生命的无比尊重、敬畏，导演了一出"狼来了"的喜剧。新老对比，高下立分。

对于岛上到底有没有狼，小说在手法上处理得亦真亦假、扑朔迷离。其实，大家都心知肚明，可悲的是全营官兵都主动或被动地认同"小灵通"的"真理"：领导说"有"才是最重要的。所以全营官兵不知不觉中很配合地参与了这场大剧，而且戏风扎实。不得不说，这是一种悲哀。也许，真实情况并非如此，作者这样写恰恰是要体现这篇作品的寓言性。就是曾经真实的，也未必是长久的，毕竟一切都在改变。苦恼至极的营长，最后摸着良心扪心自问，只身走进深山，要给自己寻找一个心灵的答案。幻想中，他看到了那只神鹿，甚至那头子虚乌有的狼，找到了人与自然、人与动物如何相处的答案。营长怦然心动，满眼泪花。人性和心灵重受洗礼。这让我们感到一丝慰藉。

小说的另一个看点，是让读者认知了守岛官兵的艰苦。为了一滴水需要舔石缝；为了一点食物需要漫山遍野杀戮可怜的动物；为了让大家拿出点过年的萝卜白菜，营长需要对下属"威逼利诱"。真实的艰苦生活也许永远无法想象，更非看一遍小说所能体会到。小说中的一个细节是我们熟知的，2008年春节晚会的小品《军嫂进岛》，原型故事就发生在这个小岛上。这样的部队，这样的军人，这样的军嫂，确有其人。

王昆曾经是军艺文学系2013年承办的"全军首届中青年作家、评论家研修班"队员。当时我受命组织教学，一开始并没有关注到他，毕竟班级里有裴指海、魏远峰、李亚、周志方、王凯、王甜等一批已经崭露头角的佼佼者。某次队员自报家门的互动会上，王昆话语不多，直率但沉稳，提到他在网上连载并出版的长篇小说《终极猎人》，因为我之前对这部小说有所耳闻，所以才记住了他对自己的简介。王昆自称性格粗野，脾气暴躁，毕业于陆军学院步炮指挥专业，历任某野战部队侦察班长、侦察排长、特种侦察连连长、登陆艇艇长，多次参加多兵种合成演习、高空跳伞、深海潜水、爆破、擒拿格斗等反恐制暴集训，模拟作战经验丰富。任职部队基层的同时，他发表过各种文章40多篇，并涉足过红学、儒学，对诗歌也颇有研究，他的诗集《娓娓动听》也即将问世。

我的另一个感觉是造化弄人。王昆身为安徽淮北人，农家出身，五短身材，体壮如牛，面相憨厚，典型的基层军事干部，如果以貌取人，怎么也不可能想到他居然长着一颗"七巧玲珑心"，可以不动声色地写出许多好看的小说来，而且同时爱诗写诗。那年我记住了王昆，但高研班学习期间，王昆除毕业作品交了一篇特写《山中有个伞降兵》，并不怎么显山露水。

2014年4月，文学系与《人民文学》联合组织了一次军事文学改稿会，从全军遴选出40多位中青年作家和文学骨干带着作品集中改稿，拟从中挑选部分作品在《人民文学》第八期推出一期军事文学专号。王昆不在这40人之列。改稿会将要结束时，我接到王昆的电话，说他有篇小说想让我看看。发来一看，感觉颇好，我赶紧推荐给时任《人民文学》副主编的邱华栋看，他也觉得不错，这就是后来在那一期专号发表的《登陆艇搁浅之夜》。读那个短篇，感觉王昆真正上路了。其实，王昆一直在路上，领着一帮不是水兵的"水兵"在各个海岛之间穿梭，直到带着《狼来了》又一次成功"登陆"《解放军文艺》的"文学系"栏目。

从《登陆艇搁浅之夜》到《狼来了》，我看到了王昆笔下扎实的军营基层生活积淀，看到了王昆对军队、军营、军人的认知和思索，看到了他的批判意识，也看到了他的建设思维和悲悯情怀。王昆在呼唤一头真正有冲击力的"狼"的出现，以打破军旅文学既往写作中的某些陈腐。五短身材、体格健壮的王昆，本身就像一匹"狼"，只不过这是一匹来自南方的"狼"，相比北方广漠大地上的狼的凶悍，这匹来自南方的"狼"的嗥叫，多少显得有些温柔，有些节制。话说回来，文学的真谛某种程度上还正在于节制，王昆已谙熟其中三昧了？

"狼来了"，我希望是真的。

作者简介：廖建斌，解放军艺术学院文学系副主任、副教授，中国作家协会会员，解放军军事文学研究中心研究员。2001年毕业于军艺文学系，文学硕士。1998年开始发表作品。著有长篇小说《灵柩》、电影文学剧本《穿越蘑菇云》、四十五集电视连续剧《千手观音传奇》（合著）等。

青春的特战冲锋

——评王昆《我的特战往事》及其特战系列

李美皆

　　特种兵出身的军队作家极其罕见，王昆的出现填补了这个空白。他因特战系列非虚构军事小说而引人瞩目，像一匹狼，奔放地驰骋在自己的"特战往事"里。

　　翻看王昆的《我的特战往事》（百花洲文艺出版社），主题比较鲜明：连队、兵事、特战、海岛。这些，大多是这匹"狼"的亲身经历。从军16年，王昆的经历可谓丰富：当过步兵、炮兵、工兵、侦察兵、后勤兵、特种兵、船艇兵……把基层耙了一个遍。所以，他知兵深，有兵味，写兵写到点上了。而这些，也是构成《我的特战往事》的主题。

　　王昆是在和平时期的年轻军人中有限的经历过生死煎熬的人，在军队年轻作家中，拥有这种经历的更是少之又少。一次演习中，王昆跳伞落到了黄河对岸老乡家的蔬菜大棚里，当他正在为挂在树梢上的战友担心时，有人告诉他，通讯员牺牲了。"牺牲"这样的字眼，在和平时期似乎不会降落到现实生活的土壤里，但现在，它伸手可及了。王昆心理上经受了极大的考验，他申请到深山去看守弹药库，为的是把涌动在心的东西写出来。写作对他来说也是一种心理治疗，而正是这次误打误撞的无意识写作，让他在2008年出版了长篇小说《终极猎人》，随后被报纸连载，在电台广播。一番下来，蛰伏于"大头兵"中间的王昆脑子里开始有了文学这根弦。

　　在文学这条路上，王昆的反应算慢的，但一旦反应过来，他上道儿就很快。他悟性高，一点就通。而最初点他的，是《解放军报》。《终极猎人》出版之后的几年，王昆只字未写，沉身一线带兵。2013年9月17日，《解放军报》以整版方式独立署名刊登了王昆的人物纪实《深山有个伞降兵》。时隔5年再出作品，当时身为侦察船长的王昆这一次又是误打误撞。原来，在王昆前去看望特种大队跳伞时的教练时，得知其一些不为人知的遭遇之后，便奋笔写出了《深山有个伞降兵》的原型文章《含羞草》，投稿到军报社后，得到编辑认可并指导其创作出一万余字的《深山有个伞降兵》。文章发表后，总政首长高度赞扬，多家网站转载转发，这对王昆来说又是一次不小的震撼。

两次看似偶然的成功，激起了王昆在文学这条路上的信心。那长期在基层的磨砺、内心的苦闷和个性的挣扎，都是他文字的喷涌点。而身处一线，又给了他最直观的感受。一些大型演习中，王昆常常手里拿枪，包里装笔，打一阵写一段，中篇小说《抢滩登陆》就是趴在机枪上写成的。

作为曾经的特种兵，王昆把自己的特战生涯炼成小说，如同一个新兵把自己炼成特种兵。只有在汗水与血水中浸泡过的特种兵，才能接受光荣的检阅，才能顶天立地。《抢滩登陆》里，作者不仅写出了军人的荣誉，也写出了军人的责任，"我"离开登陆艇时，艇长说："兵，要有兵的职责。军人，要有军人的担当。"当"我"以意志与成绩捍卫了军人的尊严与荣誉时，艇长的话才被证明不是一句空话。"从难从严从实战练兵，再也不能把演习当成演戏了。"——这是军人对国家的责任。

短篇小说《军犬老王》和《裸奔》写得人味十足。军犬"老王"是一条功勋犬，受到将军般的礼遇和英雄般的尊敬，而"我"是一名军事落后的特种兵，是被淘汰者，因此遭贬来照顾老王，期间发生了一系列惊心动魄的故事。这篇小说与斯皮尔伯格的电影《战马》有款曲相通之处，确实，有些动物，比人还有人格，还称得上勇士；而真正有英雄品格的，无论是人还是动物，都会相通相惜。

《裸奔》中，特种兵集训队的队长老葛在王昆的人生经历中确有其人，但他是以小说的形式拿出这个人物的，经过了加工和修饰。老葛训练毫不手软，如恶魔；但为了让队员心理放松出好成绩，他又能狂放地带大家满山去追野兔吃烤肉。老葛说，部队是打仗的，军人需要点血性。老葛是一个另类英雄，老葛的人格魅力在中国军人中是罕见的，老葛好像是对着好莱坞大片塑造了自己。王昆让我们记住了这个老葛！就算你不喜欢王昆，你也没法不喜欢老葛。

王昆的小说人物都比较"硬气"，一是他长期带兵，血性在；二是他从小爱打架，性格使然，到了部队也是个"刺头"。除了历经诸多兵种，他还履历不凡。王昆几乎没坐过机关办公室，16年一直在基层：侦察班长、特战排长、副连长、侦察船长、指导员、登陆艇长等，所有基层的官儿都当了一个遍，所以，了解军队"小人物"的生活和命运，语言粗朴利落，诙谐又有狠劲，完全是从兵嘴里来的。文人腔千万人可以有，兵味儿语言非得真正的兵才可驾驭。

与"特战"相互辉映的则是王昆的海岛"往事"。王昆当过几年登陆艇艇长，海岛生活也是他"往事"系列的一个构成。在这类作品里，发表于2016年第二期《解放军文艺》上的《狼来了》堪称王昆"往事"系列的点睛之作，使人感受到当代青年军旅作家的新视野、新情怀。小说中，一个远离祖国大陆的小岛，驻扎着一个营的守卫部队，有着海防第一哨的美称，还流传着一个美丽的传说：岛上有一头神鹿，谁要是能遇见它，肯定会有好运。然而，在这无耕地、无居民、无航班、无淡水的典型四无岛上，发生的事件并不美妙，几乎之前军营所有的痼疾在这个地方都有投射。

从2014年第一个短篇小说《登陆艇搁浅之夜》发表于《人民文学》到最近的一个短篇《狼来了》，王昆的小说创作不过仅仅两年。两年中，十多个中短篇都发表在中央级文学期刊，这让我们看到了王昆笔下扎实的军营生活积淀在集束式爆炸，看到了王昆对军队、军营、军人的认知和思索之深，他正以粗放的手法呼唤一只真正有冲击力的"狼"的出现，以打破军旅文学既往写作中的某些陈腐，这正是《我的特战往事》带给我们的感觉。

作者简介：李美皆，女，1969年出生。山东潍坊人，文学博士。现执教于空军指挥学院。解放军国际关系学院文学评论中心主任、副教授、中青年学科带头人，苏州大学在读博士，中国作协全委会委员。主要从事现当代作家作品研究及文化现象分析、女性文学研究、军旅女作家研究。先后在《文学自由谈》《南方文坛》《粤海风》《名作欣赏》《评论》等刊物发表评论文章数十篇。